中國語言文字研究輯刊

初　編

許錟輝　主編

第 **7** 冊

西周金文部件分化與混同研究

柯佩君　著

花木蘭文化出版社

國家圖書館出版品預行編目資料

西周金文部件分化與混同研究／柯佩君 著 ── 初版 ── 新北
市：花木蘭文化出版社，2011〔民 100〕
目 2+172 面；21×29.7 公分
（中國語言文字研究輯刊 初編；第 7 冊）
ISBN：978-986-254-703-8（精裝）
1. 金文　2. 西周
802.08　　　　　　　　　　　　　　　　100016359

中國語言文字研究輯刊
初　編　第七冊　　　　　ISBN：978-986-254-703-8

西周金文部件分化與混同研究

作　　者　柯佩君
主　　編　許錟輝
總 編 輯　杜潔祥
出　　版　花木蘭文化出版社
發 行 所　花木蘭文化出版社
發 行 人　高小娟
聯絡地址　新北市永和區中正路五九五號七樓之三
　　　　　電話：02-2923-1455／傳眞：02-2923-1452
網　　址　http://www.huamulan.tw 信箱 sut81518@gmail.com
印　　刷　普羅文化出版廣告事業
初　　版　2011 年 9 月
定　　價　初編 20 冊（精裝）新台幣 45,000 元

西周金文部件分化與混同研究

柯佩君　著

作者簡介

柯佩君，1979 年生，高雄師範大學文學博士，目前為高雄大學通識教育中心兼任助理教授。研究方向為語言文字學，側重古文字。主要著作有《西周金文部件分化與混同研究》、〈上博簡幾個字形變易小議〉、〈上博簡與《說文》重文對勘研究〉、〈上博簡非楚系字形研討〉、〈《禮記‧緇衣》與簡本〈緇衣〉徵引異同辨析〉、〈讀〈競建內之〉、〈鮑叔牙與隰朋之諫〉箚記〉、〈《韻通》聲母研究〉、〈西周晚期金文正俗字研究〉等。

提　要

本文從部件的角度探查西周金文部件分化與混同的文字演變現象。

經討論可知，西周金文部件分化時，整字部件分化早，構成部件分化晚；於此之中，常用複合詞則會延緩部件分化。部件分化將會對文字系統造成影響，其影響有四：部件分化的可與不可逆轉性；強化文字表達語言的清晰度；促進字形與字義的內部調整；減少獨體象形字形數量。西周金文部件混同時，部件混同多發生於構成部件，且以意義功能相近或形近者最易造成混同現象。部件混同將會對文字系統造成影響，其影響有三：易形成構成部件混同模式，致使異體字大量增加；構成部件使用朝趨同性的方向發展；縮減構成部件量，進而增加使用效率。

又西周金文部件分化與混同的演化乃是相互發展與制衡的一體兩面，若能釐清此文字演變現象，則有助於掌握文字的發展。

目

次

第一章 緒 論

第一節 研究動機與目的

　　早期人類社會根據使用工具，可將人類進化的歷程區分為石器時代、青銅器時代、鐵器時代，約莫在公元前十六到十一世紀的商代〔註1〕，中國就進入所謂的青銅器時代，並達到極高的水準〔註2〕。雖然中國青銅器時代始於何時尚未有一定的結論，但西周之為青銅器時代是不可否認的。

　　西周史料於今日保存下來的不多〔註3〕，對於認識西周豐富的歷史文化而言是不足的，相對而言，金文在當時是一種重要的紀錄，重大事件多鑄刻於青銅器上，是此，金文可對西周史料提供珍貴的第一手資料；在西周銅器中，篇幅百字以上的銘文頗為習見，二三百字以上的也不乏其例，如是可為印證及補充

〔註1〕 容庚、張維持：《殷周青銅器通論·序》，台北：康橋，1986年，頁1。

〔註2〕 高明：《中國古文字學通論》，台北：五南圖書，1993年，頁469。

〔註3〕 容庚、張維持：「我們研究殷周兩代歷史的最早和最重要的典籍，只有《尚書》、《逸周書》、《詩經》、《易經》和《春秋》等數種。《今文尚書》只二十八篇，《古文尚書》二十五篇是後人所編纂與偽造的。而《今文尚書》中如〈堯典〉、〈禹貢〉等又是戰國時代人的撰述。《尚書》中〈周書〉雖較為確實可信，其中也有後作的。這可見殷周兩代的史料真正保存下來的很少。我們據以研究這兩代歷史的素材是不夠的。」《殷周青銅器通論》，台北：康橋，1986年，頁80。

史料的重要資料。殷周時代的上層貴族在重要場合時會使用青銅禮器，一方面表示敬重，一則炫耀自己的財富地位，西周更因重視禮制和宗法制度的影響，而漸將自己的功勳或政治地位鑄刻在青銅器上，如《頌壺》蓋銘：「唯三年五月既死霸甲戌，王在周康邵宮，旦，王各大室，即位，宰引右頌入門，立中廷，尹氏授王命書。呼史虢生冊命頌。王曰：『頌，命汝官司成周貯廿家，監司新造，貯用宮御。賜汝玄衣、黹純、赤市、朱黃、鑾旗、□勒。用事。』頌拜稽首，受命冊，佩以出，返納瑾璋。頌敢對揚天子丕顯魯休，用作朕皇考龔叔皇母龔始寶尊壺，用追孝祈匄康娛，純祐，通祿，永令，頌其萬年眉壽，畯臣天子靈終，子子孫孫寶用」，人民受周天子冊封是莫大的榮耀，《頌壺》則將冊封的過程用文字鑄刻在青銅器上，不僅表示慎重與榮耀，也以示後代子孫，即《左傳·襄公十九年》「銘其功烈以示子孫」，此外，《頌壺》銘文紀錄整套冊命制度儀式，不僅提供珍貴的實錄，更能透過銘文內容瞭解當時的歷史，補足典籍著錄或提及的社會文化。而「要應用銘文來考證史實，對於彝銘本身文字的認識是基本的〔註4〕」，故只有明確地認識西周文字，方能瞭解銘文內容，進一步認識西周社會。

　　從漢字發展的角度而言，西周金文是站在殷商與東周文字的過渡環節。歷史上，武王滅殷商而開啓西周歷史，後又為東周諸侯奪權，文字正反映了歷史上政權的變遷。西周是銅器銘文的全盛時代，研究西周時代文字的主要資料是金文，西周金文脫胎於殷商文字，也開啓變化萬千的東周文字。殷商文字目前所知的主要文字是甲骨文與金文，次之則是陶文，其中甲骨文又佔絕對多數，為研究殷商文字主要的對象，金文則輔之；東周文字則紛亂多變，不僅在青銅器上刻鑄有銘文，在貨幣、木器、石器、陶器、璽印、盟書、竹簡等上也發現有文字其上，不僅著錄文字材料多，文字形體的演變也很豐富。西周金文乃處於以甲骨文為主、金文為輔的殷商文字之後，又居於書寫材料複雜、文字形體變化劇烈的東周文字之前；其文字形體也從筆劃方折的甲骨文字形體轉變為較為規整圓潤的西周金文字形體，後又轉為各具特色的東周文字。如此其文字形體演變是一關鍵的轉折點。熟知西周金文便可藉以上推殷商甲骨文與金文，探究文字演變源流；又晚近戰國文字為熱門的研究課題，須知東周文字乃以西周

〔註4〕容庚、張維持：《殷周青銅器通論》，台北：康橋，1986年，頁81。

金文為基礎演變而成，欲探析東周文字則必須對西周金文有正確的認識，才可依循文字形體演變脈絡正確地觀察東周文字，此外，西周金文下也可與東周金文相接續。

文字具有形、音、義，並以形載字音、字義，精確的掌握字形，則可透過字形演變進一步瞭解字音、字義的轉變。西周金文很早就有學者注意並加以研究。上文曾提及考釋文字，識其形、音、義乃為首要工作，西周金文研究發展至今收獲頗豐，已考釋出的西周金文字形約三千多字，而能如此順利考釋出文字的關鍵就在於對西周金文建構完整的文字構形系統。西周金文是西周時期所使用的文字，不僅承載當時社會文化的訊息，更用以紀錄語言，得以進入信史時期，為一視覺符號系統。既為視覺符號系統，字與字之間定有關聯、牽繫，非此江彼界的絕對分隔，而是存有著親疏遠近的關係，彼此之間有著相互牽引的部分，或形、或義、或音，彼此一環扣著一環，保有著既相聯繫又能區別彼此的穩定文字體系。隨著時間遞嬗，文字演變也會影響文字系統內部的平衡，為維持這內部的平衡發展，文字系統有其自己的內部調整。〈古文字發展過程中的內部調整〉一文就曾言：

> 漢字作為歷史上的一種客觀現象，必然有它自己發展變化的內在規律，必然不以人們的意志為轉移，從這種意義上講，漢字的發展、變化是任意性的。但是，漢字是漢語的的表現形式之一，是漢語的書寫符號，必然受著使用漢語的人們的支配，漢字的任何變化都必須得到社會的批准，從這種意義上來講，漢字的發展、變化，是有約束性的，漢字的發展、變化的這種二重性（任意性和約束性）使得它的演變具有一種獨特的形式，和一般自然現象的內部發展規律不盡相同，所以姑稱之為內部調整〔註5〕。

一般研究文字構形者常稱文字演變的內部調整現象為文字演變規律。前人對於文字構形演變研究的探討，大方向多半集中於三大類：繁化、簡化、訛變，或在訛變的範疇中劃分出異化，或增類化一途。不管是繁化現象、簡化現象、還是訛變現象等，在文字構形研究中，文字的分化現象與混同現象是較少論及的

〔註 5〕趙誠：《古代文字音韻論文集・古文字發展過程中的內部調整》，北京：中華書局，1991 年，頁 16。

部分，雖然如此，卻不表示文字的分化現象與混同現象不值得重視。尚且這樣的現象在西周金文中佔有一定的比例，對這現象的處理重點不僅想要瞭解某字形爲何字，也要清楚知道某字形與其他字形的相互關係，更希望能知道某字形爲何爲演變爲另一種構形，其分化條件與背後的因素更是值得注意，它在西周金文文字體系中又發揮了哪些功能？

文字構形混同現象包含了所謂的同化現象、類化現象、化同現象，它主要是從原本異字、異形因爲某字形相近而演變爲相同的字形，這樣的現象極爲普遍，各體皆有。「文字偏旁中此種譌亂尤其不勝舉，對於本形本義的認識，妨礙極大。〔註6〕」故若對混同現象沒有清楚的認識，將會影響釋字。

混同現象與分化現象相較，混同現象會混淆、影響釋字，故較爲人注意，分化現象則否（分化是將一字形區分爲兩字形，二字已有區別，較易分辨）。前人雖或有零星的例子曾被提及，卻沒有一完整或全面性探討的研究。

「分化」一詞則由唐蘭〔註7〕首先提出，認爲文字形體的分化是文字演變的一條重要途徑，在文字演變的過程中，主要現象是由一個字形因爲語言變化而衍生爲兩個或兩個以上的字形。「分化」和語言是不斷發展相互影響的，它是滿足紀錄語言需要而創造新字的一種方法，而爲了能讓文字能與語言有明確的對應關係，以一個字形對應一個語言的表達模式應是理想的狀態，且每個字形彼此之間應有明顯的區別特徵，才能避免因字形相同或相近而產生混淆，影響文字紀錄語言的功能〔註8〕，但這僅是一種最理想的狀態，在早期文字不多的情況下，雖始造字時有其本義，但隨著時代變遷，語言的需求大增，文字發展或文字增加速度趕不上語言發展時，人與人交際溝通時所使用的語言文字就略顯不足，故常常一個字代表諸多涵義的現象，所以在實際上，一個文字字形記錄著兩個或兩個以上詞的情況，顯而易見，或曰「同形異字」或「同形字」〔註9〕

〔註6〕龍宇純：《中國文字學》（定本），台北，五四書局，1996年，頁276。

〔註7〕唐蘭：「形的分化，義的引申，聲的假借，是文字演變的三條大路」，見《古文字學導論》，台北：洪氏出版社，1970年，頁86。

〔註8〕林清源：《楚國文字構形演變研究》，台中：東海大學中國文學系博士論文，1997年。

〔註9〕裘錫圭：《文字學概要》，台北：萬卷樓，1994年，頁237～248、戴君仁：〈同形異字〉，《台大文史哲學報》第12期，1963年，頁21～37；龍宇純：〈廣同形異字〉，《台大文史哲學報》第36期，1988年，頁1～22。

　　文字形體混同現象是屬於文字交替、歸併的部分；文字形體分化現象則是文字分工、區別的部分，是文字演變中可相互發展與制衡的兩端，可視爲構形演變現象中一組相對的概念。掌握這兩條演變的規律，則可對文字形體間的彼此發展有清楚的認識，對於構形演變的區別與相互接觸有釐清的幫助，對文字體系內部調整的任意性與約束性相互巧妙的制衡有進一步的完整的闡明，是故探究文字構形的混同現象與分化現象乃不容輕忽，且需要嚴密的探析，方能使文字構形理論更趨完整，無所偏廢。

　　雖繁化、簡化、訛變這些文字形體演變的規律是最爲常見，也易受注意而進一步探討的對象，故在研究上已有不少相關的論著，但這並不代表其他的文字演變現象不重要，相反的，忽略其他非大宗的演變規律，尤其輕忽文字構形的混同現象與分化現象則會出現窒礙難行的窘境，也容易誤判文字構形，誤解文字演變的脈落，即缺少了這方面的探究，對於文字系統發展的掌握將失落一個重要的環節而無法接續。

　　〈古文字發展過程中的內部調整〉一文言：

> 漢字是漢語的書寫符號，它的每一個形體的存在都必須經過使用者的認可，即經過社會的無言的批准。一旦被公認而成了既存事實，就作爲漢字體系內部的組成分子而活動，並和它的組成分子產生一種關係，也就是說，這些分子在體系內部生了根，想要輕易地稍微改變它們一點就不是那麼容易。這時候，漢字作爲一個體系就產生一種抗力，對抗外力對它的任意改變。換句話說，漢字體系只容許人們在體系所能接受的條件下加以改動。反過來也可以說，人們只能按照漢字體系的既存事實，依照漢字已有的形體及其相互關係去改變它們之中的某些分子。這種改變當然就不是任意的，對漢字本身來講，只是一種內部調整〔註10〕。

西周金文文字體系中也有著自己的內部調整，其中混同現象與分化現象就是一個內部調整的相互關係，西周金文部件則可說是當中的「某些分子」。隨著時間的轉移，文字構形是會逐漸演變的，而文字構形轉變卻仍可資辨識，乃在於文

〔註10〕趙誠：《古代文字音韻論文集·古文字發展過程中的內部調整》，北京：中華書局，1991 年，頁 16。

字在演變的過程中是漸變，不是突變，且在構形的改變上，不是整個文字形體大轉變，反而僅是文字整體中局部部件的漸變，即文字形體演變必須存有基本組成分子穩定不變的部分，藉著承襲的中心部分，才能從形構易寫中尋索彼此之間的關聯。在這樣的基礎條件上，可知影響西周金文形體增減變更的「某些分子」就是部件，藉著觀察西周金文部件的活動就能串起西周金文文字演變規律，且部件介於筆劃與整字之間，從部件觀察構形系統的變化能避免由筆劃分析導致細瑣的缺失，也可補強從整個字形分析以致過於粗略的弊端。

雖然之前未見由部件探討西周金文部件分化與混同現象完整的討論研究，但目前西周金文資料持續大量出土，相關理論也逐漸發展，研究條件漸趨成熟，足以著手這樣的研究，故本文將從西周金文的混同現象與分化現象著手，並採用部件分析的方式，對西周金文部件進行混同現象與分化現象演變規律的探究，探討西周金文部件分化與混同對於西周金文部件產生何種牽引，部件的分化與混同在西周各其各有何種的表現，部件的分化與混同對於整字分化與混同現象間有何相互影響的部分，部件的分化與混同對於文字體系的區別性與趨同性有何相互制約的關聯，部件的分化與混同對於文字體系平衡發展的相輔相成的關係。如是將探究西周金文部件混同現象與分化現象，以期能補足西周金文構形演變較為薄弱，但又是不可怠忽的部分。

第二節　研究範圍與材料

本文研究西周金文的範疇，將時間設定為西周，指周武王滅商到周幽王被犬戎所殺為數；在西周金文性質上，乃指西周時期刻鑄在銅器上的文字，又目前多將貨幣與銅印上的銘文歸入貨幣文字與璽印文字領域，於此暫不多加論述。故本文西周金文乃指西周時期之禮器、樂器、兵器、車馬器、工具、度量衡、雜器等銅器銘文。

西周金文目前出土甚多，各家收錄標準不一，收錄時間也不定，甚至許多剛出土的西周金文都發表於各期刊中，收羅不易。而目前將西周金文收羅最為完善者，屬《殷周金文集成》（凡十八冊）與 2002 年出版的《近出殷周金文集錄》（凡四冊）〔註 11〕二大套書。《殷周金文集成》乃中國社會科學院考古研究

〔註11〕劉雨、盧岩編著：《近出殷周金文集錄》（共四冊），北京：中華書局，2002 年。

所在八十年代到九十年代間所收錄集結的大型青銅器銘文書籍，有 18 分冊，共收約一萬兩千餘銘文拓片；《近出殷周金文集錄》，凡四冊，收錄了《殷周金文集成》以後尚未收錄的金文拓片，主要收錄的時間是 1985 年以後到 2000 年間新發掘的金文拓片，繼續補足《殷周金文集成》1985 年以後未收錄的西周金文資料，故研究西周金文，《殷周金文集成》與《近出殷周金文集錄》乃是最好的依據來源。

由於《近出殷周金文集錄》出版時，筆者已先針對《殷周金文集成》作一初步的整理，若要短時間內再將《近出殷周金文集錄》重新整理，恐無法勝任，故本文暫採《殷周金文集成》為主要對象，輔以《近出殷周金文集錄》為依據，以期能對西周金文的文字演變現象作一較完整的詮釋。

第三節　研究方法與步驟

西周金文的數量有數千餘字，為能有效的掌握西周金文字形部件分化與混同的演變現象，在撰寫的過程中將主要分成以下幾個階段完成。

一、處理字例的步驟

本文的文字材料擬以中國社會科學院考古研究所編輯的《殷周金文集成》為主要對象，輔以中華書局所出版的《近出殷周金文集錄》為依據，又中國社會科學院考古研究所於 2001 年出版《殷周金文集成釋文》，不僅修正《殷周金文集成》錯誤，去偽存真，也編列釋文，故先將《殷周金文集成》與《近出殷周金文集錄》屬於西周金文部分的圖版找出掃描，後再利用影像處理軟體逐一將圖板上的文字剪下，經過反相、去除雜質等使文字更加清晰的處理步驟，再貼放在 word 檔中。所有的字例的隸定將先依《殷周金文集成釋文》所釋為主，而圖版上模糊不清或是無法辨識者，為避免因為字形不清而誤判字形之虞，故先擱置不列入研究範圍。

二、研究方法的使用

在將西周金文字例有效條理的排列的基礎上，以共時、歷時、計量方式與語言學的觀點來剖析西周金文部件字形分化與混同現象。

（一）歷時比較

歷時比較方法的使用將分為兩部分，一是西周內部的歷時比較，一是與殷

商、東周時期的歷時比較。

西周內部的歷時比較將是西周早期、西周中期、西周晚期三期比較，將所觀察得知各期的西周金文部件字形分化與混同現象相互比對，探究各期演變的特點，突顯部件演變在不同時期的演變趨勢。

與殷商、春秋戰國時期的歷時比較則主要是縱向比對文字在西周前後不同的表現。殷商時代的文字將參酌殷商甲骨文與金文，東周的文字將參閱《殷周金文集成》、《近出殷周金文集錄》、《金文引得》等，以西周金文為中心，殷商與東周文字為兩端，揭示西周金文在構形演變中不僅占有穩定的成分，也有承續與開展的一面，更有其演變的特點，能為西周金文部件字形分化與混同現象作一文字演變上的歷史地位與價值。

（二）共時比較

文字的演變是漸變，各種字體的演變也是呈現承襲與開展的漸變模式，然其演變的速度卻是不盡相同的。同樣是屬於西周時期，文字演變的變化程度相互不一，有的演變劇烈，有的則是滯止不前，演變快速者有時甚至會促使其他文字構形的改易，為呈現這種共時，文字演變迥異的現象，將採取各個時期自我比對的方式，橫向觀照西周金文部件字形分化與混同現象，勘查每個西周金文部件字形分化與混同現象、模式及速度，並究明部件演變與整字演變速度的差距。

（三）計量比較

「數字會說話」，表示由數據統計所得的資料將會透露一定的訊息，本文撰寫過程，對於構形演變的各種類型與各時期的表現進行數據統計，以突顯構形演變的趨勢，如將針對西周各期金文部件字形分化與混同現象進行統計，紀錄各期發生頻率的數據，比較各期演變的不同比例，突顯各期演變不同的演變趨勢；又當部件字形產生分化與混同現象時，在個別整個字形是否產生分化與混同現象，其分布為何，也將利用計量比較部件演變與整字演變的異同。

第四節　著錄與研究回顧

一、西周金文著錄

西周是銅器銘文的全盛時代，研究西周時代文字的主要資料是金文，要對西周金文構形系統進行探究，首先需要有完整的銘文資料，方可進行系統性的

研究。「地不愛寶」，銅器的發現，除了史籍的記載外，亦零星見於文人的筆記雜錄中，未有整體性或系統性的書籍介紹，當時對於偶見的銅器多解釋爲祥瑞現象，到宋代方將古銅器視爲一種學問並在收集之餘拓印成冊，專書著錄。其中呂大臨《考古圖》圖文並錄，其後王黼《宣和博古圖》、薛尚功《歷代鐘鼎彝器款識法帖》與《廣鐘鼎篆韻》、趙明誠《金石錄》、鄭樵《金石略》、王厚之《鐘鼎款識》等對西周金文的收錄有其一定的貢獻與成績。

　　清代由於地下資料大量出土，金石學研究又盛，著錄金文的書籍就如雨後春筍般湧現，尤其乾隆敕令編撰宮廷所藏銅器圖錄是爲開端，如《西清古鑑》〔註12〕主要收錄元、明、清初等出土或傳世器，雖收錄頗豐，仍不免參雜僞器，此外，《西清續鑑》甲編〔註13〕、《西清續鑑》乙編〔註14〕、《寧壽鑑古》〔註15〕也都是乾隆年間所敕撰的主要書籍，替青銅器的收錄工作起了推動的作用。後私人編纂與考證的書籍便相繼大量浮現，主要如端方撰有《陶齋吉金錄》八卷、《續錄》二卷、附《補遺》，阮元有《積古齋鐘鼎彝器款識》〔註16〕，吳式芬有《攟古錄金文》〔註17〕三卷九冊，吳大澂有《愙齋集古錄》〔註18〕二十六冊、

〔註12〕《西清古鑑》仿《宣和博古圖》體例而成，後定名爲《西清古鑑》，共四十卷，收青銅器約有一千五百二十九件，以商周時的器物較多，據容庚考證，約有十分之二到三的比例爲僞器，內附圖像多無比例標準，銘文亦多失眞。清高宗敕編：《西清古鑑》，台北：世界，1988 年。

〔註13〕《西清續鑑》甲編於乾隆年間成書，共二十卷，附錄一卷，正文收青銅器共九百四十四件，附錄收唐以後古印、雜器三十一件。（清）王杰等撰：《西清續鑑甲編》，上海：上海古籍 2002 年。

〔註14〕《西清續鑑》乙編於乾隆年間成書，共二十卷，共收青銅器約一百九十八件。（清）王杰等撰：《西清續鑑乙編》，上海：上海古籍 2002 年。

〔註15〕《寧壽鑑古》體例同《西清古鑑》，收青銅器七百零一件。（清）吳大澂撰：《寧壽鑑古》，上海：上海古籍 2002 年。

〔註16〕《積古齋鐘鼎彝器款識》之器年代從商代到魏晉，共收器款識 550 器，器末有釋文與考釋，然僞器不少，銘文用摹本，或有失眞。阮元：《積古齋鐘鼎彝器款識》，板橋：藝文。

〔註17〕《攟古錄金文》共收殷周器銘一千三百三十四，多收阮元未收之器，附有釋文，偶有考證與多家說法，《攟古錄》中一到三卷主要是商周銅器，1895 年始刊行。吳式芬：《攟古錄金文》，北京：中國書店，1982 年。

〔註18〕《愙齋集古錄》二十六冊，附《愙齋集古錄釋文賸搞》，收青銅器銘文拓本一千零

附《愙齋集古錄釋文賸搞》，方濬益《綴遺齋彝器款識考釋》〔註19〕三十卷，另外，陳介祺〔註20〕有《簠齋藏古目》三冊、《簠齋尺牘》十二冊、《簠齋傳古別錄》等，對於西周青銅器的收錄、辨偽、傳拓、保護有很好的見解與貢獻。

二十世紀後，西方科技與方法的引進使得西周青銅器有了科學的發掘。大批的出土主要有1929年洛陽東北五里馬坡出土的西周早期令、臣辰諸器，1932年到1933年則正式考古發掘河南濬縣以西辛村衛國墓地，出土一批西周青銅禮器、兵器與車馬器等。民國以後，除了科學田野考古發掘〔註21〕外，其考古資料相較漸趨完整，出土資料多以考古報告形式作為專書或發表於雜誌中，如《陝西出土商周青銅器》、《河南出土商周青銅器》、《雲南青銅器》、《殷墟青銅器》等對西周金文的著錄與研究有莫大的助益。

近年對西周金文展開較全面收錄的是《金文總集》、《殷周金文集成》、《近出殷周金文集錄》等，尤其是《殷周金文集成》、《近出殷周金文集錄》的收錄非常完善。《殷周金文集成》乃中國社會科學院考古研究在八十年代到九十年代間所收錄集結的大型青銅器銘文書籍，共計 18 分冊，收約一萬兩千餘銘文拓片，於2001年則又出版《殷周金文集成釋文》，凡六冊，是配合《殷周金文集成》的釋文部分。《殷周金文集成》銘文拓片收錄的時間下限為1985年，包括宋代以來公私著錄、海內外博物館與新出土、尚未發表的發掘品。《殷周金文集成釋文》不僅修正《殷周金文集成》錯誤，去偽存真，也編列釋文，其釋文內容乃依據近年古文字學者專家的成果，是極富參考價值的兩大套書。至於1985

二十六件，商周器九百二十七件，釋文乃其任請人補寫，《愙齋集古錄釋文賸稿》中有對部分銘文作出釋文與考釋，1918年石印。

〔註19〕《綴遺齋彝器款識考釋》三十卷，仿阮元《積古齋鐘鼎彝器款識》體例，收有商周銘一千三百八十二，有部分陶文，其考釋較嚴謹，多有發現，死前未完成此書，後經整理印出，楊樹達則有〈讀綴遺齋彝器考釋〉，給予評議。

〔註20〕陳介祺有《簠齋藏古目》三冊、《簠齋尺牘》十二冊、《簠齋傳古別錄》等，對西周青銅器的收錄、辨偽、傳拓、保護有很好的見解。

〔註21〕如1951年在陝西長安縣斗門鎮的普渡村發現西周初期墓葬，有叔鼎一、鬲二、簋一、尊一、爵二、勺一，勺在尊中。1953年又發現屬西周初期的隨葬物。石興邦曾發表〈長安普渡村西周墓葬發掘記〉，《考古學報》第八。當年尚在洛陽市發現周代銅扁盉等器、北京市發現周代的同甗，1954年又在西安普渡村發現西周墓葬，據銘文考證為周穆王時代。

年以後發掘的西周青銅器雖散見於《考古》、《文物》等各主要期刊中，2002 年
中華書局則出版《近出殷周金文集錄》，凡四冊，收錄了《殷周金文集成》以後
尚未收錄的金文拓片，主要收錄的時間是 1985 年以後到 2000 年間新發掘的金
文拓片，如此目前所見收錄最完善的西周金文書籍乃是《殷周金文集成》與《近
出殷周金文集錄》二大套書，故本文也以此二書爲基本的文字材料依據，並以
《殷周金文集成釋文》爲銘文釋文的依據。

二、西周金文構形研究

　　對於西周金文的研究，早期多以著錄銘文與對文字作訓詁、考釋爲其主要
工作。呂大臨《考古圖》圖文並錄，相傳其《考古圖釋文》則歸納古文字形體
變化規律〔註22〕，奠定古文字基礎，對於金文構形規律有一定的貢獻，其後王
黼、薛尚功與趙明誠、鄭樵、王厚之等對西周金文的收錄有其一定的貢獻與成
績，並發現一些金文構形的規律現象。

　　清代由於地下資料大量出土，對於金文研究有了進展，不僅擺脫「經學附
庸」的地位，清中葉以後，金文更跳脫單純考釋文字的階段，以前人研究爲基
礎，進一步注意金文文字形體構造和形音義的關係。吳大澂以金文與不同材質
上的文字相互推勘，孫詒讓《名原》更依據金文與甲骨文分析文字的變化，探
求古文字演變的規律，其中由偏旁觀察古文字的演變發展，更是對日後研究文
字構形系統有一定的啓發。如唐蘭在《古文字學導論》、《中國文字學》中提出
比較法、推勘法、偏旁分析法、歷史考證法等四種方法來考釋金文，其中偏旁
分析法乃從孫詒讓的基礎上發展而來，唐蘭則進一步發揚光大。繼偏旁分析法
在文字構形研究上開啓一條道路，陸續或因偏旁分析法無法細部分析文字構
形，而有不同的構形分析方法提出，如字素〔註23〕、字根〔註24〕、構形學理論

〔註22〕「筆劃多寡，偏旁位置，左右上下不一」的原則。

〔註23〕張再興以爲「字素」是指「構成漢字的結構要素，是形與音、義相結合的最小造
　　　　字單位」。見張再興：《西周金文字素功能研究》，華東師範大學博士論文，2000 年。

〔註24〕季旭昇在《甲骨文字根研究》中定義甲骨字根爲「組成甲骨文之最小成文單位」，
　　　　董妍希承此之說，在《金文字根研究》定義金文字根爲「組成金文之最小成文單
　　　　位」。可知「字根」一詞乃指組成文字最小的成文單位。見季旭昇：《甲骨文字根
　　　　研究》，台北：國立台灣師範大學國文研究所博士論文，1980 年；董妍希：《金文
　　　　字根研究》，台北：台灣師範大學國文研究碩士論文，2000 年。

〔註25〕、部件分析〔註26〕等。

　　本論文的研究論題將著重於文字構形演變現象的考察，並以西周爲斷代，以金文字形分化與混同現象爲主要對象，以部件爲主要的切入方式，故以下將分西周金文構形研究、字形分化與混同現象研究、部件研究三個主題就現有的研究成果詳加介紹與回顧。

（一）西周金文構形研究

　　目前所見以西周爲斷代，並以研究金文構形方面的學位論文主要有：

1. 曹永花：《西周金文構形系統研究》，北京：北京師範大學博士論文，1998年。

2. 江學旺：《西周金文研究》，南京：南京大學博士論文，1999年。

3. 張再興：《西周金文字素功能研究》，華東師範大學博士論文，2000年。

　　江學旺《西周金文研究》主要以六書理論分析西周金文形體結構，並提出西周金文增繁、簡化、替換、訛變等四種主要文字演變類型，增繁現象主要表現在增加形符或聲符，及其他裝飾部件或筆劃；簡化現象則表現在簡省部件或筆劃；替換現象主要是形符或聲符和表意字部件的換用；訛變則有獨體離析、形近訛變、變形音化等三種。曹永花的《西周金文構形系統研究》乃是以29則長篇西周銘文爲抽樣取材的樣本，運用王寧《漢字構形學講座》中所提出的漢字構形學理論對西周金文進行拆解，分析西周金文構件功能與構形模式，說明西周金文已進入漢字的成熟階段，基礎構件有其穩定性，書寫樣式也趨於固定，構形系統已有初步的雛形。此外，羅衛東《春秋金文構形系統研究》〔註27〕和王貴元《馬王堆帛書漢字構形系統研究》〔註28〕同屬之，也都是以此構形理論針對古漢字構形進行系統性的分析，其中又以王貴元《馬

〔註25〕　王寧《漢字構形學講座》中提出漢字構形學理論，是以構件爲單位去探究文字理論，而自成一套理論，王寧著有《小篆構形系統研究》、曹永花著有《西周金文構形系統研究》、羅衛東著有《春秋金文構形系統研究》、王貴元著有《馬王堆帛書漢字構形系統研究》，皆以構形學理論去探究漢字字形，並有豐碩的成果。

〔註26〕　部件分析法是界於筆劃分析法和偏旁分析法之間的一種分析方法，它將合體字的構成成分分析到最小的筆劃結構單位，既不像筆劃分析那像過於細鎖，又不會像偏旁分析那像粗疏。

〔註27〕　羅衛東：《春秋金文構形系統研究》，北京：北京師範大學博士論文，1997年。

〔註28〕　王貴元：《馬王堆帛書漢字構形系統研究》，廣西：廣西教育出版社，1999年。

王堆帛書漢字構形系統研究》分析最爲完善。張再興《西周金文字素功能研究》以現有古文字考釋成果爲基礎，依據《金文編》正編所收字形爲主要研究對象，以「字素」爲單位，從歷時與共時角度考究四百零四個西周金文字素，並闡釋西周金文字素功能與構形理據。

以上雖是與西周金文構形系統直接相關的學位論文，但其內容雖有涉及西周金文分化與混同現象研究的部分，但卻僅是略爲提到，未有深入的研究與整體的觀察。

（二）字形分化與混同現象研究

對分化與混同現象探討較多的學位論文則有：

1. 劉釗：《古文字構形研究》，長春：吉林大學博士論文，1991 年。
2. 張希峰：《古文字形體分化研究》，長春：吉林大學博士論文，1993 年。
3. 王蘊智：《殷周古文同源分化現象探索》，長春：吉林大學博士論文，1996 年。
4. 董妍希：《金文字根研究》，台北：台灣師範大學國文研究碩士論文，2000 年。
5. 郝士宏：《古漢字同源分化研究》，安徽，安徽大學碩士論文，2002 年。

王蘊智《殷周古文同源分化現象探索》、郝士宏《古漢字同源分化研究》雖是探索古文字分化現象，但主要著重於語音上的同源分化現象部分，屬字音分化現象，非字形分化現象，也鮮少涉及金文。

劉釗《古文字構形研究》提出「簡省分化」及「一字分化」二種古文字分化類型，也提出類化與形近易混形體二種文字混同現象，更舉出古文字構形演變中通用、訛變現象幾條基本條例，爲古文字構形演變中的字形分化與混同現象作了一個打地基的工作。張希峰《古文字形體分化研究》在時間和材料上也是以古文字爲範疇，針對改易母字點畫的分化形式、字形分化的過程、基本字符的精簡等三大主題進行探究，並論證字形分化與基本字符間的主要關係與途徑，是在字形分化母字與字符關係中作出了一個較完整的體系。董妍希《金文字根研究》以容庚四訂《金文編》爲研究對象，時間涵蓋殷商到春秋，以「字根」作爲研究理論基礎，提出四百八十六個金文字根，說明金文字根字形具有簡化、變形音化、分化、類化、同形異字及字形互用等五種現象，其中分化又分爲假借分化與引申分化二種，類化、同形異字及字形互用則同屬混同現象部分，雖已提出金文字根字

形分化與混同現象，惜尚未見其更深入的探究，建立一套理論。

除學位論文外，周何等著《中文孳乳表稿》〔註29〕對文字的孳乳發展有詳盡的表列，不僅是字音分化孳衍現象，字形分化孳衍也逐一聯繫，為整個漢字文字孳乳現象值得參考的一本大作，然其中的理論尚未建立，有待後人補苴。韓耀隆《中國文字義符通用釋例》〔註30〕與本文所指稱的混同現象較為相關，提出 23 部義符內部的義近通作、義異或作、形近譌作三種相互關係，是目前所見與探討文字混同現象最為相近的一部專書，其時代拉得很長，以《說文》為出發，上探甲骨，下至小篆、隸變以後，對於西周金文則未有專論。裘錫圭《文字學概要》〔註31〕則在「文字的分化與合併」專章討論文字分化的分合關係。高明《中國古文字學通論》〔註32〕中「古文字的形旁及其變化」、「意義相近的形旁互為通用」二節討論文字混同的現象，提出 111 個形旁演變歷程與 31 個形旁通用例。康殷《古文字學新論》〔註33〕第二章的第二節是分化、第三節是訛化訛繁、第四節是轉化訛混，則是專門討論古文字的分化與混同的現象的部分，分化提出近 20 個例子，混同現象則更多，然分化的例證僅提出分化圖表，未有詳盡說明，相對而言，混同現象部分雖稍有說明，也未完全整理，並與整個文字系統相互比對，整體理論也未健全。此外，梁東漢《漢字的結構及其流變》〔註34〕、李孝定《漢字史話》〔註35〕也少部分提到分化及混同的規律。以上專書或多或少論及文字字形分化與混同現象的理論與例證，然卻不僅未針對西周金文作斷代來細部描寫與探究，也未真正建立一套完整的理論系統。

在單篇論文方面則更散見，主要有趙誠《古代文字音韻論文集・古文字發展過程中的內部調整》〔註36〕、許家璐〈漢字形符的類化與識字教學〉〔註37〕、王

〔註29〕周何等著：《中文孳乳表稿》，台北：國字整理小組，出版年不詳。

〔註30〕韓耀隆：《中國文字義符通用釋例》，台北：文史哲，1987 年。

〔註31〕裘錫圭：《文字學概要》，台北：萬卷樓，1993 年。

〔註32〕高明：《中國古文字學通論》，台北：五南，1993 年。

〔註33〕康殷：《古文字學新論》，台北：華諾文化有限公司，1986 年。

〔註34〕梁東漢：《漢字的結構及其流變》，香港：國風文化服務社，1958 年。

〔註35〕李孝定：《漢字史話》，台北：聯經，1977 年。

〔註36〕趙誠：《古代文字音韻論文集・古文字發展過程中的內部調整》，台北：中華書局，1991 年，頁 27～38。

〔註37〕許家璐：〈漢字形符的類化與識字教學〉，《漢字文化》1992 年第 1 期，頁 27～31。

夢華〈漢字字形混誤與訛變〉〔註38〕、張希峰擷取博論中的部分發表〈論古文字的形體分化與基本字符的精簡〉〔註39〕、〈分化字的類型研究〉〔註40〕二篇等，其中以張希峰對於文字分化現象理論見解最爲深入。

（三）部件研究

利用部件對文字字形進行拆分，進而研究的方式是近一二十年所逐漸發展起來的。其最初原因是現代漢字難以六書理論討論，進而提出利用部件拆分的方式分析，並可利用這樣的拆分促進電腦漢字輸入法的統整與提供其輸入字元的基礎元件。後又經過諸多的探究，發現利用部件來探究漢字，不僅可免除由筆劃分析過於瑣碎的缺失，也可補足由整個字形探究漢字的粗略，且不僅現代漢字可利用此法分析，發現所有的漢字皆可運用此法分析，西周金文亦可。然或許因爲此理論方興未艾，目前尚未見到利用部件分析法對西周金文進行分析與探究的學位論文〔註41〕。

綜合以上，可見以西周金文構形研究爲主要對象者，對於文字演變多集中於繁化與簡化現象，甚或訛變現象，其內容雖有涉及西周金文分化與混同現象研究的部分，但卻僅是略爲提到，未能完整提出專論，並深入的研究與整體的觀察。而對分化與混同現象探討較多的論文則多論語音分化，少論文字字形分化部分，有完整分化理論者又未針對西周進行細部討論，字形混同現象部分則缺乏完整的整理與進一步的理論體系與架構，不僅未能對西周金文部分作細緻的描寫，其對文字演變的描寫大多是從整個字形討論，未能運用部件分析作既可概括整個文字字形也可細密到筆劃的分析方式，故本文欲藉用部件分析的方式對西周金文字形演變較少論及，卻深具關鍵意義的分化與混同現象進行探究，以期能補足西周金文字形演變的理論架構系統，更能使部件分析發揮作用，進一步討論部件與部件間的相互影響、部件與整字間的相互拉鉅，部件演變與整個文字系統內部調整的平衡發展。

〔註38〕 王夢華：〈漢字字形混誤與訛變〉，《東北師大學報（哲社版）》1992 年第 5 期，頁78～83。

〔註39〕 張希峰：〈論古文字的形體分化與基本字符的精簡〉，《漢字與文化國際學術研討會論文集》。

〔註40〕 張希峰：〈分化字的類型研究〉，《語言教學與研究》1995 年第 1 期，頁 96～107。

〔註41〕 曹永花的《西周金文構形系統研究》是運用構件分析法的構形理論，與本文所指的使用部件拆分的方式分析西周金文不同。

第二章　西周金文分期與部件義界

第一節　西周金文分期

　　分期乃是一種方法上的便利，屬於人爲式外加的暫時性作法，也就是爲方便了解對象，才暫時將對象進行分類所採取的方式，因此，分期的意義在於能滿足在分類時的要求。青銅器發展時間長達一千五百年以上，每時期的青銅器發展或因其歷史、禮制、文化、社會、經濟、技術等的情況不同，而有其自身演變的歷程。「青銅器分期，就是研究和標明各個時期青銅器發展、演進及變化的大致進程，及主要特徵。因而青銅器的分期，是對其自身歷史的綜合研究〔註1〕」。

　　針對西周金文分期而言，西周積年可從周武王滅商到周幽王被犬戎所殺爲數。文字在跨越長遠的年代中定有所增易，將其分期則可方便對西周金文的演變作細部分析，換言之，西周金文分期就是爲了能夠細部的了解西周金文在各個階段性演變的發展情況，進而採取的分期手段。基本上，「所謂分期，乃是在相對的意義是上分出大致可以區別的階段」〔註2〕，西周分期主要就是依循西周時期青銅器形制、紋飾、銘文和組合使用的情形等各方面的考量，找出相對穩定的共通性，以作爲區別其他的基準點。

〔註 1〕馬承源：《中國青銅器》，上海：上海古籍，1988 年，頁 413。

〔註 2〕馬承源：《中國青銅器》，上海：上海古籍，1988 年，頁 415。

　　首對青銅器做分期動作的是薛尚功，他在《歷代鐘鼎彝器款識法帖》將銅器依夏、商、周、秦、漢劃分；然先對中國青銅器以科學方式作分期研究的是郭沫若，1931 年他在《兩周金文辭大系圖錄考釋》〔註3〕的基礎上，1935 年進一步在《彝器形象學試探》對商周青銅器的器形、銘文、紋飾作一全面性的綜合研究，並提出青銅器發展的五個時期：

一、濫觴期：約相當於殷商早期

二、勃古期：殷商晚期到西周穆王

三、開放期：西周恭懿王到春秋早期

四、新式期：春秋中期到戰國末年

五、衰落期：戰國末年以後

這也奠定了青銅器分期斷代的基礎。雖然郭沫若充分使用器物型態學和對銘文的斷代研究，對大量青銅器資料進行整理並得出相對應的結論，但這樣的分期材料依據的全是傳世青銅器，雖在當時已經為青銅器分期提出大致上正確的概況，但仍不夠確實。後 1964 年又在《上海博物館藏青銅器·序》根據當時的研究狀況調整為：

一、育成期：盤庚遷殷以前

二、鼎盛期：殷墟期到西周昭王

三、轉變期：西周穆王到春秋早期

四、更新期：春秋中期到戰國、秦

五、衰退期：兩漢

將青銅器的衰退期拉至漢代，認為西周穆王時期器物有明顯變化，而與昭王時期作區分，根據標準器的判斷，在春秋早期到中期也有新的改變，故分為兩期；此不僅為青銅器發展史勾勒出一個大致上的脈落與歷程，也提供了重要的分期點，尤其是指出西周昭王、穆王時期上有一階段性的發展區隔，影響後來西周金文分期方式不同的一個方向，成為將西周金文分為三個分期的基點。雖然如此，這五個時期的區分仍屬美術考古分類，未能完全替青銅器作一良好的分期工作。郭寶鈞在《商周青銅器群綜合研究》中依據商周器物鑄造技術分六階段：

〔註 3〕郭沫若：《兩周金文辭大系圖錄考釋》，台灣版改成《周代金文圖錄及釋文》，台北，大通書局，1957年。

一、萌生階段：早商；二、進步階段：中商；三、發展階段：晚商到西周前期；四、組合階段：西周後期及春秋初年；五、分鑄階段：春秋中期到戰國；六、專精階段：戰國中末期。白川靜〔註4〕也從銅器製作技術與彝器文化上考量，也將殷末周初視爲連續不分的時期，分爲「殷商期」，昭穆到西周結束稱爲「西周期」，春秋戰國則是「列國期」。此乃從鑄造技術進步的角度出發，爲商周青銅文化分期，但僅從鑄造技術出發就訂定分期，不考量其他更多因素（如銘文等），將有失偏頗〔註5〕。另外，郭寶鈞也以出土發掘報告爲立論依據分青銅器爲五期：一、殷商前期；二；殷商後期；三、西周期；四、東周前期（即春秋時期）；五、東周後期（即戰國時期）〔註6〕。一般考古分期在青銅器分期上有比較多的運用，但是青銅器發展未必要與考古文化分期同步或相同，當考古工作不完全時，青銅器本身仍可自顯其發展階段，故郭寶鈞參照考古分期爲青銅器斷代之法雖可行，但未再詳實考究青銅器發展就依循考古分期爲論，恐分期結果未能如時表現青銅器發展的階段性。

　　以上這些分期多半依據青銅器器物的發展進行分期工作，大多認爲周代初期的青銅器在器形與紋飾仍承襲殷商晚期凝重典雅的風格，而尙未將殷商與西周區別開，而視爲一個連續的階段，故雖在分期上有跨越性的一步，但對於西周金文內部分期工作卻未有一個明確的共識。

　　陳夢家認爲「若在相同性以外，注意周金之所以爲周金，則可以推出在晚殷時代商、周兩部族銅器的並行發展的可能性〔註7〕」，對於「瞭解殷周之際的變革，是有很大的意義的〔註8〕」。在西周青銅器中，車馬器出現了殷商所沒有的轄、鑾鈴、伏兔，兵器中主要武器戈與矛合體爲戟〔註9〕，鐘取代了鐃；在形

〔註4〕白川靜著，溫天河、蔡哲茂譯：《金文的世界》，台北：聯經，1979年，頁9～10。

〔註5〕另外，馬承源也認爲，郭寶鈞依鑄造技術分期，但對於鑄造技術的意義與認知不明，其內部分期仍尙待商榷。詳見馬承源：《中國青銅器》，上海：上海古籍，1988年，頁416～417。

〔註6〕郭寶鈞：《中國青銅器時代》，板橋：駱駝，1987年，頁3～4。

〔註7〕陳夢家：《西周銅器斷代》，北京：中華書局，2004年，頁353。

〔註8〕陳夢家：《西周銅器斷代》，北京：中華書局，2004年，頁353。

〔註9〕北京房山琉璃河燕侯大墓出現「燕侯舞戈」銘文的十字形戟，河南濬縣辛村衛侯墓中出土「侯」銘文的十字形戟。

制方面，新出現方座簋、四耳簋等特有形制〔註10〕；酒器中的爵、觥、方彝等
數量大爲減少，應與周初禁飲酒有關，《尚書・酒誥》：「文王誥教小子有正有事：
無彝酒。越庶國：飲惟祀，德將無醉。惟曰我民迪小子，惟土物愛，厥心臧。
聰聽祖考之遺訓，越小大德」，《大盂鼎》：「在于御事，戲酒無敢醻」皆說明周
王對臣下談周朝立國與殷喪國的教訓，並告誡子孫不可沉迷於飲酒中；在銘文
方面，唐蘭也認爲「商文字和周文字是不同的〔註11〕」，周人已有了自己的面貌，
與商人不同，周初的銘文不僅增長，銘文內容更豐富多樣，有記分封諸侯、賞
賜臣工、征戰、訓誥、冊命等，不像商人宗教意志濃厚，僅將青銅器當作祭器
或禮器，反而藉著青銅器銘文宣揚個人或家族的榮耀，並常與政治事件聯繫，
這也反映了周初文化與殷商著眼點的不同。可知從青銅器的形制、社會文化、
銘文等各方面，在分期上，殷商與西周是區別的兩個時期。

　　針對西周青銅器分期的方式主要有三種，或分爲前、後兩期，或分爲前、
中、後三期，或分爲六期者。

　　將西周金文分爲前後兩期者，如裘錫圭〔註12〕將西周文字分爲前期（昭穆
以前）與後期（恭懿以後），認爲恭、懿諸王以後，文字形體變化變劇烈起來，
故分爲前後兩期；《商周彝器通考》、《殷周青銅器通論》在朝代上的劃分，也將
西周分爲前後兩期〔註13〕；杜迺松〔註14〕依西周歷史和青銅器本身的發展演變
分爲兩大階段，西周前期爲武王到穆王，西周後期爲共王到幽王；曹瑋認爲西
周銅器在穆王、共王以前的發展乃延續初年的形式，並無實質上的變化，在共
懿前後才有另一個發展性的階段〔註15〕，故依西周青銅器發展變化的特點將西
周銅器分爲前後兩期，前期指武王到共王，後期乃懿王至幽王，前後期之交即

〔註10〕國立故宮博物院編輯委員會編輯：《千古金言話西周》，台北：國立故宮博物院，
　　　2001年，頁24。

〔註11〕唐蘭：《中國文字學》，上海：上海古籍，2001年，頁130～131。

〔註12〕裘錫圭著，許錟輝校訂：《文字學概要》，台北：萬卷樓圖書公司，1994年，頁62。

〔註13〕容庚、張維持以爲西周積年有351年，將西周前期定爲公元前1121年到公元前947
　　　年，西周後期定爲公元前946年到公元前771年，各歷時175年與176年。見《殷
　　　周青銅器通論》，台北：康橋出版事業有限公司，1986年，頁17。

〔註14〕杜迺松：《中國青銅器發展史》，北京：紫禁城出版社，1995年，頁40。

〔註15〕曹瑋：〈從青銅器的演化試論西周前後期之交的禮制變化〉，《周原遺址與西周銅器
　　　研究》，北京：科學出版社，2004年，頁91～92。

指穆、共、懿、孝時期〔註16〕。筆者案曹瑋雖將穆、共、懿、孝時期強調為西周青銅器前後期之交階段的過渡時期，實際上穆、共、懿、孝時期就是斷代三期的第二期，名異實同。

持分前後兩期者，主要是以穆王以前為前期，其後為後期。容庚以時間作為考量，各分一半年數為期，杜迺松依西周歷史和青銅器本身的發展演變做依據，二者皆忽略了銘文自身的演變發展；裘錫圭從文字上觀察，認為昭穆前後文字形體不同而分期。然西周後期（恭懿以後）是否已經沒有其他階段性的發展？在恭王、懿王之後到西周滅亡尚約有 150 年之久，西周金文豈無其他形體演變的不同？是否已無分期之必要？

將西周金文分為前、中、後三期者，依西周青銅器的形制、紋飾、組合等因素在昭王、穆王時期有一個階段性發展，為學者重視，並為西周青銅器斷代三期的基點〔註17〕，此以陳夢家最具代表性。

陳夢家〔註18〕針對西周的十二個王世和共和擬定了三個分期與各王的時代：

分期	王世（包括共和時期）	年　限	總年數（年）
西周初期（共80年）	武王	公元前 1027～1025	3
	成王	公元前 1024～1005	20
	康王	公元前 1004～967	38
	昭王	公元前 966～948	19
西周中期（共90年）	穆王	公元前 947～928	20
	共王	公元前 927～908	20
	懿王	公元前 907～898	10
	孝王	公元前 897～888	10
	夷王	公元前 887～858	30
西周晚期（共87年）	厲王	公元前 857～842	16
	共和	公元前 841～828	14
	宣王	公元前 827～782	46
	幽王	公元前 781～771	11

〔註16〕曹瑋：〈周原西周銅器的分期〉，《考古學研究》（二），北京：北京大學考古系。

〔註17〕曹瑋：〈從青銅器的演化試論西周前後期之交的禮制變化〉，《周原遺址與西周銅器研究》，北京：科學出版社，2004 年，頁 91。

〔註18〕陳夢家：《西周銅器斷代》，北京：中華書局，2004 年，頁 354。陳夢家原發表〈西周銅器斷代〉（1～6）於《考古學報》第 9～14 冊（1955～1956 年），全文未完便中斷發表，後收入《西周銅器斷代》。

認為西周三個分期各約八、九十年，代表西周銅器發展的三個階段，這樣的發展階段〔註19〕也表現在西周銘文的字形上。後陸陸續續也有贊成西周銅器分為三個階段的學者，如水野清一〔註20〕在《殷周青銅器與玉》將西周青銅器分為初期、中期、後期；樋口隆康〔註21〕也依銘文內在聯繫和器形的比對設定編年，依此將西周青銅器分為初期、中期、後期。馬承源〔註22〕在《中國青銅器》分夏、商、周、秦、漢整個青銅器發展史為 13 期，其中將殷商與西周畫分開來，且將西周劃分為早、中、晚三期，早期為武王到昭王（約西元前 11 世紀中葉至前 10 世紀中葉），青銅器文化漸與殷商的青銅文化有別，如青銅器由殷商的重酒體制轉向重食體制，並出現方座簋，紋飾方面則「增添了有觸角的蝸狀體區的怪獸紋，出現了以鳳鳥為主題紋式的器物〔註23〕」，銘文內容也反映政治社會的一面；中期為穆王到夷王（約西元前 10 世紀初至前 9 世紀前期），此時青銅器顯示出周人禮制，器物形制也有所改變〔註24〕，偏重實用設計，而前期所流行的獸面紋已少見，以竊曲紋與環帶紋為主流，銘文「用筆純熟，結體圓渾，漢前期筆劃多帶波磔者很不相同〔註25〕」；晚期是厲王到幽王（約西元前 9 世紀中期至前 771），此

〔註19〕陳夢家：「西周銅器發展的三個階段：在初期，是從殷、周並行發展形式變為殷、周形式的混合，所以此期的銅器更接近於殷式；在中期，尤其是其後半期，已逐漸的拋棄了殷式而創造新的周式，殷代以來的卣至此消失，而周式的盨、簠至此發生；在晚期，是純粹的新的周式的完成。以上的變更，也表現在花紋上、銘文的字形上和內容上。」見《西周銅器斷代》，北京：中華書局，2004 年，頁 354。

〔註20〕水野清一：《殷周青銅器與玉》，東京：京都大學人文科學研究所，1959 年。

〔註21〕樋口隆康：〈西周銅器之研究〉，《京都大學文學部紀要》七，1963 年，中譯本見蔡鳳書譯：《日本考古學研究者中國考古學研究論文集》，香港：東方書店，1990 年。

〔註22〕馬承源：《中國青銅器》，上海：上海古籍，1988 年，頁 417、428～442。

〔註23〕馬承源：《中國文物精華大全——青銅卷‧青銅卷序》，台北：台灣商務，1995 年，頁 21。

〔註24〕酒器除了必備的壺之外，其餘以殘存的形式或改頭換面保留下來。觥基本上不再出現，三錐足有流的爵轉變為圈足圓罐形和帶有長柄。觶改變為飲壺一類的器形，觥的獸形造型基本退化，方彝改變為方形罐狀器，或新添一對附耳。鼎主要流行的是立耳寬垂腹的柱足鼎。盨至此產生。鬲漸為淺腹平檔唇口寬平的規範化式樣。詳見馬承源：《中國文物精華大全——青銅卷‧青銅卷序》，台北：台灣商務，1995 年，頁 22。

〔註25〕馬承源：《中國文物精華大全——青銅卷‧青銅卷序》，台北：台灣商務，1995 年，頁 22。

時期「青銅器的鑄作與紋飾呈現退化趨勢，簡草、粗疏、衰頹成爲一時的傾向〔註26〕」。李學勤〔註27〕將西周前期設定爲昭王以前，銘文逐漸加長，筆劃多有波磔，氣勢渾厚；穆、恭、懿、孝王爲中期，文字多規整；夷王之後則屬後期，字體有新的變化，以《虢季子白盤》最值得重視，其字體在風格上開啓秦人文字的端緒。高明〔註28〕依據銅器銘文和文獻提供的資料分析，西周早期、中期、晚期三個階段各占的時間基本上可以平均分配，每期各占九十年左右，早期爲武、成、康、昭王，中期爲穆、共、懿、孝王，晚期爲夷、厲（共和）宣、幽王。游國慶從西周彝銘的角度分西周金文爲三期：早期（即武王、成王、康王、昭王，約西元前11世紀中葉至前10世紀中葉）書風多雄肆清勁，中期（即穆、共、懿、孝、夷王，約西元前10世紀中葉至前9世紀中葉）規整婉秀，晚期（即厲、宣、幽王，約西元前9世紀中葉至前771年）則走向線條化〔註29〕。《西周青銅器分期斷代研究》依西周青銅器形制和紋飾類型學分析，將西周青銅器劃分三期，西周早期相當爲武王、成王、康王、昭王四個王世，西周中期爲穆王、恭王、懿王、孝王、夷王五個王世，西周晚期爲厲王（包括共和時期）、宣王、和幽王時期。〔註30〕

　　將西周金文分爲六期者，以朱鳳瀚〔註31〕爲主。朱鳳瀚將西周金文時間定在西元前11世紀中葉到西元前771年，並分爲早期、中期、晚期，早期是從武王到昭王，中期是穆王到孝王，晚期是夷王到幽王〔註32〕。爲更明確觀察各期變化，便在三期的基礎上，又將早期劃分兩個階段，第一階段主要是武王、成王時期，第二階段是康王、昭王時期；中期則分爲三個階段，第一階段以穆王

〔註26〕馬承源：《中國文物精華大全——青銅卷・青銅卷序》，台北：台灣商務，1995年，頁23。

〔註27〕詳見李學勤：〈西周中期青銅器的重要標尺——周原庄白、強家兩處青銅器窖藏的綜合研究〉，原載於《中國歷史博物館館刊》1979年第1期，後收於《新出青銅器研究》，北京：文物出版社，1990年、《古文字初階》，北京：中華書局，2003年，頁40〜42。

〔註28〕高明：《中國古文字學通論》，台北：五南圖書，1993年，頁515。

〔註29〕國立故宮博物院編輯委員會編輯：《千古金言話西周》，台北：國立故宮博物院，2001年，頁24〜35。

〔註30〕王世民、陳公柔、張長壽：《西周青銅器分期斷代研究》，北京：文物出版社，1999年，頁251〜256。

〔註31〕朱鳳瀚：《古代中國青銅器》，天津：南開大學，1995年，頁66、454〜456。

〔註32〕朱鳳瀚：《古代中國青銅器》，天津：南開大學，1995年，頁66。

時期爲主，第二階段爲共王至懿王時期，第三階段指孝王時期；西周晚期則未
劃分。〔註33〕這樣分法，其本質仍是分三期。

可知目前西周青銅器的分期方式或稍有不同，但在大範圍上已沒有太大分
歧，一般大多數、或習慣、或基本上也以分三期爲主，只在細分王世則或有不
同意見。（如下表）

王世	曹瑋	陳夢家	馬承源	李學勤	高明	游國慶	王世民等	朱鳳瀚	《殷周金文集成》	《近出殷周金文集錄》
武王	西周前期	西周前期	西周前期	西周前期	西周前期	西周前期	西周前期	第一期	西周前期	西周前期
成王										
康王								第二期		
昭王										
穆王		西周中期	西周中期	西周中期	西周中期	西周中期	西周中期	第三期	西周中期	西周中期
共王								第四期		
懿王										
孝王								第五期		
夷王	西周後期	西周後期	西周後期	西周後期	西周後期	西周後期	西周後期	第六期	西周後期	西周後期
厲王										
宣王										
幽王										

由表可知，將西周金文分爲三期者對於西周早期有相同的看法，認爲昭王
與穆王有明顯的階段性發展的區別現象，可說對於西周金文分期大致上是已有
共識，中期到晚期的分野則僅在夷王或厲王兩者間取決。

近來劉啓益〔註34〕認爲透過比對法可得知正確的青銅器時代，故利用比對

〔註33〕朱鳳瀚：《古代中國青銅器》，天津：南開大學，1995 年，頁 454～456。

〔註34〕劉啓益認爲「過去五十年研究西周銅器斷代大致可分爲兩個階段，五十年代以前
常依靠銅器自名，將銘文與文獻對勘，利用人名輾轉聯繫，或用比對法（即把不
知時代的銅器與已知時代的銅器，從形制、花紋、書體上進行比對），但未形成專
門的方法，此外尚利用月相判斷時代，但其結果不一定可靠。五十年代初期，陳
夢家較多利用比對法，但僅限於個別器物的比對，五十年代中期，因爲資料大量
出土，同一墓葬或窖穴的相互關係提供重要依據，考古人員利用形制比對推斷時
代，打下良好基礎」。見劉啓益：〈西周金文中的月相與共和幽宣紀年銅器〉，《古
文字研究》第九輯，北京：中華書局，1984 年，頁 207～208。

法〔註 35〕重新將青銅器整理排比一次〔註 36〕。劉啟益曾在〈西周金文中的月相與共和幽宣紀年銅器〉〔註 37〕確定厲王在位年數已不是舊說的 16 年，目前也確定有厲王 30 年以上的青銅器存在，如三十一年鬲攸从鼎、三十三年伯父盨、三十七年善夫山鼎等皆是，後又提出屬夷王器有：元年師旋簋、元年師𩵥簋、元年師𩰬簋、三年史頌鼎、四年散伯車父鼎（四年散季簋）、五年師旋簋、六年史伯碩父鼎、十二年說盤、十一（二）年虢季世子組盤、二十六年番匊生壺、二十七年伊簋，屬厲王器有元年師西簋、元年逆鐘、元年叔青父盨、二年□簋、三年頌鼎、五年兮甲盤、五年召伯虎簋、六年召伯虎簋、十一年師㝨簋、十二年𤼈簋、十六年克鐘、十九年馬趞鼎、二十三年克鼎、二十五年鬲从盨、二十八年𡧛盤、三十一年鬲攸从鼎、三十三年伯寬父盨、三十七年善夫山鼎等，則

〔註35〕比對法實際做法為「把每一類銅器分成若干型式，每一型式按已知時代早晚排比先後，在排比中觀察器形的變化，從變化中找反應時代的特徵，經過反覆比對、校正，就組成了每一型式的發展序列，序列形成了，每一型式銅器形制的變化的特點就出來了，這樣，不知時代的銅器也可以根據它在序列中的位置卡定其時代，這樣，也可以檢驗前此擬定的銅器的時代是否正確」。見劉啟益：〈西周武成時期銅器的初步清理〉，《古文字研究》第十二輯，北京：中華書局，1983 年，頁 207～208。

〔註36〕詳見劉啟益：〈伯寬父盨銘與厲王在位年數〉，《文物》1979 年 11 期、劉啟益：〈西周厲王時期銅器與「十月之交」的時代〉，《考古與研究》1980 年創刊號、劉啟益：〈西周夷王時期銅器的初步清理〉，《古文字研究》第七輯，北京：中華書局，1982 年，頁 139～164、劉啟益：〈西周金文中的月相與共和幽宣紀年銅器〉，《古文字研究》第九輯，北京：中華書局，1984 年，頁 207～250、劉啟益：〈西周康王時期銅器的初步清理〉，《出土文獻研究》，北京：文物出版社，1985 年、劉啟益：〈西周武成時期銅器的初步清理〉，《古文字研究》第十二輯，北京：中華書局，1985 年，頁 207～256、劉啟益：〈西周昭王時期銅器的初步清理〉，《出土文獻研究續集》，北京：文物出版社，1989 年、劉啟益：〈西周紀年銅器與武王至厲王的在位年數〉，《文史》第十三輯，1986 年、劉啟益：〈西周穆王時期銅器的初步清理〉，《古文字研究》第十八輯，北京：中華書局，1992 年，頁 326～389、劉啟益：〈西周懿王時期銅器的初步清理〉，《文史》第三十六輯，1992 年、劉啟益：〈西周共王時期銅器的初步清理〉，《古文字研究》第二十輯，北京：中華書局，1994 年，頁 55～84、劉啟益：〈西周孝王時期銅器的初步清理〉，《出土文獻研究》第三輯，北京：中華書局，1998 年等。

〔註37〕劉啟益：〈西周金文中的月相與共和幽宣紀年銅器〉，《古文字研究》第九輯，北京：中華書局，1984 年，頁 207～250。

可對於器物的歸屬作一重新的整理。

又本文將以《殷周金文集成》與《近出殷周金文集錄》爲主要文本，故對於西周金文的分期，將分成三期，並以西周早期爲武王伐紂到昭王，西周中期爲穆王到夷王，西周晚期則是厲王到幽王時期，其中若有爭議者，將再另加註說明。

第二節　部件析論

一、部件義界

字形分析是漢字研究中重要的課題，王筠《文字蒙求·自序》：

> 雪堂謂筠曰：人之不識字也，病於不能分，苟能分一字爲數字，則
> 點畫必不可以增減，且易記而難忘矣。

可知字形結構的分析是認識漢字重要的關鍵。漢字形體結構在春秋中葉就有人注意，如《左傳·宣公十二年》：「夫文，止戈爲武」、《左傳·宣公十五年》：「故文，反正爲乏」、《左傳·昭公元年》：「於文，皿蟲爲蠱」，雖從文字理論上分析，有的不甚貼切，但卻可知當時已對漢字結構試圖從理論上進行解釋的萌芽〔註38〕。漢字合體「字」有由獨體「文」孳乳之特色，漢字的字形結構有獨體與合體的分別，在東漢的許愼就已經發現了，在《說文解字·序》中提到：

> 倉頡之初作書，蓋依類象形，故謂之文；其後形聲相益，即謂之字。
> 文者，象物之本；字者，言孳乳而寖多也。

「文」是孳乳其他合體字的基本要素，具有形音義，「文」的字形結構基本上不能拆解，拆解後將不能成文，否則也僅剩沒有意義的線條符號；「字」則是從「文」孳乳而來，經過拆解仍具備形音義三要素的文字〔註39〕。許愼又在《說文解字》整理九千三百五十三個文字，分列五百四十部，以六書系統理論針對漢字分析其字形結構，並說明其字形、字義，加深文字結構的觀念。及至明代梅膺祚撰《字彙》，合併《說文》部首爲二百一十四部，其影響成爲日後字典檢字的基本體例，然《字彙》二百一十四部需兼負文字檢索與反映字源，因此存在部首從字義上分析或可獨立成部，在檢索字形上卻或可再予細分之問題。

〔註38〕詳見高明：《中國古文字學通論》，台北：五南圖書，1993 年，頁 4～5。

〔註39〕林慶勳、竺家寧、孔仲溫：《文字學》，空中大學，頁 16～17。

　　唐代開始則有「字原」一詞的產生，並依此注意漢字形傍的研究。然其內涵仍與許慎五百四十部首相近，沒有很大的突破，也非今日「字原」之概念，高明究其原因〔註40〕指出「所謂字原，應當指那些構成漢字形體的基本形傍，主要是一些獨體象形字和少數會意字」，但前人卻將五百四十部首與字原概念相混淆，殊不知《說文》部首本身重疊之處甚多，且將由若干形傍並合而成的複體字列爲部首，不僅本身已欠妥當，更遑論是漢字字原概念相等同，故字原學研究當初尚無法跨出《說文》部首的框架。在文字構造理論中，王聖美也曾提出「右文說」，主張形聲字的聲符兼義說，據沈括《夢溪筆談》記載：

> 王聖美治字學，演其義以爲右文。古之字書皆從左文。凡字，其類
> 在左，其義在右。如木類，其左皆從木。所謂右文者，如戔，小也，
> 水之小者曰淺，金之小者曰錢，歹而小者曰殘，貝之小者曰賤，如
> 此之類，皆以戔爲義也〔註41〕。

聲符兼義的論點雖未能涵蓋所有形聲字，但此說法不僅影響到清儒，如段玉裁於《說文解字注》更提出「聲義同源」、「凡形聲多兼會意」的看法，也使文字結構分析理論有一個新視角。

　　宋代呂大臨則首從「偏旁」考釋古文字，《考古圖》釋文中提到：

> 筆劃多寡，偏旁位置左右上下不一。

而利用偏旁研究古文字較有系統的是清末孫詒讓，〈名原〉：

〔註40〕高明認爲當初字原學研究之所以未有良好的發展，乃因：「他們皆誤把《說文》部首同漢字字原混在一起。《說文》部首與漢字字原雖有一定的關係，但二者性質並不完全相同，五百四十個部首，其中包括字原，並非都是字原。所謂字原，應當指那些構成漢字形體的基本形傍，主要是一些獨體象形字和少數會意字。《說文》部首並不完全如此，它的內容非常繁雜，臃腫重疊之處甚多。例如在其所建部首中，既有玉部，又重建玨部，既有象形艸部，又有會意蓐和茻二部；既有象形口部，有重建吅、品、品三部。……類似這種重疊情況在整個部首中占有很大的比例。除此之外，像豐、羴、癠、毀、履、歠、麤、豕、瀕、鹽、稽等字均列入部首之內，從它們的字體分析，都是由若干個形傍併合而成的複體字，列爲部首已甚不妥，當然就更非字原了。」詳見高明：《中國古文字學通論》，台北：五南圖書，1993年，頁82。

〔註41〕沈括：《夢溪筆談》，台北：世界，1989年。

通教金文，互相推案，以所以從偏旁，析而斠之。

唐蘭稱這種方法爲「偏旁分析法」，也就是「先把已經認識的古文字，按照偏旁分析爲一個個單體，然後把各個單體偏旁的不同形式收集起來，研究它們的發展變化；在認識偏旁的基礎上，最後再來認識每個文字〔註42〕。」孫詒讓跨出《說文》部首的框架，以古文字中的形體偏旁作爲整理分析文字的原則，這點出研究古文字形體的關鍵。之後唐蘭、于省吾進一步發展，唐蘭遺作《甲骨文自然分類簡編》、島邦男《殷虛卜辭綜類》、姚孝遂《殷虛甲骨刻辭類纂》皆同屬之。其後高明在唐蘭的理論架構上提出「形旁字源」，並指出「漢字形旁，多爲『象物之本』的『獨體之文』，雖個別如辵、走、邑、聿等原由兩個符號組成的複體字，也是以一個完整的個體出現〔註43〕」，他將形聲、象形、會意字分漢字形傍爲「人和人的肢體與器官」、「動物形體」、「植物形體」、「生活器具、工具和武器」、「自然物的形體」五大類，並分析出一百一十一個清楚發展序列的古文字的形旁〔註44〕。然將「辵」、「走」等字視爲偏旁或可商榷，因在西周金文中，「辵」乃由「彳」和「止」二形旁組成，如「⿺辶」（追，《史頵父鼎（02762）》）、「⿺辶」（遘，《蟎鼎（02765）》）、「⿺辶」（遣，《我方鼎（我甗、禦鼎、禦簋）（02763）》）、「⿺辶」（進，《歸妖方鼎（02725）》）、「⿺辶」（通，《頌鼎（02827）》）；「走」則由「夭」、「止」二形旁組成，如「⿱夭止」（走，《大盂鼎（02837）》）、「⿺走」（趞，《憲鼎（02731）》）、「⿺走」（趩，《趩鼎》）、「⿺走」（趆，《師趆鼎（2713）》）、「⿺走」（趙，《七年趙曹鼎（02783）》）、「⿺走」（趄，《厚趄方鼎（趄鼎、趄甗、父辛鼎）（02730）》）。對於文字結構分析或忽略時代的問題。如此僅從字形結構的角度分析漢字偏旁，時或不夠周延。

「字根」概念首出於周何主編《中文字根孳乳表稿》〔註45〕，季旭昇《甲骨文字根研究》〔註46〕則實際運用「字根」概念在甲骨文上，並定義甲骨字根爲「組成甲骨文之最小成文單位」，以區別「部首」、「字原」、「偏旁」、「形旁」

〔註42〕高明：《中國古文字學通論》，台北：五南圖書，1993 年，頁 147～148。

〔註43〕高明：《中國古文字學通論》，台北：五南圖書，1993 年，頁 84。

〔註44〕高明：《中國古文字學通論》，台北：五南圖書，1993 年，頁 85～109。

〔註45〕周何等著：《中文字根孳乳表稿》，台北：國字整理小組。

〔註46〕季旭昇：《甲骨文字根研究》，台北：國立台灣師範大學國文研究所博士論文，1980 年。

等概念，並提出 485 個甲骨字根，針對甲骨文字形進行分析探討。其後董妍希《金文字根研究》〔註47〕循此法對金文字根進行探究，提出 486 個金文字根，不僅對金文字根作字形演變的觀察，同時也比較甲骨文與金文字根的差異。另外，李佳信《《說文》小篆字根研究》〔註48〕、陳嘉凌《楚系簡帛字根研究》〔註49〕、何麗香《戰國璽印字根研究》〔註50〕也皆依此架構論點執行古文字形體分析。從字根角度探討字形演變，可得知構文字構形的基礎，對於古文字的檢索也有一定的助益。

然這樣的研究將較少涉及到漢字外部結構〔註51〕的問題，誠如蘇培成所言：「現狀研究不但要研究漢字的外部結構，而且要研究漢字的內部結構〔註52〕」，如此內部結構與外部結構都必須兼顧方可對文字構形能有完整的認識。

如此僅從字形結構的角度分析漢字偏旁，時或不夠周延，反之，從筆劃入手，或過於細微，又從字根分析漢字恐無法兼顧外部結構分析與內部結構分析，故近十幾年來有從「部件」分析漢字的方式。其定義歷來則存有分歧的看法，大致上有以下幾種意見：

（一）部件必須具有區別漢字字音、字義的作用，即獨體字。

這樣的定義指出，部件必須具有區別漢字音、義的作用，而非任何一種筆劃的組合單位。就其存在形式而論，它必須是一個獨立的書寫單位，不論筆劃多寡，凡筆劃串聯在一起的，皆視爲一個部件，簡而言之，即獨體字。如：也、

〔註47〕董妍希：《金文字根研究》，台北：國立台灣師範大學國文研究碩士論文，2000 年。

〔註48〕李佳信：《《說文》小篆字根研究》，台北：國立臺灣師範大學國文研究所碩士論文，1999 年。

〔註49〕陳嘉凌：《楚系簡帛字根研究》，台北：國立臺灣師範大學國文研究所碩士論文，2001 年。

〔註50〕何麗香：《戰國璽印字根研究》，台北：國立臺灣師範大學國文系在職進修碩士論文，2003 年。

〔註51〕蘇培成認爲漢字形體分析可分爲外部結構分析與內部結構分析，漢字的外部結構分析是傳統漢字學很少顧及的領域。詳見蘇培成：《現代漢字學綱要》，北京：北京大學出版社，2001 年，頁 64～65。

〔註52〕又蘇培成：「漢字的溯源研究叫造字法研究，現狀研究裡的外部結構研究叫構形法研究，現狀研究裡的內部結構叫構字法研究。」見《現代漢字學綱要》，北京：北京大學出版社，2001 年，頁 65。

牛、黽等。

筆者案：這樣的定義必須考量的是，部件是否必須具有音、義，且筆劃未串聯在一起的字形眞不能視爲部件嗎？

（二）部件就是漢字的偏旁和部首。（包括部首中的橫、豎、撇、點、折五種基本筆劃在內）

認爲部件就是漢字的偏旁和部首者〔註53〕，即表示凡爲部首或偏旁者，皆視爲部件，包括部首中的橫、豎、撇、點、折五種基本筆劃。

然這樣的定義需要注意的是，漢字偏旁或部首是否尚可拆分，如「騎」拆分爲「馬」與「奇」，「奇」作爲「騎」的複合偏旁，應再拆分爲「大」、「可」；「趕」拆分爲「走」與「旱」，「旱」作爲「趕」的複合偏旁，應再拆分爲「日」、「干」，且「走」作爲「趕」的部首，應再拆分爲「夭」、「止」。故可知以上對於部件的定義，尚未明確，仍有斟酌之處。

（三）部件是構成合體字最小的筆劃結構單位，但須大於筆劃。

尚有對部件的定義指出，部件是構成合體字最小的筆劃結構單位，它須大於筆劃。就其存在形式而論，它是一個獨立的書寫單位，不管結構複雜與否，凡筆劃串聯在一起的，皆視爲一個部件。這裡也指出部件並不一定都具有音、義，具有音、義的就是獨體字，有的則無。

（四）部件是構成合體字最小筆劃結構單位，它大於基本筆劃，小於複合偏旁。

傅永和認爲上述三種意見或有偏頗、或有不足之處，故在〈漢字的部件〉中提出自己對部件的看法說：

> 漢字部件是構成合體字的最小筆劃結構單位，其下限必須大於基本
> 筆劃，上限小於複合偏旁。從功能看，部件並不一定具有音、義；
> 從存在形式看，它是一個獨立的書寫單位，不管筆劃多麼複雜，凡
> 是筆劃串聯在一起的，都作爲一個部件看待。〔註54〕

〔註53〕黃柏榮、廖序東：「部件又稱偏旁，是由筆劃組成的具有組配漢字功能的構字單位」；唐朝闊等：「偏旁是漢字構造的部件」。詳見黃柏榮、廖序東：《現代漢語》（增訂三版），北京：高等教育，2002年，頁179；唐朝闊等：《現代漢語》，北京：高等教育，2000年，頁99。

〔註54〕傅永和：〈漢字的部件〉，《語文建設》1991年第12期。

傅氏這樣的定義修正或補充了上述三種定義的不足，但關於「凡是筆劃串聯在一起的，都作為一個部件看待」一點仍無改變，這將無法交代出「彳」、「巛」、「彡」、「刂」、「心」等字因並非筆劃串聯在一起而不被視為部件一個合理的解釋；又傅氏尚認為部件下限必須大於基本筆劃，然在漢字的實際例子中其實可發現有些部件是無法被概括的，如「一」、「乙」字都是由基本筆劃作為部件構成的獨體字，且顯然沒有大於基本筆劃，再如「且」、「引」、「孔」、「幻」這些分離的筆劃明顯獨立於另一部件之外，僅因這些筆劃非橫筆劃而不作切分，把整個字當作一個獨體字，則不符字形結構的實際情況。故若將基本筆劃排除在部件的範圍內，則無法涵蓋所有的漢字部件，也會對漢字體系造成矛盾的現象。

（五）部件是漢字的基本構字單位，介於筆劃和整字之間，它大於或等於筆劃，小於或等於整字。（其部件等於筆劃是有其限制條件的）

蘇培成在《現代漢字學綱要》中，對於部件的定義又做了修正：

（部件）是漢字的基本構字單位。

部件也叫字根、字元、字素，它是由筆劃組成的具有組配漢字功能的構字單位。從構成漢字的三個結構層次說，部件介於筆劃和整字之間，它大於或等於筆劃，小於或等於整字〔註55〕。

部件是由筆劃組成的，所以它大於筆劃。……部件大於筆劃，這是常例。……但是有的單筆劃在構字時具有獨立性，在證字中佔有重要的位置，這樣的單筆劃也是部件。〔註56〕

部件是構字單位，它要小於整字。……部件小於整字常例，等於整字是特例。我們必須承認「人、口、手、戊、事」等字，也是由部件構成的，而不是由筆劃構成的〔註57〕。

蘇氏不僅點出部件是漢字的基本構字單位，更將部件的定義往前推進一步，他解決「凡是筆劃串聯在一起的，都作為一個部件看待」的窘境，即筆劃沒串聯在一起，也可成為部件作為構字單位，且就算筆劃串聯在一起，亦非絕對不能

〔註55〕蘇培成：《現代漢字學綱要》，北京：北京大學出版社，2001 年，頁 74。

〔註56〕蘇培成：《現代漢字學綱要》，北京：北京大學出版社，2001 年，頁 74。

〔註57〕蘇培成：《現代漢字學綱要》，北京：北京大學出版社，2001 年，頁 75。

再拆分。另外，費錦昌〔註 58〕與蘇培成對於筆劃、部件、整字的分野持相同的看法，即「部件介於筆劃和整字之間，它大於或等於筆劃，小於或等於整字」，對於部件與筆劃、部件與整字的範圍也作了更貼近實際情況的修正，對於基本筆劃或單筆劃也說明其屬於部件的規範性。就此可知，蘇培成對於部件的定義又比傅氏之說更貼切、更清晰。

綜合上述，對於部件的問題大致上可獲得基本的認知，關於部件與文字字形分析的互動方面，可知所有的漢字皆可藉由部件拆分法對漢字作細部探究，且部件分析法則是介於筆劃分析法和偏旁分析法之間的一種分析方法，它可將漢字的構成成分分析到最小的構字單位，既不像筆劃分析那像過於細瑣，又不會像偏旁分析那像粗疏，是適合漢字拆解分析及探究的一個途徑。關於部件與筆劃、整字間的分野，可擬定它是介於筆劃與整個文字字形之間的文字基本構字單位，基本上它大於或等於筆劃，小於或等於整個文字字形；再者，在漢字系統中，部件具有相對獨立性與生成能力，與部件和整字構成形體系統與部位系統，是字形結構中最小的構字元件。而本文所謂的金文部件，在與筆劃、整字間的分野，可擬定它是介於金文筆劃與整個金文文字字形之間的基本構字單位，基本上它大於或等於金文筆劃，小於或等於整個金文文字字形；在漢字系統中，金文部件則具有相對獨立性與生成能力，與金文部件和金文整字構成形體系統與部位系統，是金文字形結構中最小的構字元件。

又利用部件來探究文字結構，則可解決利用字原、偏旁、部首等無法進行細部分析或受時間推移而不適用的窘境；而與字根最大的不同點是，字根乃是構成文字最小成文單位，但部件則不限定於成文單位內，只要是可以從介於筆劃與整個文字字形之間離析出來的構字單位，就可以成為部件，進而解釋文字結構，則用部件來探究文字，其觀察範圍或較字根來得大，也可兼顧漢字的內部結構與外部結構。

二、漢字的部件拆分

所謂漢字的部件拆分，指的是將漢字拆分為部件。屬漢字外部結構的分析

〔註58〕費錦昌認為部件是具有獨立組字能力的構字單位，它大於或等於筆劃，小於或等於整字。見費錦昌：〈現代漢字部件探究〉，《語言文字應用》1996 年第 2 期（總第 18 期），頁 22。

〔註59〕。

蘇培成〔註60〕以爲漢字的部件拆分可作層次性的拆分與平面性的拆分。層次性的拆分是逐層拆分,然後得到最小的構字部件;平面性的拆分則是一次拆分完全,並得到最小的構字部件。

漢字合體字中,部件小於整字;獨體字中,部件等於整字。從構形上看,合體字乃由部件所組成,具有層次性;如此,從漢字的部件拆分上看,則部件的拆分就應是依據構形組合層次對漢字逐層拆分,故漢字的部件具有層次性。又蘇培成認爲「漢字本來是逐層組合的,層次性是漢字本身固有的屬性,只有逐層拆分才能顯示漢字的外部結構」。故藉由層次性的拆分漢字構形,較平面性的拆分更能獲得漢字構形上的精神。

又如何對漢字進行層次性的拆分呢?以下嘗試作一漢字層次性拆分基本的原則與方法。

(一)分隔溝拆分

蘇培成認爲「分隔溝〔註61〕」是一個很重要的標誌〔註62〕。分隔溝是部件與部件作區分的標誌,在共時平面上,沿著分隔溝可以將相鄰的組合作區分。此可區分爲兩個或兩個以上的部件,如「𣏟」(《杞伯鼎》)拆分爲「木」、「𠃌」兩個部件;「嚊」拆分爲「口」、「臱」兩個部件;「輪」拆分爲「車」、「侖」兩個部件。

當分隔溝多於一條時,先沿著長的分隔溝區分開,再沿著短的分隔溝作區分。如金文「𥢶」(《秦公簋》)先拆分爲「匡」、「粆」兩個部件,再將「粆」拆分爲「屰」、「米」兩個部件,如此,「𥢶」可得「匡」、「屰」、「米」三個部件;小篆「䚯」先拆分爲「言」、「吾」兩個部件,再將「吾」拆分爲「Ｘ」、「廿」兩個部件,如此,「䚯」可得「言」、「Ｘ」、「廿」三個部件;楷書「森」可拆分爲「木」、「林」兩個部件,再將「林」拆分爲「木」、「木」兩個部件,如此,

---

〔註59〕蘇培成:《現代漢字學綱要》,北京:北京大學出版社,2001年,頁75。

〔註60〕蘇培成:《現代漢字學綱要》,北京:北京大學出版社,2001年,頁75~77。

〔註61〕陳愛文、陳朱鶴:《漢字編碼的理論與實踐》,上海:學林出版社,1986年,頁14。

〔註62〕蘇培成:〈現代漢字的部件切分〉,《語言文字應用》第3期(總第15期),1995年,頁53。

「森」可得「木」、「木」、「木」三個部件。

　　或許判別分隔溝的長短，主觀意識佔有主導的地位，但是若能在部件拆分時，關照原本部件在整個字形所佔據的比例或版面的大小，使拆分的 2 個部件不至於落差過大，則可避免過多的主觀因素。如楷書「錡」先拆分為「金」、「奇」兩個部件，則「金」與「奇」原本在「錡」字形中所佔的比例差距不大，也符合構形理據；反之，若將楷書「錡」先拆分為「鉰」與「大」，不僅「鉰」與「大」原本在「錡」字形中所佔的比例落差很大，也不符合構形理據。故楷書「錡」應先拆分為「金」、「奇」兩個部件，再將「奇」拆分為「大」、「可」兩個部件，如此，「錡」可得「金」、「大」、「可」三個部件。

　　又當分隔溝有兩條相同長度時，則可同時進行切分。如「𤔲」（《宅簋》）可拆分為「𠬝」、「𤔲」、「𠬝」；「𤔲」可拆分為「𤔲」、「𤔲」、「𤔲」；「簠」可拆分為「竹」、「甫」、「皿」。

（二）組合接點拆分

　　將相連接的組合在連接點處進行拆分，可得兩個部件。如金文「𠂤」（《見尊（05812）》）可拆分為「𠂤」、「𠂤」；小篆「𦎧」可拆分為「𦎧」、「𠯑」；「早」可拆分為「日」、「十」。

（三）符合漢字構形理據

　　雖說分隔溝和組合接點是區別部件很好的依據，但是這些都必須在符合漢字構形理據的前提下進行。

　　漢字構形有其客觀的規律。漢字作為漢語表義的視覺符號系統，構形以字義為依據，有其理據可循。在共時平面上，漢字具有內在的系統性，即字與字間存在著相互的聯繫，在文字系統中具有自己的位置，並受到其他相鄰漢字的制約。故欲對漢字構形進行拆分，須照應漢字構形的理據，方不因喪失構字理據而違背了文字的系統性，也能因此兼顧漢字外部結構與內部結構。

　　尤其漢字是具有形音義一體的特徵，故當漢字進行切分的時候，不能單純僅依據字形去做切分，必須兼顧到字音、字義，如此才不會與構字理據相悖，所切分出來的部件也不會不合理。而值得留意的是，雖說文字初創造時有其本形本義，但是經過時間的推演，字形會有所變更，字義也會有所變動，故每一個時代的漢字會有不同的構字理據。如「趉」在楷書作「趉」，西周金文作「𧾷」（《師趉鼎（02173）》），二者皆可拆分為「走」、「金」與「𧾷」、「𧾷」，但在楷書

中的「走」不應再拆分，而在西周金文中的「𧺆」則可拆分爲「彳」與「止」。
這是因爲楷書的構字理據與西周金文的構字理據不同。在西周金文中，「𧺆」是
由「彳」與「止」所組合而成，且兩部件間也有明顯的分隔溝，故可以拆分；
但在楷書中，「走」已經由「彳」與「止」合爲一體，成爲不可拆分的個體。若
爲了要保留西周金文的「彳」與「止」而強行拆分，則會與楷書的構字理據相
悖。故在進行漢字切分時，必須處在共時平面上，依照當時的構形理據進行切
分，方可使部件切分具有合理性。

（四）提高可操作性

可操作性主要的目的是在盡可能的減少切分的任意性，進而減少罕用的部
件，提高常用部件的生產力。

「所有的漢字都由部件組成〔註63〕」，漢字部件虛處在平面空間的一定部
位，作爲一個整體，須具有生成能力，也就是說「部件是漢字中處在一定的空
間部位，形成一定的結構關係，形體相對獨立完整的構字單位〔註64〕」。爲了降
低切分的任意性，提高切分後部件的生成能力與可操作性，應盡量使切分出的
部件爲常用部件（即通用部件）或是成字部件〔註65〕，也就是說，切分出來的
每個部件最好能有一定的構成能力，如金文「𤔲」（《師酉簋》）可拆分爲「𠂤」
與「𠂎」，「𠂤」與「𠂎」都是常用部件或是成字部件，如「𠂎」不僅可當整字，
也可構成「𤔲」（《君夫簋蓋（04178）》）、「𠂎王」（《作任氏簋（03456）》）等，「𠂤」
不僅可當整字，可構成「𤔲」（《曶鼎（02838）》）、「𤔲」（《師袁簋（04313）》）

〔註63〕楊同用：「部件是界於筆劃和整字之間的基本構字單位，可以說，所有的漢字都由
　　　　部件組成，根據構字順序不同，部件又有級的區分」，見楊同用：〈淺談漢字構形
　　　　的系統性〉，《漢字文化》1998年第2期，頁47。

〔註64〕陳偉琳、仇玉燭：〈漢字部件的界定、類別及其他——通用漢字結構辨異〉，《信陽
　　　　師範學院學報》（哲學社會科學版）第16卷第1期，1996年1月，頁93～94。

〔註65〕蘇培成認爲部件可以分爲成字部件和非成字部件、基礎部件和合成部件、和特殊
　　　　部件。成字部件是指可以獨立成字的部件，具有音義，如「口」、「木」，且可以與
　　　　別的部件構成其他字形，如「吐」、「杉」等。非成字部件則乃相對成字部件而言
　　　　通用部件或常用部件都是根據其構字率所劃分出來的，凡能構成越多字形結構
　　　　者，越是通用部件或常用部件，即部件的常用或通用與否，與構字率有直接的相
　　　　關。而特殊部件或是罕用部件則是相對通用部件和特殊部件而言。詳見蘇培成：《現
　　　　代漢字學綱要》，北京：北京大學出版社，2001年，頁75～77。

等。此外，也要避免切分出很多過渡性的無用的複合部件，如將楷書「諕」切分為「言」跟「虎」，「言」雖為常用部件，但是「虎」卻是個過渡性的部件，應可再拆分為「厂」與「虎」。另外，也要避免將字形全部拆分至筆劃的弊病，如小篆「㴘」可拆分為「川」與「杏」，或再將「杏」拆分為「土」與「乃」，但不能再將「川」進行拆分得出筆劃；此不僅有失構字理據，所拆分出來的筆劃也無構字能力，故應避免。

降低切分的任意性是部件拆分的消極面，避免部件的混亂與不適用；提高切分後部件的可操作性則是部件拆分的積極面。因為高度可操作性部件的構成能力高，可構成的字形多，相連結的字形亦多，故能夠掌握好這些高度可操作性部件，就能掌握大多數相關構形的字形結構，達到以一當十，甚至當百或千的效果。是故，將漢字部件合宜地切分，提高部件的可操作性，不僅能避免部件切分的任意性，更能透過部件掌握字形結構，達到本文欲以部件作為觀察西周金文的最終目的。

（五）根據需要，因字制宜

漢字切分的方式並不一定具有唯一性。根據每次的需求會有不同的拆分，如要從「境」討論形聲字，可僅拆分為「土」與「竟」；若進一步要探求「人」的演變過程，則可將「竟」在拆分為「立」、「日」、「儿」。相反的，若僅是要探求形聲字，將「境」拆分為「土」、「立」、「日」、「儿」，則必須從「立」去推敲音韻，再回頭看「立」與「竟」的孳衍關係，繞一大圈才發現「境」的聲符；相較於將「境」拆分為「土」與「竟」，拆分過細，反而不容易看出「竟」為聲母，這樣的部件拆分對於文字構形的探究算是比較沒有經濟效益的。是此，只要守住漢字拆分的大原則與方向，拆分層次的多寡或是拆分的粗細都沒有一定的限制，端視當時的需求而定，方能從其中用最少的步驟得到最多的訊息。

要之，在拆分漢字時，在共時的情況下遵守漢字理據，可依分隔溝或組合接點拆分，或因需求而拆分為事宜的層次，則能提高部件的可操作性，可藉由部件觀察漢字構形成為可能。

三、部件分類

部件分類乃是依照部件的特性作一整理歸納。目前關於部件分類各家依據不同，所以區分的結果也不盡相同，一般常使用的是成字部件和非成字部件、

常用部件與罕用部件。

（一）成字部件與非成字部件

　　成字部件和非成字部件是相對而言，其劃分點乃在於此部件是否能夠獨立成字。成字部件是指可以獨立成字的部件，具有音義，如「口」、「木」，且可以與別的部件構成其他字形，如「吐」、「杉」等。非成字部件則乃相對成字部件而言，無法獨立成字，但具有構字功能，如「𠃌」在西周金文中無法獨立成字，但卻可以構成「𢎯」、「𩵋」、「屮」等。

（二）常用部件與罕用部件

　　常用部件與罕用部件也是相對而言，其劃分點乃在於此部件構字率的高低。常用部件即通用部件，即部件的常用或通用與否，與構字率有直接的相關；通用部件或常用部件都是根據其構字率所劃分出來的，凡能構成越多字形結構者，越是通用部件或常用部件，而特殊部件就是罕用部件，特殊部件或是罕用部件則是相對通用部件和常用部件而言，所能構成的字形較少。如西周金文中「彳」能構成超過 60 個字形，相對於「于」僅能構成「𧿧」，「彳」是常用部件，「于」是罕用部件。

（三）構成部件與整字部件

　　構成部件與整字部件乃本文為指稱上使用方便所制。構成部件與整字部件在本文中也是相對而言的名稱。同一個部件，在它可獨立成字並使用的情況下，稱之為整字部件；而不管此部件是否能獨立成字，當它身為一字形中的其中一個部件，聯合其他部件構成一字時，稱之為構成部件。如「巠」（《師克盨（04467）》）可獨立成字，作為一個整字，此時稱「巠」為整字部件。而「經」（《虢季子白盤（10173）》）由「糸」、「巠」構成，「巠」此時就是構成「經」的其中一個部件，此時稱「巠」為「經」的構成部件。雖然「雨」在西周金文沒有獨立成字的功能，但在「霝」（《霍鼎（02413）》）中卻是構成「霝」的其中一個部件，此時稱「雨」為「霝」的構成部件。

（四）其他

　　根據其他的部件結構分類，尚可分成上下結構部件（簡稱上下部件）、包孕部件與被包孕部件、左右分離部件（簡稱分離部件）、左右對稱部件（簡稱對稱部件）、上下穿插部件（簡稱穿插部件）、上下填充部件（簡稱填充部件）、

左右嵌入部件（簡稱嵌入部件）、覆蓋部件與被覆蓋部件、原形部件與變形部件〔註66〕……等。

　　無論如何分類或稱謂這些部件，都是爲了能夠清楚方便指稱，或是便於辨識它的特徵的一種方式，故只要能夠適合需求又能清楚辨識，就算是合宜的分類或稱謂。

〔註66〕詳見陳偉琳、仇玉燭〈漢字部件的界定、類別及其他——通用漢字結構辟異〉，《信陽師範學院學報》（哲學社會科學版）第 16 卷第 1 期，1996 年 1 月，頁 92〜96。

第三章　西周金文部件分化現象

　　文字是紀錄語言的視覺符號系統，爲了能讓文字能與語言有明確的對應關係，以一個字形對應一個語言的表達模式，才是理想的狀態，且每個字形彼此之間應有明顯的區別特徵，才能避免因字形相同或相近而產生混淆，影響文字紀錄語言的功能〔註1〕。但這僅是一種最理想的狀態。在早期文字不多的情況下，雖始造字時有其本義，但隨著時代變遷，語言的需求大增，文字發展或文字增加速度趕不上語言發展時，人與人交際溝通所使用的語言文字就略顯不足，故常常有一個字代表諸多涵義的現象，所以在實際上，一個文字字形記錄著兩個或兩個以上詞的情況，顯而易見，或曰「同形異字」或「同形字」〔註2〕。這種一個字紀錄兩個或兩個以上詞，將會造成文字紀錄語言的模糊性，降低文字表達語言的準確度，形成閱讀與書寫上的障礙。故在文字的發展過程中，會因爲文字表達語言功能降低、達不到語言要求的清晰度，而產生自我調整。漸漸由原本字形中發展出新的字形，此新的字形將與原有字形有著明顯的區別特徵，並能夠承擔原有字形的部分記詞功能。此構形演變趨向，由其演化結果而言，可稱爲「分化」。

〔註1〕林清源：《楚國文字構形演變研究》，台中：東海大學中文系博士論文，1997 年，頁 73。

〔註2〕裘錫圭：《文字學概要》，台北：萬卷樓，1994 年，頁 237～248；戴君仁：〈同形異字〉，《台大文史哲學報》第 12 期，1963 年，頁 21～37；龍宇純：〈廣同形異字〉，《台大文史哲學報》第 36 期，1988 年，頁 1～22。

第一節　部件分化定義

　　王筠曾在《說文釋例·分別文》提出分別文的觀念，與分化觀念有些相近。王筠指出：「字有不須偏旁而義已足者，則其偏旁爲後人遞加也。其加偏旁而義遂異者，是爲分別文。其種有二：一則正義爲借義所奪，因加偏旁以別之者也；一則本字義多，既加偏旁則只分其一義也。」又舉取娶、昏婚、毀毇、典籍、冉髯、族鏃、新薪、豈愷凱等爲例〔註3〕。雖有些例證不盡合理，但確實引出分化的一些觀念。

　　而「分化」一詞，由唐蘭〔註4〕首先提出，認爲文字形體的分化是文字演變的一條重要途徑。對於分化的定義，各家有些說法，以下僅引列較重要的幾家。

　　唐蘭認爲：「文字形體的分化，相當於語言意義的引申〔註5〕」，「分化的方法是把物形更換位置，改異形體，或採用兩個以上的單形組成較複雜的新字。……這種方法常把一個象形字分化成很多象義文字。〔註6〕」也就是說，唐蘭認爲分化是創造新字的一個方式〔註7〕。

　　王力認爲分化字是漢字中一個字往往代表二個以上的意義，爲求分別，就在字形上分成二個字，這就是分化字。分化字是在漢字使用中產生的，而有些分化字必要性不大，就無法保留下來，所以會再合併起來〔註8〕。

　　裘錫圭與王力的說法近似，認爲：「分散多義字職務的主要方法，是把一個字分化成兩個或幾個字，使原來由一個字承擔的職務，由兩個或幾個字來分擔。我們把用來分擔職務的新造字稱爲分化字，把分化字所從出的字稱爲母字〔註9〕。」雖文字的分化是配合著語言的需求，但是所分化出來的字卻不

〔註3〕王筠：《說文釋例》，台北：文海出版社，頁327～376。

〔註4〕唐蘭：「形的分化，義的引申，聲的假借，是文字演變的三條大路」，見《古文字學導論》，台北：洪氏出版社，1970年，頁86。

〔註5〕唐蘭：《中國文字學》，上海：上海古籍出版社，2001年，頁82。

〔註6〕唐蘭：《古文字學導論》，台北：洪氏出版社，1970年，頁88。

〔註7〕唐蘭：「原有的文字不夠用，第一個辦法是創造新文字，這是分化。」《中國文字學》，上海：上海古籍出版社，2001年，頁93～95。

〔註8〕王力：《語言學辭典》，濟南：山東教育出版社，1995年，頁183；裘錫圭：《文字學概論》，台北：萬卷樓，1994年，頁253。

〔註9〕裘錫圭：《文字學概論》，台北：萬卷樓，1994年，頁253。

一定都會照單全收。這端賴這個分化出來的字形是否具有使用上的效能，「有些分化字始終沒有通行，有些分化字後來又並入了母字〔註10〕。」

林澐認為：「在原字字形的基礎上賦予各種區別性的標誌，從一個字派生出幾個不同的字，分別承擔原有的音義的某一部分。這種現象，我們稱之為分化〔註11〕。」

王鳳陽以為：「所謂分化，就是從某一字變化成為另一個字或者另外兩個字的意思。分化是和語言的不斷發展分不開的，它是滿足紀錄語言的需要而創造新字的一種方法。」又：「同音字、同源詞（音同義近或音近義近詞）的區別要求，在紀錄中會轉嫁為字形上的區別，這就是同源分化字和同音分化字。在字形上說，這也是字形本身的異化〔註12〕。」

龍宇純以為：「由一字變形而成新字，或賦予一字以新的生命而別為一字，此種現象謂之分化。」「分化現象常是會意字的產生途徑，……轉注字更可以完全視為字形的分化〔註13〕。」認為純粹表意文字是有意的改造，轉注字則是類於不知不覺間改變了原來的面貌。「所以用分化的觀念來看漢字，頗能貫串其中的發展孳生狀態〔註14〕。」

由以上的說法，最無異議的是，分化在文字構形上的演變。即從原本同一個字形演變為另一個或兩個字形的文字演變現象。而這樣的演化現象乃多起於一字身兼多義，為能分散多義字的職務，故透過原有字形，製造出一個以原字為基礎字形的分化字形，以承擔多義字的職務。

再者，從定義寬窄的不同，可包含的範圍也會有所不同，如龍宇純就將轉注字視為字形分化的一種；從面對問題的角度不同，所涵蓋的範圍也會有所不同，如王蘊智就從同源的角度看分化，故有同源分化〔註15〕，王鳳陽也提出同源分化字和同音分化字等。

另外，在整理的過程中，對於於分化的劃分較為特異的是〈古文字構形析

〔註10〕裘錫圭：《文字學概論》，台北：萬卷樓，1994年，頁253。

〔註11〕林澐：《古文字研究簡論》，頁87～93。

〔註12〕王鳳陽：《漢字學》，長春：吉林文史哲，1989年，頁831。

〔註13〕龍宇純：《中國文字學》（定本），台北，五四書局，1996年，頁276。

〔註14〕龍宇純：《中國文字學》（定本），台北，五四書局，1996年，頁276。

〔註15〕王蘊智：《殷周古文同源分化現象探索》，長春：吉林大學博士論文，1996年。

論──從《說文解字》古籀文到甲骨文字〉一文。陳鎮卿〔註 16〕將分化歸入類化的一種。對於分化的定義乃指「晚期甲骨文字借用早期甲骨文字形體之一部分，來記錄新的音義的文字符號現象，也是一種造字途徑。」這樣的劃分則恐尚有商榷之處。

又本文乃著重在字形，且是部件分化的探究，故姑不論同源分化、同音分化等問題，僅論述部件分化在字形上對於文字系統所產生的影響，因此對於部件分化的定義則規範在「文字演變的過程中，在文字構形上，一個部件因為語言變化而衍生為兩個或兩個以上部件的文字字形演變現象。」

第二節 部件分化現象

西周金文部件分化乃有一些基本事實和具有普遍意義的規律，依此可能透露文字系統中與文字發展史上產生的重大影響，故以下便先針對在西周金文這段時間所發生的部件分化現象進行整理論述，以便進一步觀察西周金文部件分化對於文字系統產生什麼衝擊，而文字系統又將如何在文字不斷演變中取得一個穩定的發展。

一、「月」、「夕」分化現象

（一）「月」、「夕」作整字部件

《說文・月部》：「𝔻，闕也。大会之精。象形。凡月之屬皆从月〔註 17〕」，《說文・夕部》：「𝒫，莫也。从月半見。凡夕之屬皆从夕〔註 18〕」。

卜辭「月」作「𝔻」、「𝕊」等，像月之形，月以闕為常，故呈月闕之形；卜辭「夕」作「𝕮」、「𝔻」等，與「月」形似無嚴格的區別。董作賓〔註 19〕以為卜辭前期「月」作「𝔻」，「夕」作「𝕊」；卜辭後期「月」作「𝕊」，「夕」作「𝔻」，故認為「月」「夕」有別。于省吾〔註 20〕以為卜辭「月」「夕」相混

〔註 16〕陳鎮卿：〈古文字構形析論──從《說文解字》古籀文到甲骨文字〉，《許錟輝教授七秩祝壽論文集》，台北：萬卷樓，2004 年，頁 167～168。

〔註 17〕許慎撰，段玉裁注：《說文解字注》，台北：洪葉文化事業有限公司，1998 年，頁 316。

〔註 18〕許慎撰，段玉裁注：《說文解字注》，台北：洪葉文化事業有限公司，1998 年，頁 318。

〔註 19〕董作賓：《殷曆譜》下編卷二，台北：中央研究院歷史語言研究所，1997 年，頁 28。

〔註 20〕于省吾：《甲骨文字釋林・釋古文字中附劃因聲指示字的一例》，北京：中華書局，1988 年，頁 449。

僅爲個別現象。孫海波〔註21〕則以爲「月」「夕」同見一片且皆作「☽」，故「月」「夕」無別。季旭昇〔註22〕也從各期的卜辭查證，「夕」與「月」確爲同形不分。

若從殷商金文觀察，「夕」無例，「月」出現 17 例〔註23〕，多做「☽」形，但其中《父乙鼎》（02710）作「●」、《月己爵》（08031）作「☽」、《妍罍》（09738）作「☽」、《月己爵》（08032）作「☽」、《冊月觶》（06172）作「☽」，尚約有五分之一作「夕」之形，可見「月」和「夕」在商金無明確的區分。

從卜辭、商金皆可說明「月」和「夕」在西周之前並無明確的區分，但是到西周金文時期則已截然分化。

在金文中，「月」可以作爲整字部件，也可作爲構成部件；作爲整字部件時，具有獨立構字功能，表示計時單位，如《大盂鼎》（02837）：「隹（唯）九月，王才（在）宗周，令盂」、《小臣鼎（易鼎）》（02678）：「唯十月事于曾，宓白（伯）于成周休＿（賜）小臣金，弗敢發（廢），易用乍（作）寶旅鼎」、《伯鮮鼎》（02663）：「隹（唯）正月初吉庚午，白（伯）鮮乍（作）旅鼎，用盲（享）孝于文且（祖），子＝（子子）孫＝（孫孫）永寶用」等。「月」作爲整字部件出現高達約 529 次，多作「☽」（《大克鼎（善夫克鼎）（02836）》）、「☽」（《走馬休盤（10170）》）、「☽」（《師趛鼎（02713）》）、「☽」（《焚作周公簋（周公簋、井侯簋）（04241）》）、「☽」（《保卣（05415）》）之形，西周早期 98 例，西周中期有 199 例，西周晚期有 226 例，屬西周時期而未能分期者 98 例。其中西周早期 5 例或從「夕」形：「☽」（《不壽簋（04060）》）、「☽」（《相侯簋（04136）》）、「☽」（《作兄癸卣（05397）》）、「☽」（《月魚鼎（01766）》）、「☽」（《免盤（10161）》），占 5.1％；西周中期 6 例從「夕」形：「☽」（《尹姑鬲（00754）》）、「☽」（《辰在

〔註21〕孫海波：《甲骨文錄》，台北：藝文印書館，1958 年，頁 8。

〔註22〕季旭昇：《甲骨文字根研究》，台北：國立台灣師範大學國文研究所博士論文，1980，頁 226。

〔註23〕《戍嗣鼎》（02708）、《父乙鼎》（02710）、《文父丁簋》（04138）、《戍辰彝》（04144）、《戍鈴方彝》（09894）、《妍罍》（09738）、《文嫊己觥》（09301）、《小臣邑斝》（09249）、《梳角》（09105）、《月己爵》（08032）、《月己爵》（08031）、《冊月觶》（06172）、《小子夆卣》（05417）、《四祀印其卣》（05413）、《二祀印其卣》（05412）各一例、《六祀印其卣》（05414）二例。

寅簋（03953）》）、「」（《封敦（艾伯彝）（04192）》）、「」（《申簋蓋（04267）》）、「」（《免盤（10161）》）、「」（《長囪盉（09455）》），占 3％；西周晚期有 2 例從「夕」形：「」（《楚簋（04248）》）、「」（《伯寬父盨（04439）》），占 0.9％。

【表3-1】西周金文「月」作整字部件從「夕」比例

	西周早期	西周中期	西周晚期	西 周	合 計
字量	98	199	226	6	529
從「夕」字量	5	6	2	0	13
比例	5.1％	3％	0.9％	0	2.4％

從「月」觀察「月」「夕」不分情況僅是少數，且從殷商金文一直到西周晚期，呈現「月」「夕」不分情況越減，即表示「月」「夕」分化現象愈趨明顯。

在西周金文中，「夕」同樣可以作為整字部件，也可作為構成部件；作為整字部件時，具有獨立構字功能，為朝夕、夙夕之詞之用，如《癲鐘》：「秉明德、圈夙夕、左尹氏，皇王對癲身楙（懋），易（賜）佩，敢乍（作）文人大寶協龢鐘。」《伯百父簋》：「白（伯）百父乍（作）周姜寶簋，用夙夕亯（享），用旂邁（萬）壽。」《事族簋》：「其朝夕用亯（享）于文考，其子＝（子子）孫＝（孫孫）永寶用。」《元年師旋簋》：「易（賜）女（汝）赤市同黃、麗般（鞶），敬夙夕用事。」

「夕」作為整字部件出現約 84 次，西周早期 12 例，西周中期 37 例，西周晚期 35 例；西周金文多作「」、「」、「」之形，共有五例從「月」形，占 5.9％。西周早期占 4 [註24] 例：《曆方鼎》（02614）「其用夙夕鑻亯（享）」作「」，《麥方尊》（06015）「巳夕」作「」，《壴卣》（05401）「其㠯父癸夙夕卿（饗）爾百婚邁〔單光〕。」作「」，占三分之一；西周晚期有 1 例：《仲殷父簋》（03968）：「用朝夕亯（享）孝宗室」作「」，占 2.9％。西周早期「夕」尚偶有與「月」形混雜現象，西周中期已完全沒有，西周晚期只有 1 例。

〔註24〕《壴卣》（05401）出現二例。

【表3-2】西周金文「夕」作整字部件從「月」比例

	西周早期	西周中期	西周晚期	合　計
字量	12	37	35	84
從「月」字量	4	0	1	5
比例	33.3％	0	2.9％	5.9％

　　由上表可說，西周早期「夕」與「月」分化現象尚處過渡期的尾端，西周中期後就能明顯確立「夕」與「月」的分化現象。另一方面，文字演變乃漸變發展，依此論點而言，西周中期「夕」作整字部件從「月」形比例不應為0％，且必須多於西周晚期2.9％，如此才能與文字演變發展理論相吻合，但上表數據卻不能支持這個論點。如此可以反思，解釋西周金文乃是西周文字的一部分，不能涵蓋全部的西周文字，且青銅禮器為少數貴族所擁有，故由西周金文觀察所得的數據僅是西周金文個別的文字現象，僅是西周文字的部分現象，不能確切代表西周文字的全貌，是故若能發覺其他西周文字材料，或能補足，使「月」與「夕」分化現象有更合理、完整的呈現。

　　以下將「月」與「夕」作整字部件卻不分的現象作一統整。

【表3-3】西周金文「月」「夕」作整字部件，「月」「夕」不分比例

	西周早期	西周中期	西周晚期	西　周[註25]	合　計
「月」「夕」字量	110	236	261	6	613
「月」「夕」不分字量	9	6	3	0	18
比例	8.2％	2.5％	0.1％	0	3.0％

　　由上表「『月』『夕』不分字量」觀察，西周早期到晚期呈固定等差級數下降中，又從上表「比例」得知，「月」「夕」不分現象已不多，若細察，西周晚期「月」「夕」不分比例幾近於零，可為「月」「夕」分化現象的結果，而西周中期可說是「月」「夕」分化的確立時期，西周中期應尚在過渡期的尾聲。

　　是故可說，「月」、「夕」在西周金文作為整字部件時，字形多呈現明顯區分

〔註25〕此表格內所指稱的「西周」乃依照《殷周金文集成釋文》所標定，表示此器屬西周時期，但未能明確歸屬於西周早期、中期或晚期，故以「西周」表示，本文在統計表格中暫採《殷周金文集成釋文》方式，下不贅述。

的現象，雖「月」、「夕」各有約 2.4％、5.9％混雜現象，但相較於卜辭或是殷商金文（35.3％），比例已大幅驟降，可視「月」、「夕」在西周金文作為整字部件時字形已經分化，又「月」多作計時單位、「夕」作朝夕、夙夕之詞，其功能亦有所區分。如此，「月」、「夕」在西周金文作為整字部件時，西周中期接續到晚期時，是「月」、「夕」分化現象完全的階段。

（二）「月」、「夕」作構成部件

「月」、「夕」在西周金文作為整字部件時已分化完成，若為構成部件時，分化現象是否有所不同？

1. 「月」作構成部件

「月」在西周金文作為構成部件時，可構成「明」、「盟」、「朢（望）」、「霸」、「外」、「閒」、「恒」、「薜」、「肢」、「䏢」、「肩〔註26〕」等字。

☆明

《說文·明部》：「㔾，照也，从月囧〔註27〕。」「明」在西周金文出現 53 例：西周早期有 26 例，中期 12 例，晚期 15 例。从月从囧，多作「㔾」、「㔾」之形，但其中西周早期有一例从「夕」，作「㔾」（《作冊䰟卣》（05400））；西周中期有 2 例从「夕」，作「㔾」（《癲鐘》（00247））、作「㔾」（《癲鐘》（00250））；西周晚期有一例从「夕」，作「㔾」（《沴其鐘》（00187））。

☆盟

《說文·囧部》：「盟，古文从明〔註28〕。」可知「盟」應與「明」同从「月」。考察西周金文，「盟」有 7 例，其中有 2 例〔註29〕作「盟」之形，故不計。是故僅有五例从明从皿，此五例皆从「月」，不與「夕」混。

☆朢（望）

《說文·囧部》：「朢，从亡朢省聲」，從西周金文的字形可知，「朢（望）」多从臣从月从壬，其中也有部分僅从臣从人之形〔註30〕。此探計从臣从月从

〔註26〕「肩」，《說文》未收。西周金文出現於西周中期（恭王）的《《師虎鼎（02830）》作「肩」，从尸从月。

〔註27〕許慎撰，段玉裁注：《說文解字注》，台北：洪葉文化事業有限公司，1998 年，頁 317。

〔註28〕許慎撰，段玉裁注：《說文解字注》，台北：洪葉文化事業有限公司，1998 年，頁 318。

〔註29〕《剌鼎》（02485）、《燮作周公簋（周公簋、井侯簋）》（04241）。

〔註30〕如《小盂鼎》。

人之形者。「朢（望）」出現 55 例，其中西周早期《庚嬴鼎》（02748）作「」、《朢父甲爵》（09094）作「」，西周中期《夰鼎》（02755）作「」、《大師虘簋》（04251～4252）作「」、「」、「」，西周晚期《無史鼎（無專鼎・鄦專鼎・焦山鼎）》（02814）作「」，共 7 例从「夕」。其分布狀況如下表：

【表 3-4】朢（望）从「夕」分布比例

	西周早期	西周中期	西周晚期	合　計
字量	12	26	17	55
从「夕」字量	2	4	1	7
比例	15.4％	17.4％	6.25％	12.7％

☆霸

《說文・月部》：「霸，月始生魄然也。承大月二日，承小月三日。从月霝聲〔註31〕。」

「霸」在西周金文中出現 121 例，多爲表天象，紀錄日期之詞，如《守宮盤》（10168）：「隹（唯）正月既生霸乙未」、《此鼎》（02821）：「隹（唯）十又七年十又二月既生霸乙卯」，或作人名，如《霸姞鼎》（02184）：「霸姞乍（作）寶隤（尊）彝」。字形多从雨从束从月之形。其中也有改「月」从「夕」形者，早期有三例：《作冊大方鼎》（02760）作「」、《伯姜鼎》（02791）作「」、《作冊䰝卣》（05432）作「」；中期有八例：《大鼎（己白鼎）》（02807）作「」、《辰在寅簋》（03953）作「」、《䢼（肆）簋（封敦、艾伯彝）》（04192）作「」、《䢼（肆）簋》（04192）作「」、《廿七年衛簋》（04256）作「」、《牧簋》（04343）作「」；晚期有二十二例：《官㚲父簋》（04032）作「」、《鼄乎簋》（04158）作「」、《曾仲大父螽簋》（04203～04204）作「」、「」、「」、《五年師旋簋》（04216～04218）作「」、「」、「」、「」、「」、《頌簋》（04332～04339）作「」、「」、「」、「」、「」、「」、「」、「」、「」、「」、《償匜》（10285）作「」、《頌壺蓋》（09732）作「」。分布狀況如下表：

〔註31〕許愼撰，段玉裁注：《說文解字注》，台北：洪葉文化事業有限公司，1998 年，頁316。

【表 3-5】霸从「夕」分布比例

	西周早期	西周中期	西周晚期	西　　周	合　計
字量	14	43	60	3	121
从「夕」字量	3	8	22	1	34
比例	21.4％	18.6％	36.7％	33％	28.1％

☆外

「外」與「夗」同《說文》收於夕部，但在西周金文卻多从「月」形，非「夕」形，故此收入部件「月」中。

《說文·夕部》：「外，遠也。卜尚平旦，今夕卜于事外矣〔註32〕」，許說恐非西周金文使用現象。在西周金文中，「外」多作內外之外，如《毛公鼎（02841）》：「📷之庶出入事于外」、「迺唯是喪我或（國），麻自今出入專（敷）命于外，厾（厥）非先告父 = 層 = （父層）」、《蔡簋（尨簋）（04340）》：「死嗣（司）王家外內」。

「外」的來源，有學者主張來自「卜」。如張玉春認爲，在甲骨文中「『卜』除了用於和占卜相關的事物外，還用於內外的外〔註33〕」，林澐也認爲「推測之所以用卜兆形來表達的內外之外，可能是因爲當時卜兆側枝的方向式有嚴格的內外之別的。現在我們考察殷墟的卜甲，無論是腹甲或背甲、左甲或右甲，卜兆側枝一律指向中縫或中脊，即無論側枝的一面一定朝外。卜骨上的卜側枝則一律指向脊椎所在的一側，也是無側枝的一面一定朝外。〔註34〕」或可備一說。而郝士宏則除以爲「外」爲由「卜」所孳衍而來外，在「外」的構形中，認爲「卜」不是聲符而是義符；因爲「卜」與「外」聲韻不諧，而「月」與「外」古音皆在月部疑母，故認爲「月」乃是「外」的聲符〔註35〕。此僅以音韻關係判定「月」是「外」的聲符，恐有待更多證據。

「外」在西周金文中共出現 13 例，作「📷」、「📷」，分布於中期與晚期，且全从「月」形。但春秋戰國金文，「外」从「夕」形明顯增多，在 23 例

〔註32〕 許慎撰，段玉裁注：《說文解字注》，台北：洪葉文化事業有限公司，1998 年，頁318。

〔註33〕 張玉春：〈說外〉，《東北師範大學學報》第 5 期，1984 年。

〔註34〕 林澐：《盡心集·士王二字同形分化說》，北京：中國社會科學出版社，1996 年。

〔註35〕 郝士宏：《古漢字同源分化研究》，安徽：安徽大學博士學位論文，2002 年，頁 83。

〔註 36〕「外」中，有 13 例从「夕」，占 56.5％，一改西周金文情況，躍爲多數者，可推測《說文》將「外」收於夕部，又舉古文「外」，亦从「夕」形，應爲東周金文後的文字現象，未能表現西周金文的面貌。

☆閒

《說文・門部》：「，隙也。从門月〔註 37〕。」「閒」，从門从月，像月光从門縫透入，表空隙之意。

「閒」，在西周金文僅出現一次。《㝬鐘（宗周鐘）》（260）：「子迺遣閒來逆卲（昭）王，」作「」，「月」不與「夕」混。到了戰國，「閒」則从「夕」，如：「」（《曾姬無卹壺》）、「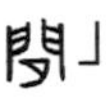」（《兆域圖銅版（10478）》），戰國晚期的金文更是改「月」从「夕」，如：《四年春平侯鈹（11707）》、《七年邦司寇矛（11545）》、《□年邦府戈（11390）》。

☆恒

西周金文中，《恒簋蓋》（4199）作「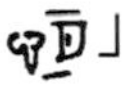」、《恒簋蓋》（4200）作「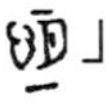」、《𤔲鼎（𤔲父鼎）》（02659）作「」、《曶鼎》（02838）作「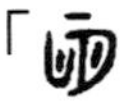」、「」〔註 38〕，共 5 例，皆从「月」形。

☆薛

《說文・艸部》：「，草也，从艸辥聲〔註 39〕」。「薛」在西周晚期出現一例，《薛侯盤》（10133）作「」，从「月」形，而同屬西周時期的《薛侯鼎（02377）》，也从「月」形，作「」。

☆朘

〔註 36〕此 23 例爲《敬事天王鐘（00074）》、《敬事天王鐘（00077）》、《敬事天王鐘（00079）》、《敬事天王鐘（00081）》、《臧孫鐘（00093～00101）》、《叔尸鐘（00274）》、《叔尸鐘（00277）》、《叔尸鐘（00284）》、《叔尸鎛（00285）》、《叔尸鎛（00285）》《□外卒鐸（00420）》、《□外卒鐸（00420）》、《冉鉦鋮（又名南疆鉦、鉦鐵）（00428）》、《冉鉦鋮（又名南疆鉦、鉦鐵）（00428）》、《子禾子釜（10374）》、《中山王嚳方壺（09735）》《中山王嚳方壺（09735）》等。

〔註 37〕許慎撰，段玉裁注：《說文解字注》，台北：洪葉文化事業有限公司，1998 年，頁 595。

〔註 38〕《恒作且辛壺》（09564）有銘文「恒」，但模糊不明。

〔註 39〕許慎撰，段玉裁注：《說文解字注》，台北：洪葉文化事業有限公司，1998 年，頁 27。

「朓」，在西周金文僅出現一次：《令鼎》「䏖」，從「月」形。

☆朏

《說文·月部》：「䏖，月未盛之明也，從月出〔註40〕」。西周金文出現 4
例：《曶鼎》（02838）作「䏖」，《吳方彝蓋》（09898）作「䏖」，《九年衛鼎》
（02831）作「䏖」、「䏖」，皆從「月」。後戰國金文也從「月」。

以下統計西周金文各期「月」作爲構成部件時，與「夕」不分的情況：

【表3-6】西周金文「月」作為構成部件，「月」從「夕」分布比例

	西周早期	西周中期	西周晚期	西　周	合　計
字量	59	91	210	1	364
「月」從「夕」字量	9	18	24	0	51
比例	8.5％	19.8％	11.4％	0	14.0％

由表可知，在西周金文「月」作爲構成部件，西周中期近有20％「月」從
「夕」的分布比例，而西周各期平均則有14％左右的比例。也就是說，西周金
文「月」作爲構成部件時，與「夕」完全區分的現象並不明顯，也形成在西周
金文時期，尚有一定比例應從「月」而從「夕」的異體字存在。

又由上文各例可知，多數由「月」構成的字形，部件多從「月」形，其中
「霸」、「朢（望）」則是「月」「夕」不分較突出的例字。檢視「霸」、「朢（望）」
的字形結構，皆由超過2個部件以上所構成，容易致使某一構成部件不明，仍
能辨別文字，如「朢（望）」原有3個構成部件，但也有《作冊折觥》（09303）
作「䏖」、《折方彝》（09895）作「䏖」、《保卣》（05415）作「䏖」，捨去「月」
部件仍能確切作「朢（望）」使用，是故一字形具有諸多部件時，其中一部件未
能遵循應有的寫法，尚有其他部件能夠幫助辨別文字，故不會導致辨別字形上
的困擾；如此對「霸」、「朢（望）」而言，單一「月」部件從月或從夕，在文字
辨異功能上沒有很大的影響，且「月」與「夕」都具有月的義涵，故易形成「霸」、
「朢（望）」所從之「月」部件與「夕」形不分。

是故，在西周金文時期，「月」作爲構成部件，雖有部分的字形已與「夕」
有所區別，但其分化現象卻未若「月」作爲整字部件已有明顯的跡象。

〔註40〕許慎撰，段玉裁注：《說文解字注》，台北：洪葉文化事業有限公司，1998 年，頁
　　　316。

2.「夕」作構成部件

「夕」在西周金文作為構成部件時，可構成「夙」、「夜」、「名」、「晨」等字。

☆夙

《說文·夕部》：「㲃，早敬也，从丮夕〔註41〕。」

西周金文中，「夙」出現 97 例，多作「◻月」、「◻月」、「◻」，从「夕」之形，而其中仍有 24 例从「月」：早期《曆方鼎》（02614）作「◻月」、《啓卣》（05410）作「◻」共二例；中期《㪤方鼎》（02789）作「◻」、《師望鼎》（02812）作「◻月」、《㪤方鼎》（02824）作「◻月」、《恒簋蓋》（04199）作「◻」、《恒簋蓋》（04200）作「◻」、《師酉簋》（04288～04291）作「◻」、「◻」、「◻」、「◻」、「◻」、「◻」、《㪤簋》（04322）作「◻月」、「◻」、《作㚔方尊》（05993）作「◻」，共 14 例；晚期《毛公鼎》（02841）作「◻月」、「◻月」、《叔噩父簋》（04056～04058）作「◻月」、「◻月」、「◻」、《師嫠簋》（04324～04325）作「◻」、「◻」、「◻」，共 8 例，分布狀況如下表：

【表3-7】「夙」从「月」分布比例

	西周早期	西周中期	西周晚期	合　計
字量	11	50	36	97
从「月」字量	2	14	8	24
比例	18.2％	28％	22.2％	24.7％

☆夜

《說文·夕部》：「◻，舍也，天下休舍，从夕亦省聲〔註42〕。」

「夜」在西周金文中出現 45 例，作「◻」、「◻」之形，表示夜晚之意，如《伯晨鼎（韓侯白晨鼎）》（02816）：「用夙（夙）夜事，勿灋（廢）朕令」、《㝬簋》（04317）：「余亡康晝夜，至離先王，用配皇天」。其中西周中期《師酉簋》（04288～04291）从「月」作「◻」、「◻」、「◻」、「◻」；晚期《叔噩父簋》（04056～04058）从「月」作「◻」、「◻」、「◻」、《伯康簋》从「月」（04160

〔註41〕許慎撰，段玉裁注：《說文解字注》，台北：洪葉文化事業有限公司，1998 年，頁318。

〔註42〕許慎撰，段玉裁注：《說文解字注》，台北：洪葉文化事業有限公司，1998 年，頁318。

～04161）作「□」、「□」、《師嫠簋》從「月」（04324～04325）作「□」、「□」、「□」、「□」。西周中、晚期共 13 例。

☆名

《說文·口部》：「□，自命也，從口夕。夕者，冥也，冥不相見，故以從口自名〔註43〕。」

「名」在西周金文共有五例，或作專有名詞，如《●爵》（07702）：「名」，或作單位量詞，如《六年召伯虎簋》（04293）：「今余既訊有嗣（司）曰侯令，今余既一名典獻，白（伯）氏則報璧。」或作名字用，如《楚公逆鐘》（00106）：「乓（厥）名曰殷枏（和）」、《作冊益卣》（05427）：「乍（作）冊嗌乍（作）父辛障（尊），乓（厥）名義曰，子＝（子子）孫＝（孫孫）寶。」《南宮乎鐘》（00181）：「茲名曰無昊（射）」，所從之「夕」不與「月」相混而有別。

之後春秋時期的《秦公鎛（秦銘勳鐘、盠和鐘、秦公鐘）》（00270）、《少虡劍》（11696、11697、11698）與戰國時期的《廿三年司寇矛》（00565）、《襄戈》（11300），共 7 例，所從之「夕」不與「月」相混而有別，如：□《少虡劍》。

☆晨

《說文·晨部》：「□，早昧爽也。從臼辰。辰，時也。辰亦聲。丮夕為夙，臼辰為晨，皆同意。凡晨之屬皆從晨〔註44〕。」

「晨」在西周金文中僅一例從夕形：「□」（多友鼎），餘不見從夕或月形。

由以上各例可知，僅有「夙」、「夜」月夕不分，餘皆有所區別。推測這與「夙」常與「夜」搭配作「夙夜」，又「夙」常與「夕」搭配作「夙夕」當複合詞使用有關。因作複合詞使用，故在辨別字形或閱讀時，可藉由上下文，或其搭配詞語的使用情況得知字形所要表達的意義，是故字形完整呈現就不一定是唯一能夠辨別文字的方式，此亦可能會使依字形變異的功能減弱；「夙」、「夜」既然從月或從夕形都不影響文字表義或閱讀上的困擾，也就製造「夙」、「夜」

〔註43〕許慎撰，段玉裁注：《說文解字注》，台北：洪葉文化事業有限公司，1998 年，頁57。

〔註44〕許慎撰，段玉裁注：《說文解字注》，台北：洪葉文化事業有限公司，1998 年，頁106。

月夕不分的環境。

以下統計西周金文各期「夕」作為構成部件時，與「月」不分的情況：

【表3-8】西周金文「夕」作為構成部件，「夕」从「月」分布比例

	西周早期	西周中期	西周晚期	合　計
字量	14	71	63	145
「夕」从「月」字量	2	18	17	37
比例	14.3％	25.4％	27.0％	25.5％

由表可知，在西周金文「夕」作為構成部件，平均仍有四分之一的比例「月」从「夕」。這個比例比西周金文「月」作為構成部件，「月」从「夕」的比例還高，足見在西周金文「夕」作為構成部件，比「月」作為構成部件的區別度低，本應「夕」而从「月」的異體字更多。

又「夕」作為整字部件時，在西周中期（最晚到西周晚期）已經與「月」作整字部件分化完成；但「夕」在作為構成部件時，在西周時期僅見部分有所區別，未見其分化完成的現象，或許作為構成部件的分化現象的時間尚必須向後退至東周或小篆時期。

以下將「月」與「夕」作構成部件卻不分的現象作一統整：

【表3-9】西周金文「月」「夕」作構成部件，「月」「夕」不分比例

	西周早期	西周中期	西周晚期	西周	合　計
字量	73	162	273	1	509
「月」「夕」不分字量	11	36	41	0	88
比例	15.1％	22.2％	15％	0	17.3％

將「月」與「夕」作構成部件卻不分的現象作一合併，可知一直到西周晚期，作為構成部件的「月」與「夕」仍舊有至少15％不分的比例，故構成部件的分化現象在西周金文而言，或許僅是個分化中的階段，且未區分的比例不低，所以要構成部件字形分化完成，尚待一段漫長的時間去做調整，方可看見。

（三）整字與構成部件分化異同

由西周金文「月」「夕」作構成部件，「月」「夕」不分比例（表3-9）與西周金文「月」「夕」作整字部件「月」「夕」不分比例（表3-3）相較，「月」與

「夕」作構成部件，「月」「夕」不分比例普遍較高，其原因要之可有二：

1. 「月」「夕」作整字部件時，僅有一個部件具有足以辨識文字，若「月」寫成「夕」，就無法正確表達「月」字，反之亦然；但「月」「夕」作構成部件時，尚有其他部件能支持辨異功能的存在，如：「霸」字、「塱（望）」字等，故當「月」寫成「夕」或「夕」寫成「月」都還不至於影響原本要表達的字形；故「月」「夕」作整字部件時，僅有的部件寫錯就會影響閱讀，作構成部件時則影響不大，故相對而言，容許「月」「夕」作構成部件時「月」、「夕」不分的範圍較大。致使表 3-9 比例較表 3-3 高出許多。

2. 複音節詞也會影響「月」、「夕」不分的情況。「月」「夕」作整字部件時，「月」常為單音節詞，「夕」則常為複音節詞，如「夙夕」、「朝夕」等，故「夕」較「月」多一個方法能得知字形所要表達的意義，相對的，對字形完整性的要求比「月」低，故「夕」混作「月」形比例較高；「月」、「夕」作構成部件時，「夙」、「夜」、「霸」、「塱（望）」可構成「夙夜」、「夙夕」、「既生霸」、「既死霸」、「既塱（望）」等常用複合詞的語例，相對於「月」「夕」作整字部件時能產生的複音節詞多，故當透過複合詞可增強文字閱讀的辨識功能時，字形準確性的要求遂降低，是故「月」「夕」作構成部件時，「月」「夕」不分的比例較作整字部件時高。

而這普遍偏高的比例也代表著作為構成部件分化現象的薄弱。在西周金文，「月」「夕」作整字部件時，最遲在西周中期時就已經分化完全。「月」作整字部件時，「月」「夕」不分的比例，西周早期就僅有 5.1％，西周中期也僅 3％，西周晚期就已經不超過 1％；「夕」作整字部件時，「月」「夕」不分的比例，西周早期雖有 33.3％，但西周中期、晚期馬上驟降，晚期已僅不超過 3％；合併「月」「夕」作整字部件時的情況，雖早期尚有 8.2％，但到了中期、晚期，「月」「夕」不分的情況都已經僅有 2.5％、0.1％。由這個別與二者合併的數據顯示，「月」「夕」作整字部件時，在西周中期（最遲到西周晚期）已經有分化完全的現象。

相對而言，在西周金文，不管是「月」還是「夕」作構成部件時，「月」「夕」不分的比例在西周各期都普遍偏高。「月」作構成部件時，西周整體有 14.0％「月」「夕」不分；「夕」作構成部件時，西周整體則有 25.5％「月」「夕」不分。就算到西周晚期，仍舊各有 11.4％、27.0％的比例「月」「夕」不分。故「月」與「夕」作構成部件時，在西周時期都可謂尚未分化完成，且由二者合併計算的

比例（17％）而言，尚需要一段時間去做調整與分辨，故作構成部件的分化完成時間應向後推移。

而會造成整字部件分化早，構成部件卻遲遲未分化完成的現象，最大原因仍屬可茲分辨字形的條件多寡的問題。整字部件是整個字形中唯一一個可提供辨別的部件，倘若此整字部件寫錯或與他字相混，則這個字形就失去原本應表達的語言的功能，即完全寫成另一個字，對於閱讀者而言，就會造成閱讀上的錯誤。因為整字部件在字形尚可提供辨異功能的條件僅就只有一個，即整字部件本身，若整字部件錯誤，則整個字形就錯誤，且無法正確表達想要說明的詞語，故若要正確的表達某詞就必須使整字部件書寫正確。是故，若對於整字部件書寫正確與否會有較嚴苛的規範。而這樣嚴苛的規範也就促使原本同形異字的二字形，為了能夠明確表達，而加速分化的腳步。

相對而言，構成部件在整個字形當中僅是其中一個部件，尚有其他部件可提供辨別的功能，故在構成部件非唯一能提供辨認的情況下，提供了構成部件可有書寫誤差的彈性空間，而這空間則又提供構成部件分化緩慢的最大溫床，尤其越多構成部件所組成的字形中，分化緩慢的速度越緩和。是此「月」「夕」當構成部件時，一直到西周晚期，仍未見分化完全，尚有 17％的「月」「夕」不分現象，使西周金文一直有一定比例的異體字存在。

二、「女」、「母」分化現象

（一）「女」、「母」作整字部件

《說文・女部》：「𡚼，婦人也。象形。王育說。凡女之屬皆从女〔註45〕」，《說文・女部》：「𣥄，牧也，从女象褱子形，一曰象乳子也〔註46〕」。

甲骨文「女」作「𡚸」、「𡚷」（《鐵》164.1），象女子側身斂手跪坐之形，或作「𡚸」（《佚》807）之形，即在斂手上方加一橫畫，以表頭飾。甲骨文「母」作「𡙇」（《甲》2903），从女，兩點象女子突出兩乳形，或於頭部加一橫畫表頭飾，作「𡙈」（《河》271）。甲骨文「女」、「母」用法相同無別〔註47〕。陳煒湛曾提出：「《甲》2902 片母庚、母壬、母癸並見，三母字一作『𡙇』，二作『𡚷』，

〔註45〕許慎撰，段玉裁注：《說文解字注》，台北：洪葉文化事業有限公司，1998 年，頁 618。

〔註46〕許慎撰，段玉裁注：《說文解字注》，台北：洪葉文化事業有限公司，1998 年，頁 620。

〔註47〕張再興：《西周金文字素功能研究》，華東師範大學博士論文，2000 年，頁 29。

中無兩點〔註48〕」，可見甲骨文「女」、「母」並未有明確的區分。

在殷商金文中，「女」出現47例，多數的「女」作「」，僅13例作「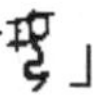」；另外，从「母」形者，一例，即《女子匕丁觚》（07220）作「」。「母」出現112例，98例作「」，僅20例作「」；另外，有62例〔註49〕的「母」从「女」形，占55.4％。可見「女」、「母」在殷商金文中，「女」本身不易與「母」形相混，但是「母」則有一半以上容易與「女」形相混不分。

由甲骨文與殷商金文中可見「女」、「母」的區別模糊，但進入西周金文時，則可明顯察覺到「女」、「母」分化的現象。

「女」於西周金文時，可作爲整字部件，也可做構成部件。作整字部件時，具有獨立構字的功能，常表示第二人稱，即「汝」，如《利鼎》（02804）：「易（賜）女赤㠯市、䜌旂，用事」、《善夫山鼎》（02825）：「令女（汝）官𤔲歙（飲）獻人于㒾」、《逆鐘》（00061）：「今余易（賜）女（汝）毌五」；或作「如」，如《師艅尊》（05995）：「王女（如）二（上）侯，師艅（俞）从王□功，易（賜）師艅（俞）金」、《𡚬尊》（05979）：「𡚬从王女（如）南，攸貝𩵦，用乍（作）公日辛寶彝」、《師艅鼎》（02723）：「王女（如）上侯，師艅（俞）从王□□」；或爲女子之義，如《彭女𢍏觶》（06352）：「彭女」、《女朱戈觶》

〔註48〕陳煒湛：〈甲骨文異字同形例〉，《古文字研究》第六輯，頁229～231。

〔註49〕殷商金文中，「母」有62例從「女」形：《癸母鼎》（01282）、《司母戊方鼎》（01706）、《司母辛方鼎》（01707）、《司母辛方鼎》（01708）、《寧母父丁方鼎》（01851）、《𡘳母父癸鼎》（02020）、《周山鼎》（02026）、《母卣》（04843）、《康母丁器》（10537）、《司㛸母器蓋》（10346）、《司母辛方形器》（10345）、《母宰𠂤帚方彝》（09873）、《母鼓罍》（09780）、《母鼓罍》（09780）、《司㛸母方壺》（9510）、《作母戊觥蓋》（09291）、《后母辛觥（司母辛觥）》（09281）、《后母辛觥（司母辛觥）》（09281）、《后母辛觥（司母辛觥）》（09281）、《友㪅父癸爵》（09085）、《友㪅父癸爵》（09084）、《后㛸母爵（司㛸母爵）》（08743～08751）、《母己爵》（08738）、《戈母乙爵》（08734）、《魚母乙觚》（07166）、《甲母觚》（07165）、《甲母觚》（07164）、《司㛸觚》（06880～89）、《魚母觚》（06877）、《母觚》（06875）、《母觚》（06521）、《雚母觶》（06150）、《后㛸癸方尊（司㛸癸方尊）》（05681）、《后㛸癸方尊（司㛸癸方尊）》（05680）、《司㛸尊》（05538）、《父乙告田卣》（05347）、《䜌作母癸卣》（05295）、《𡘳父癸母卣》（05172）、《𡘳父癸母卣》（05172）、《司母㠯康方鼎》（01906）、《母辛鬲》（00484）、《母辛鬲》（00485）、《司㛸母甗》（00825）。且此「女」形多爲側身斂手跪坐，並頭有髮飾之形。

（06348）：「朱女」。

　　「女」作爲整字部件出現 372 次，多作「」、「」、「」、「」之形，西周早期 62 例，西周中期 67 例，西周晚期 243 例。除了西周早期部分尙存留殷商金文「」之形，如《矢令方彝》（09901）作「」、《女朱戈觶》（06348）作「」，其餘多數的「女」，在西周金文中則作象女子側身斂手跪坐之形，而加一橫畫以示頭飾的「女」形幾乎不見其例。另外，西周金文「女」作爲整字部件時，西周早期有 2 例从「母」形：「」（令鼎（大蒐鼎、耤田鼎、諆田鼎）（02803））、「」（《大盂鼎》（02837）），占 3.2％；西周中期僅 1 例从「母」形：「」（《師𩛥鼎》（02830）），占 1.5％；西周晚期有 4 例从「母」形：「」（《多友鼎》（02835））、「」（《多友鼎》（02835））、「」（《五年師旋簋》（04216））、「」（《五年師旋簋》（04216）），占 1.6％。

【表 3-10】西周金文「女」作整字部件从「母」形比例

	西周早期	西周中期	西周晚期	合　計
字量	62	67	243	372
从「母」形字量	2	1	4	7
比例	3.2％	1.5％	1.6％	1.9％

　　可知「女」在西周金文中作爲整字部件時，已鮮少與「母」形相混淆。姚孝遂 [註50] 曾指出，「文字形體經過衍生，即形成分化，既已分化之後，就具有不可逆轉的性質。早期的『同』和後期的『異』，這種『同異』是不可不辨的」，「母」是从「女」分化出來的，「『女』可用爲『父母』之『母』，在這一點上，可視作『同』。但是，反過來『母』卻不能用作『子女』之『女』。卜辭的辭例可以充分證明這一點。此爲其『異』。這就是文字形體衍化的不可逆性」。

　　若由「母」作爲整字部件的情況，發現「母」形的分佈則更容易看出由殷商金文到西周金文分化現象的具體演化。

　　「母」與「女」一樣，於西周金文時，可作爲整字部件，也可做構成部件。作整字部件時，具有獨立構字的功能，可表示母親，如：《頌鼎》（02828）：「用乍（作）朕皇考龏（恭）弔（叔）、皇母龏（恭）始（姒）寶障（尊）鼎」、《伯

───────────

〔註50〕姚孝遂：〈再論古漢字的性質〉，《古文字研究》第十七輯，北京：中華書局，1989 年，頁 314。

康簋》（04160）：「用饋王父王母」；或通作「毋」，如：《諫簋》（04285）：「母（毋）敢不善」、《農卣》（05424）：「母（毋）卑農弋，事乎（厥）友妻，農迺桌乎（厥）奴、乎（厥）小子小大事，母（毋）又田」。

　　「母」作爲整字部件出現 214 次，作「中」、「尹」、「申」、「坤」之形，西周早期 65 例，西周中期 44 例，西周晚期 104 例。與「女」相同的是，部分西周早期的金文尙保留殷商金文的寫法，如：「」（《刊作母戊甗》（00907））、「」（《北子作母癸方鼎》（02329））、「」（03220）、「」（《嬰方鼎》（02702）），其餘「母」在進入西周金文時，加有一橫以示頭飾的「母」，幾乎不見，已被從女、附有兩點象女子突出兩乳形所取代，這與「女」形發展演變具有相互呼應的一致性。而西周金文「母」作爲整字部件時，西周早期有 16 例從「女」形：「」（《寧母鬲》（00462））、「」（《寧女方鼎》（02107））、「」（《異母鼎》（02146））、「」（《亞虫作母丙鼎》（02260））、「」（《易貝作母辛鼎》（02327））、「」（《史母癸簋》（03225））、「」（《亞異吳作母辛簋》（03689））、「」（《考母壺》（09527））、「」（《小集母乙觶》（06450））、「」（《小集母乙觶》（06450））、「」（《丁母觶》（06135））、「」（《丁母觶》（06135））、「」（《頌卣》（05389））、「」（《易貝作母辛鼎》（02327））、「」（《我方鼎（我甗、禦鼎、禦簋）》（02763））、「」（《我方鼎（我甗、禦鼎、禦簋）》（02763）），占 3.2％；西周中期僅 1 例從「母」形：「」（《京姜鬲》（00641）），占 1.5％；西周晚期有 8 例從「母」形：「」（《翼伯毛鬲》（00587））、「」（《鼇伯鬲》（00663））、「」（《□季鬲》（00718））、「中」（《楸季簋（寶敦）》（04126））、「」（《蔡簋（尨簋）》（04340））、「申」（《蔡簋（尨簋）》（04340））、「中」（《釐男鼎》（02777））、「中」（《釐男鼎》（02777）），占 1.6％。

【表 3-11】西周金文「母」作整字部件從「女」形比例

	西周早期	西周中期	西周晚期	西　周	合　計
字量	65	44	104	1	214
從「女」形字量	16	1	8	0	25
比例	24.6％	2.3％	7.7％	0	11.7％

　　根據「母」從「女」形的例子中可發現，相較於「母」作母親的用法，「母」通作「毋」的例子皆不會混從「女」，僅有《蔡簋（尨簋）》（04340）：「女（汝）

母（毋）弗善效姜氏人」的「母」從「女」形，然這卻極有可能是因爲跟從前面「女」而受到影響，產生類化的結果。如果以上的說法成立，則「母」從「女」形的現象乃發生於「母」作母親的用法上。

再由數據顯示，殷商金文的時候，「母」尚有超過一半的字形從「女」，字形不分，但過渡到西周金文的時候，西周早期字形不分的比例已經驟降一半，到西周中期、晚期時，「母」、「女」不分的現象更是低於 10％。如此可說，「母」進入西周金文時就開始有分化現象，尤其到西周中期、晚期時，「母」對於「女」已有明顯的區別。

另外，由「女」從「母」形現象與由「母」從「女」形現象相較，「女」從「母」形現象在西周各期（早期、中期、晚期）的比例一直都不高，相對而言，「母」從「女」形現象在西周各期較「女」從「母」形現象比例高，尤其西周早期更有接近五分之一的比例，此可推知「女」作整字部件較「母」作整字部件來的穩定。

下將殷商金文與西周金文「女」「母」作整字部件卻不分的現象作一整合：

【表 3-12】殷周金文「女」「母」作整字部件，「女」「母」不分比例

	殷商金文	西周早期	西周中期	西周晚期	合　計
「母」「女」字量	159	127	111	374	660
「女」「母」不分字量	63	18	2	12	95
比例	39.6％	14.2％	1.8％	3.2％	14.4％

殷商金文「女」「母」作整字部件卻不分的比例近乎五分之二，但進入西周金文後，早期已減少一半以上的比例，再到西周中期，混淆的情況已幾乎不見。是此，可說「女」「母」作整字部件時，字形在西周金文以前應是沒有明顯的區隔，但由西周早期金文中已見「女」「母」不分比例大幅度降低，顯示其大幅度的分化現象；在用法上，「女」不再單純指稱女子，更有大量的例子是借用於第二人稱，「母」也不單止有母親之義，更常通用爲「毋」；另外，殷商金文「女」作整字部件僅 47 例，「母」卻有 112 例，但西周金文卻未若如此（「女」有 372 例，「母」有 215 例），「女」例反而較「母」例爲多。如此「女」「母」於西周金文早期到中晚期，不僅在字形上逐漸有嚴格區分，在文字的使用功能上的亦明顯不同，可視「女」「母」在西周早期金文已處於分化中的階段，接續到西周

中期、晚期時則已分化完全的階段。

（二）「女」、「母」作構成部件

1. 「女」作構成部件

「女」在西周金文作構成部件時，可構成「姬」、「姜」、「姯」、「諆」、「妹」、「嬴」、「嫣」、「妘」、「妻」、「婦」、「姑」、「威」、「妣」、「奴」、「好」、「始」、「嫘」、「姦」、「媿」、「妥」、「安〔註51〕」、「改〔註52〕」、「妊〔註53〕」、「姁〔註54〕」、「姊〔註55〕」、「毓〔註56〕」、「姞〔註57〕」、「媸〔註58〕」、「妖〔註59〕」、「妄〔註60〕」、「宴〔註61〕」、「夙〔註62〕」、「要〔註63〕」、「彶〔註64〕」、「妓〔註65〕」、「炫〔註66〕」、「娟〔註67〕」、「婷〔註68〕」、「𡥈〔註69〕」、「娶〔註70〕」、「婚〔註71〕」、「嫘〔註72〕」、

〔註51〕 如「𡨜」（《貿鼎（02719）》）、「𡩟」（《安父簋（03561）》）等。

〔註52〕 如「𫝀」（《縣妃簋（稽伯彝、縣伯彝、媚妃彝）（04269）》）、「改」（《番匊生壺（09705）》）等。

〔註53〕 如「𡛜」（《吹作楷妊鼎（02179）》）、「妊」（《薛侯盤（10133）》）等。

〔註54〕 如「𡛚」（《袁父作䵼姁鼎（02334）》）等。

〔註55〕 如「姊」（《季宮父簋（04572）》）等。

〔註56〕 如「𣫲」（《呂仲僕爵（09095）》）等。

〔註57〕 如「姞」（《霝侯簋（03928）》）、「姞」（《姞氏簋（03916）》）等。

〔註58〕 如「媸」（《周轡生簋（03915）》）等。

〔註59〕 如「妖」（《善夫汋其簋（04174）》）、「妖」（《叔高父匜（10239）》）等。

〔註60〕 如「妄」（《毛公鼎（02841）》）等。

〔註61〕 如「𡩨」、「𡪍」（《宴簋（04118～9）》）等。

〔註62〕 「夙」本从丮从夕，但有些西周金文增加部件「女」，作「𡖊」之形，如「𡖊」（《師望鼎（02812）》）、「𡖊」（《師酉簋》）、「𡖊」（《茉伯歸夆簋（茉伯簋、垂伯簋、羌伯簋）（04331）》）等。此或可能「丮」形下方原意加「止」形，卻訛誤爲「女」形所致。

〔註63〕 如「要」（《散氏盤（10176）》）等。

〔註64〕 如「彶」（《保彶母器（10580）》）等。

〔註65〕 如「妓」（《仲師父鼎（02743）》）等。

〔註66〕 如「炫」（《炫父乙器（10533）》）等。

〔註67〕 如「娟」、「娟」、「娟」（《庚姬鬲》）等。

〔註68〕 如「婷」、「婷」（《叔向父簋》）等。

〔註69〕 如「𡥈」（《雍𡥈簋》）等。

〔註70〕 如「娶」（《封孫宅盤》）等。

〔註71〕 如「婚」（《季宮父簋（04572）》）等。

〔註72〕 如「嫘」、「嫘」（《嫘仲簋》）等。

「媫〔註73〕」、「嫡〔註74〕」、「媪〔註75〕」、「嫛〔註76〕」、「嫀〔註77〕」、「姍〔註78〕」、「嬰〔註79〕」、「孎〔註80〕」、「嬭〔註81〕」、「㛂〔註82〕」等諸字。以下僅針對較值得提出者進行爬梳。

☆姬

《說文・女部》:「𡜍，黃帝尻姬水，因水爲姓，从女臣聲〔註83〕」。

「姬」在殷商金文中未見，在西周金文中則有 181 例，作「𡜍」、「𡜍」、「𡜍」之形。「姬」在西周金文多用作姓氏，如《庚姬鬲》（00637）:「庚姬乍（作）弔（叔）娸障（尊）鬲，其永寶用」、《庚姬卣（商卣）》（05404）:「帝后賞庚姬貝卅朋」、《吳王姬鼎》（02600）:「吳王姬乍（作）南宮史弔（叔）飤鼎」。

「姬」昔都在西周金文中，與「母」形不分者甚少，僅《叔碩父鼎（新宮叔碩父鼎）》（02596）作「𡜍」、《伯姬作𠤳簋》（03350）作「𡜍」，餘多从女从臣之形。

☆姜

《說文・女部》:「𦫳，神農尻姜水，因以爲姓，从女羊聲〔註84〕」。

「姜」在殷商金文中未見，在西周金文中則有 111 例，作「𦫳」、「𦫳」、「𦫳」之形。「姜」在西周金文多用作姓氏，如《伯上父鬲》（00644）:「白（伯）上父

〔註73〕 如「𦫳」（《杞伯每亡鼎（02494）》）等。

〔註74〕 如「𦫳」（《帝嫡觶》）等。

〔註75〕 如「𡜍」（《伯疑父簋》）等。

〔註76〕 如「𦫳」、「𦫳」（《郜嫛鼎》）等。

〔註77〕 如「𦫳」（《鄭登伯鼎（02536）》）等。

〔註78〕 如「𦫳」（《杜伯作叔□鬲》）等。

〔註79〕 如「𦫳」（《女□鼎》）、「𦫳」（《女□簋》）等。

〔註80〕 如「𦫳」（《齊□姬簋》）等。

〔註81〕 如「𦫳」、「𦫳」（《伯□父簋》）等。

〔註82〕 如「𦫳」（《多友鼎（02835）》）等。

〔註83〕 許愼撰，段玉裁注:《說文解字注》，台北:洪葉文化事業有限公司，1998 年，頁618。

〔註84〕 許愼撰，段玉裁注:《說文解字注》，台北:洪葉文化事業有限公司，1998 年，頁618。

乍（作）姜氏隣（尊）鬲」、《齊姜鼎》（02148）：「齊姜乍（作）寶隣（尊）鼎」、《伯家父鬲》（00682）：「白（伯）家父乍（作）孟姜朕（媵）鬲，其子孫永寶用」。

「姜」在西周金文中，與「母」形不分者甚少，僅《伯狺父鬲》（00615）作「𦍞」、《椒氏車父壺》（09669）作「𦍋」，餘多從女從羊之形。

☆妾

《說文・辛部》：「𡚽，有辠女子給事之得接於君者。從辛女。《春秋傳》曰：女為人妾，妾，不娉也〔註85〕。」

「妾」在殷商金文中有一例：《子黃尊》（06000）作「𡚽」，從女。西周金文中則有 5 例，作「𡚽」、「𡚽」、「𡚽」之形，皆從女。「妾」在西周金文多作妾女，如《逆鐘》（00062）：「用攝于公室僕庸臣妾」、《復作父乙尊》（05978）：「匽（燕）侯賞復冂衣、臣妾、貝」。

☆諓

「諓」不見於《說文》。由其字形可見其從言從妾。在西周金文中出現於《遹叔簋（諓簋）》（03950）作「𧮼」（03950）、「𧮼」（03951），一從母，一從女。

☆妹

《說文・女部》：「𡜰，女弟也，從女未聲〔註86〕。」

「妹」在西周金文中僅出現於西周早期，共見 9 例作「𡜰」、「𡜰」、「𡜰」之形，全皆從「女」。

☆嬴

《說文・女部》：「嬴，帝少皋之姓也，從女嬴省聲〔註87〕。」

西周金文中，「嬴」有 24 例，或從人嬴省聲作「𠈃」，或從女嬴省聲作「嬴」、「嬴」，以從女者為多，共 20 例。「女」作為「嬴」的構成部件，皆從「女」。

☆嬀

《說文・女部》：「嬀，虞舜尻嬀汭，因以為氏，從女為聲〔註88〕。」

「嬀」西周金文出現四例，《剌鼎》（02485）作「嬀」、《麒嬀壺》（09555）

〔註85〕許慎撰，段玉裁注：《說文解字注》，台北：洪葉文化事業有限公司，1998 年，頁 103。

〔註86〕許慎撰，段玉裁注：《說文解字注》，台北：洪葉文化事業有限公司，1998 年，頁 621。

〔註87〕許慎撰，段玉裁注：《說文解字注》，台北：洪葉文化事業有限公司，1998 年，頁 618。

〔註88〕許慎撰，段玉裁注：《說文解字注》，台北：洪葉文化事業有限公司，1998 年，頁 619。

作「⿰」、《敶侯簋》（03815）作「⿰」、《伯侯父盤》（10129）作「⿰」。多作姓氏，如《剌鼎》（02485）：「姪嬀乍（作）寶壺」、《⿰嬀壺》（09555）：「其用盟鬻宄嬀日辛」、《敶侯簋》（03815）：「敶（陳）侯乍（作）王嬀賸簋」、《伯侯父盤》（10129）：「白（伯）侯父媵（賸）弔（叔）嬀巽母□盤」。

☆妘

《說文·女部》：「⿰，祝融之後姓也，从女云聲〔註89〕。」

由西周金文字形可見，「妘」乃从女从員。「妘」在西周金文中出現 16 例，作「⿰」、「⿰」、「⿰」之形，不作「母」形。

☆妻

《說文·女部》：「⿱，婦與己齊者也。从女从屮从又。又持事，妻職也〔註90〕。」

西周金文中，「妻」出現 8 例，「女」作構成部件有一例从「母」，作「⿱」（《農卣》（05424））。

☆婦

《說文·女部》：「⿰，服也。从女持帚灑埽也〔註91〕。」

「婦」在殷商金文中出現甚多，共有 159 例，多作「⿰」、「⿰」、「⿰」。「婦」多與「好」搭配，成為「婦好」之人名。此外，「婦」與「好」皆从女，故常共用一個構成部件「女」，再結合「帚」、「子」構成部件，形成「婦好」一詞。

「女」作為「婦」的構成部件，大多數象女子側身斂手跪坐之形，並有頭飾，作「⿰」、「⿰」之形，又約有 53 例从「⿰」形，占三分之一。此與「女」在殷商金文作整字部件時情況一般，作「⿰」為多數。另外，尚有 3 例从「母」：「⿰」、「⿰」（06147）、「⿰」（《婦冬觶》（06142））。

在西周金文中，「婦」出現次數驟降，僅出現 23 例，作「⿰」、「⿰」、「⿰」。「女」作為「婦」的構成部件，多為象女子側身斂手跪坐之形；从女、具有頭飾之形的「女」僅剩三例：「⿰」（《盉婦方鼎（帝己且丁父癸鼎）》（02368））、「⿰」（《亞⿱婦觶》（06347））、「⿰」（《宗婦鄁娶盤》（10152））。

「女」作為「婦」的構成部件，多分布於西周早期，到中晚期就僅剩 7 例，

〔註89〕許愼撰，段玉裁注：《說文解字注》，台北：洪葉文化事業有限公司，1998 年，頁 619。

〔註90〕許愼撰，段玉裁注：《說文解字注》，台北：洪葉文化事業有限公司，1998 年，頁 620。

〔註91〕許愼撰，段玉裁注：《說文解字注》，台北：洪葉文化事業有限公司，1998 年，頁 620。

且西周各期皆从「女」形，不从「母」形。

☆姑

《說文‧女部》：「𡛷，夫母也，从女古聲〔註92〕。」

「姑」殷商金文中出現 17 例，皆从「女」；西周金文分布於早期與晚期，亦皆从「女」。

☆威

《說文‧女部》：「𡜍，姑也，从女戌聲〔註93〕。」「威」在西周金文中出現 30 例，「女」作爲構成部件皆从「女」。

☆妣

《說文‧女部》：「𡜟，殁母也。从女比聲〔註94〕。」

西周金文中，「妣」多作「𠤎」或「𡜟」，有「女」作爲構成部件者皆从「女」。

☆奴

《說文‧女部》：「𡜏，奴婢皆古辠人。周禮曰：其奴男子入于辠隸，女子入于舂稾〔註95〕。」

西周金文有 2 例，从女从又：《臤奴寶甗》（00851）作「𡘺」、《農卣》（05424）作「𡘻」。

☆好

《說文‧女部》：「𡥀，媄也，从女子〔註96〕。」

「好」在殷商金文中出現不少，共有 98 例，多作「𡥀」之形。「好」多與「婦」搭配，成爲「婦好」之人名。此外，「婦」與「好」皆从女，故常共用一個構成部件「女」，再結合「帚」、「子」構成部件，形成「婦好」一詞。

「女」作爲「好」的構成部件，大多數象女子側身斂手跪坐之形，並有頭飾，作「𡚸」，僅約 8 例从「𠂹」形，占十分之一。此與「女」在殷商金文作整字部件時情況一般，作「𡚸」爲多數。

在西周金文中，「好」出現次數驟降，僅出現 18 例，作「𡥀」、「𡥀」、「𡥀」

〔註92〕許愼撰，段玉裁注：《說文解字注》，台北：洪葉文化事業有限公司，1998 年，頁 621。

〔註93〕許愼撰，段玉裁注：《說文解字注》，台北：洪葉文化事業有限公司，1998 年，頁 621。

〔註94〕許愼撰，段玉裁注：《說文解字注》，台北：洪葉文化事業有限公司，1998 年，頁 621。

〔註95〕許愼撰，段玉裁注：《說文解字注》，台北：洪葉文化事業有限公司，1998 年，頁 622。

〔註96〕許愼撰，段玉裁注：《說文解字注》，台北：洪葉文化事業有限公司，1998 年，頁 624。

之形。「女」作爲「好」的構成部件，多爲象女子側身斂手跪坐之形。出現的例子多分布於西周中期和西周晚期，皆从「女」形，不从「母」形。

☆始

《說文・女部》：「𡥨，女之初也。从女台聲〔註97〕。」

「始」在殷商金文中作「𤔲」（《者婦罍》（09818～9））、「𡥨」（《乙未鼎》（02425））。

「始」在西周金文中的字形結構有些不定，或从女从台，如「𡥨」、「𡥬」；或从女从台从𠂤，如「𡥨」、「𡥬」；或从女从厶，如「𡥣」等，構成部件不定，位置也不定。西周金文中，「始」共見29例，「女」作爲的「始」構成部件皆从「女」，不从「母」。

☆嫼

《說文・女部》：「怒皃。从女黑聲〔註98〕。」在西周金文中出現3例，从「女」。

☆姦

《說文・女部》：「𡚻，厶也。从三女〔註99〕。」

殷商金文有2例，一作「𡚻」（《婦姦罍》（09783）），一作「𡚻」（《婦姦觶》（06148））。西周金文共3例：「𡚻」（《長由盉》（09455））、「𡚻」、「𡚻」（《苗姦盨》（04374）），皆从「女」。

☆媿

《說文・女部》：「𡟰，慙也。从女鬼聲〔註100〕。」在西周金文中，分布於西周中期、晚期，共30例。「女」作爲構成部件，皆从「女」。

☆妥

《說文・女部》：「𡚽，安也。从爪女。妥與安同意〔註101〕。」

「妥」在殷商金文有10例，作「𡞲」、「𡞲」、「𡞲」形，構成部件「女」同整字部件作从女、有頭飾形。西周金文則有36例，作作「𡞲」、「𡞲」、「𡞲」

〔註97〕許慎撰，段玉裁注：《說文解字注》，台北：洪葉文化事業有限公司，1998年，頁623。

〔註98〕許慎撰，段玉裁注：《說文解字注》，台北：洪葉文化事業有限公司，1998年，頁630。

〔註99〕許慎撰，段玉裁注：《說文解字注》，台北：洪葉文化事業有限公司，1998年，頁632。

〔註100〕許慎撰，段玉裁注：《說文解字注》，台北：洪葉文化事業有限公司，1998年，頁622。

〔註101〕許慎撰，段玉裁注：《說文解字注》，台北：洪葉文化事業有限公司，1998年，頁632。

形，構成部件「女」作女子側身斂手跪坐之形，且皆不與「母」形相混。

總計「女」作構成部件從「母」形的情況：

【表3-13】西周金文「女」作構成部件從「母」形比例

	西周早期	西周中期	西周晚期	西　周	合　計
字量	123	202	357	13	695
從「母」形字量	3	6	0	0	9
比例	2.4％	3％	0	0	1.3％

可見「女」作構成部件從「母」形的情況相當少數，這與「女」作整字部件的情況相似。

2. 「母」作構成部件

「母」在西周金文作構成部件時，其構成功能較爲薄弱，僅能構成「每」、「繁」、「毓」、「敏」、「晦」。

☆每

《說文・屮部》：「，屮盛上出也。從屮母聲〔註102〕」。「每」之本義，林義光、高鴻縉從《說文》之說；葉玉森〔註103〕則以爲象髮分披，耳朵加以笄形飾品；王獻堂〔註104〕認爲用毛羽飾加於女首爲每；于省吾〔註105〕以爲母字上方的符號乃指示字標誌，藉以區別母字，母爲聲；張再興〔註106〕認爲母不僅表音也兼表意，「以屮與母親的雙重繁殖意象表示事物的繁盛」。諸說或皆可通，而從「母」形部分則無議。

「每」在卜辭作「」（《甲》543）、「」（《甲》641）、「」（役《佚》951）之形，下或從女從母無別。「每」在殷商金文出現5例，作「」之形，其中有2例「母」從「女」形：「」（《亞口卣》（04818））、「」（《子每爵》（08084））。「每」在西周金文則出現17例，作「」、「」之形；西周早期5例，西周中期5例，西周晚期7例。其中西周早期有4例從「女」形：「」

〔註102〕許慎撰，段玉裁注：《說文解字注》，台北：洪葉文化事業有限公司，1998年，頁22。

〔註103〕葉玉森：《殷虛書契前編集釋》卷二，頁3。

〔註104〕王獻堂：〈釋每美〉，《中國文字》九卷，頁3934～3941。

〔註105〕于省吾：〈釋古文字中附劃音聲指示字的一例〉，《甲骨文字釋林》，頁454～455。

〔註106〕張再興：《西周金文字素功能研究》，華東師範大學博士論文，2000年，頁30。

（06004）、「[圖]」（《召卣》（05416））、「[圖]」（《召卣》（05416））、「[圖]」（《天亡簋（大豐簋、毛公聃季簋）》（04261）），占 80 ％；西周中期有 2 例從「女」形：「[圖]」（《君夫簋蓋》（04178））、「[圖]」（《縣妃簋（穫伯彝、縣伯彝、媚妃彝）》（04269）），占 40 ％。又「每」從「女」形者多作「[圖]」，從「母」者多作「[圖]」，構形上半部略異。

雖殷商金文到西周金文出現的「每」例不多，但卻有佔多數的「母」作爲「每」的構成部件與「女」形不分。雖然西周中期情況較西周早期銳減，但比例仍高，到西周晚期才見其顯著的區分，與「母」作爲整字部件與「女」形分化的情況比對，在殷商、西周早期仍相混不別狀況一樣，但「母」作爲整字部件與「女」形分化的情況，在早期與中期間有一個階段性的區別，而「母」作爲「每」的構成部件與「女」形不分到完全分化的時間則延至西周晚期。

☆繁

《說文·糸部》：「[圖]，馬髦飾也。從系每。《春秋傳》曰：可以稱旌繁乎[註107]。」在西周金文中，「繁」從系從每。由「每」例可知「每」從「母」形，故列「繁」於「母」作爲構成部件的例證中。

「繁」僅出現於西周中期金文的《繁卣》（05430）：「[圖]」、「[圖]」、「[圖]」、「[圖]」，「母」作爲構成部件皆從「女」不從「母」；《師虎簋》（04316）作「[圖]」、「[圖]」，從「母」。但春秋金文後，「繁」從系從每從貞，「母」作爲構成部則一改西周中期的情況，皆從「女」。

☆毓

《說文·ㄊ部》：「[圖]，育或從每[註108]。」由「每」例可知「每」從「母」形，故列「毓」於「母」作爲構成部件的例證中。

「毓」在殷商金文出現 2 例，其中《毓且丁卣》（05396）作「[圖]」，從「女」。西周金文分布於早期與中期，共有 4 例。西周早期出現 1 例：《呂仲僕爵》（09095）作「[圖]」，從「女」；西周中期有 3 例：《班簋（毛伯彝）》（04341）作「[圖]」、「[圖]」、「[圖]」，皆從「母」。即「毓」在西周金文中，早期皆作「女」

〔註107〕許慎撰，段玉裁注：《說文解字注》，台北：洪葉文化事業有限公司，1998 年，頁 664。

〔註108〕許慎撰，段玉裁注：《說文解字注》，台北：洪葉文化事業有限公司，1998 年，頁 751。

形，到了中期，則改爲「母」形。

☆敏

《說文·攴部》：「![字]，疾也。从攴每聲〔註109〕。」由「每」例可知「每」從「母」形，故列「敏」於「母」作爲構成部件的例證中。

「敏」在西周金文出現 12 例，作「![字]」、「![字]」之形，西周早期 5 例，西周中期 2 例，西周晚期 5 例。其中西周早期有 4 例從「女」形：「![字]」、「![字]」、「![字]」、「![字]」《大盂鼎》（02837）；西周晚期有 1 例從「女」形：「![字]」《師嫠簋》（04325）。西周早期從「女」形的「敏」皆作象女子側身斂手跪坐，並有頭飾之形，此與殷商金文的「女」形同，應爲西周金文承自殷商金文的殘留；而西周晚期則捨去頭飾之形，僅作女子側身斂手跪坐之象，此也與西周早期「女」作整字部件時的字形演變相互呼應。

☆畮

《說文·田部》：「从田每聲〔註110〕」由「每」例可知「每」從「母」形，故列「畮」於「母」作爲構成部件的例證中。

在西周金文中，西周中期《賢簋》（04104）作「![字]」、「![字]」、「![字]」、「![字]」、《賢簋》（04105）作「![字]」、「![字]」、「![字]」、「![字]」、《賢簋》（04106）作「![字]」、「![字]」，皆從「母」形。西周晚期《師袁簋》（04313）作「![字]」、「![字]」、「![字]」、《兮甲盤》（10174）作「![字]」，有 1 例從「女」。

總計「母」作構成部件從「女」形的情況：

【表 3-14】西周金文「母」作構成部件從「女」形比例

	西周早期	西周中期	西周晚期	合　計
字量	10	24	16	50
從「女」形字量	4	6	2	12
比例	40 %	25 %	12.5 %	24 %

得知在西周各期中，「母」作構成部件從「女」形的情況不低。這也許是因爲「母」作爲構成部件時，多構成「每」，而「每」本身可視作由兩個部件所構成的字，也可視爲整字部件。當視「每」由兩個部件所構成的字時，鄰近或相

〔註109〕許慎撰，段玉裁注：《說文解字注》，台北：洪葉文化事業有限公司，1998 年，頁 123。

〔註110〕許慎撰，段玉裁注：《說文解字注》，台北：洪葉文化事業有限公司，1998 年，頁 702。

近自己的字形僅有「母」、「女」，而「每」又有「屮」可資區別，故有了這明顯的區別部件，就可知道是「每」，「每」也就不需那麼嚴格从「母」或「女」。若以整字部件論「每」者，「母」、「女」雖形近，但相較於前者（視「每」由兩個部件所構成的字），與「母」、「女」字形差距就更大，區別性更明顯，因此由辨別的角度看，从「母」或「女」反而不一定具有辨異作用，故从「母」或「女」的限制就沒有那麼直接。再者，當視「每」由兩個部件所構成的字時，「繁」、「敏」、「晦」的字形結構，並非由一個部件所構成；越多的部件組合而成的字形，其辨異功能的發揮就不再是僅依靠其中一個部件而產生作用。既然一個部件的辨異功能無法充分發揮作用，其辨異功能勢必削弱，則此字形的精確度就不再是那麼要求，即使字形有稍微的差異，只要其它部件能發揮辨異作用，依然能維持文字系統相聯繫又能區別彼此的微妙關係。

另外，從「母」作整字部件與構成部件比較，「母」作構成部件从「女」形情況的比例較「母」作整字部件時的比例高出許多。從比例來看，「母」作整字部件時，西周早期就已經降到四分之一的比例，而「母」作構成部件時，則要到西周中期才降到四分之一的比例。推測因為「母」作整字部件時，若僅有的部件有誤，則容易影響辨異功能，所以當「母」从「女」分化出來後，「母」作整字部件時，大部分有明顯的區分；相對而言，「母」作構成部件時，因有其他部件能發揮區別作用，故影響較小，所以沒有立即的表現「女」、「母」分化現象，但是「女」、「母」分化終是不可避免的文字現象，且終將有嚴明的界定，故「母」作構成部件時，「女」、「母」分化現象還是存在，只是時間較晚，直到西周晚期才有明顯的劃分。

以下統計西周金文各期「女」、「母」作為構成部件時，卻互不分的情況：

【表 3-15】西周金文「女」「母」作構成部件不分比例

	西周早期	西周中期	西周晚期	西　　周	合　　計
字量	133	226	373	13	745
「女」、「母」不分字量	7	12	2	0	21
比例	5.3％	5.3％	0.5％	0	2.8％

雖由表顯示，西周金文各期「女」、「母」作為構成部件時，大致上是能夠得到一個有所區分的現象，但是這樣的數據來源的特徵是值得留意的。因

爲「女」作爲構成部件有強大的構字能力，故在這數據中，佔有高達至少 90
％是表現「女」作爲構成部件的表徵，所以不能表示「母」作爲構成部件也
有這樣的區分現象。也就是說，要明確地觀察「女」、「母」作爲構成部件的
分化現象，回歸各自作爲構成部件時的比例數據是較清楚的解釋，即「女」
作爲構成部件，在西周早期已有明顯的分化完全的現象，但是「母」作爲構
成部件則要到西周晚期才有明顯的分化現象，但一直到西周晚期結束，仍未
有分化完全的現象。

（三）整字與構成部件分化異同

由「女」、「母」作爲整字部件與構成部件相較，「女」作爲整字部件，在西
周早期同形異字的情況降已到很低的程度，可謂已分化完全；「母」作爲整字部
件，在西周早期雖有 24.6％與「女」不分，但到西周中期、晚期時，其比例則
大幅下降，與「女」有清楚的區分。故「女」、「母」作爲整字部件，整體而言，
在西周中期已分化完全，而「女」作爲整字部件又較「母」作爲整字部件早，
在西周早期已分化完全。

「女」作構成部件與作整字部件情況類似，在西周早期已分化完全；而「母」
作爲構成部件卻一直到西周晚期才有明顯的分化現象，致使「母」在西周金文
作爲構成部件時，從「女」的異體字仍普遍存在。

故在「女」、「母」作爲整字部件與構成部件相較情況中，「女」作整字部件
與作構成部件分化的情況是同步的，而「母」作爲整字部件與構成部件的分化
情況則有所差距。「女」作整字部件與作構成部件的分化完成皆在西周早期；「母」
作爲整字部件分化完全在西周中期，而「母」作構成部件時，西周晚期才有明
顯分化現象，且到西周晚期結束，仍未見分化完全。可知，雖「女」、「母」作
爲整字部件的分化現象尚屬同步，但「女」、「母」作爲構成部件的分化現象卻
是有不同速度。

「母」作爲構成部件較「母」作爲整字部件的分化情況緩慢很多，此雖因
爲整字部件僅有本身可提供辨識功能，而作構成部件尚有其他部件輔助外，此
或許跟「母」作爲構成部件但構字能力低弱有關。因爲構字能力低弱，所以在
使用上，相對使用程度不高，如此使人們對於「母」作構成部件應與「女」區
分開來的認知降低，所以當「女」透過大量地作爲構成部件而取得與「母」作
構成部件有所區分的認同時（西周早期），「母」作構成部件算尚屬於起步的狀

態，故對於「母」與「女」的區分尚未明朗化。直到西周晚期，「母」作構成部件數量的次數也僅有 50，雖有分化的現象，但仍未分化完全。是此，「母」作構成部件與「女」作構成部件相較，又比「女」作構成部件的分化現象晚了很多。

三、「幺」、「糸」分化現象

（一）「幺」、「糸」作整字部件

《說文・幺部》：「𢆉，小也。象子初生之形，凡幺之屬皆从幺〔註111〕」，又《說文・玄部》：「𤣥，幽遠也，象幽而入覆之也。黑而有赤色者為元〔註112〕。」《說文・糸部》：「𣄼，細絲也。象束絲之形，凡糸之屬皆从糸。讀若覛。𢇁，古文糸〔註113〕。」

在甲骨文中，「幺」作「𢆉」，林義光以為象絲形，其義為懸〔註114〕；高鴻縉認為是「繩」的初文，借有幽玄、玄黑的意思〔註115〕；李孝定以為是「糸」的初文，象束絲之形〔註116〕。「糸」則作「𣄼」、「𣄼」、「𣄼」，羅振玉以為「糸」〔註117〕，象束絲之形。「幺」和「糸」皆象束絲之形，兩端是否有絲頭，並無差別，故兩者沒有明確的區分。

在西周金文中，「幺」和「糸」則有了較固定的寫法，並有所區別。「糸」在西周金文沒有獨立構字的能力，而「幺」字形則常借用為「玄」，作黑色之義，如《王臣簋（04266）》：「易（賜）女（汝）朱黃、鞶親、玄衣黹屯、緣旂五日、戈畫戟、厚必、彤沙，用事」、《頌壺（09731）》：「賜女（汝）玄衣黹屯、赤市朱黃、緣旂、攸勒，用事」、《敔簋（04166）》：「王穪（蔑）敔曆，易（賜）玄衣赤裒，敔對易（揚）王休，用乍（作）文考父丙齎彝，其萬年寶」，作「𢆉」、「𢆉」、「𢆉」之形。

又小篆分立「糸」與「系」（作「𣄼」），「幺」與「玄」（作「𤣥」），皆表

〔註111〕許慎撰，段玉裁注：《說文解字注》，台北：洪葉文化事業有限公司，1998 年，頁 160。

〔註112〕許慎撰，段玉裁注：《說文解字注》，台北：洪葉文化事業有限公司，1998 年，頁 161。

〔註113〕許慎撰，段玉裁注：《說文解字注》，台北：洪葉文化事業有限公司，1998 年，頁 650。

〔註114〕林義光：《文源》（卷三），頁 3。

〔註115〕高鴻縉：《中國字例》，頁 176。

〔註116〕李孝定：《甲骨文字集釋》，頁 1409。

〔註117〕羅振玉：《增訂殷墟書契考釋》中，頁 42。

絲的意思，皆由「幺」分化而來。但是在西周金文中，「糸」與「系」在字形上仍互不區隔，表同一部件；「幺」與「玄」情況亦同，雖「幺」常借用為「玄」，但在西周金文中，「幺」與「玄」尚為同一字形，未有分化情況。

「幺」和「糸」作整字部件時，字形相近，上方是否有突出的絲頭，並非判斷的標準，因為「幺」作整字部件或構成部件時，上方是否有突出的絲頭的字形皆存在，如「𣎆」（《吳方彝（09898）》）、「𣎆」（《敔簋（04166）》）、「𣎆𣎆」（《伊簋（04287）》）、「𣎆𣎆」（《盠方彝（09899）》）；而「幺」和「糸」最明顯的區分則在於下方是否有突出或分岔的絲頭。

（二）「幺」、「糸」作構成部件

1.「幺」作構成部件

「幺」作構成部件可構成「後〔註118〕」、「幽」、「胤〔註119〕」、「茲〔註120〕」、「幼〔註121〕」、「絲〔註122〕」、「玆〔註123〕」、「縣〔註124〕」、「䵣（亂）〔註125〕」、「彝」、「茲〔註126〕」、「縊〔註127〕」、「樂〔註128〕」、「訊〔註129〕」、「禦〔註130〕」、「諆〔註131〕」、「奚〔註132〕」、「嬲〔註133〕」、「繫〔註134〕」等。以下針對有分化

〔註118〕如「𥛱」（《師望鼎（02812）》）、「𥛱」（《小臣單觶（06512）》）等。

〔註119〕如「𥛱」（《逨簋（04074）》）等。

〔註120〕如「𣎆𣎆」（《彔伯威簋蓋（04302）》）等。

〔註121〕如「𥛱」（《禹鼎（02833）》）等。

〔註122〕如「𣎆𣎆」（《沈子它簋蓋（04330）》）、「𣎆𣎆」（《伯康簋（04160）》）等。

〔註123〕如「𥛱」（《玆父乙器（10533）》）等。

〔註124〕如「𥛱」（《縣妃簋（稽伯彝、縣伯彝、媚妃彝）（04269）》）等。

〔註125〕如「𥛱」（《六年召伯虎簋（04293）》）等。

〔註126〕如「𣎆𣎆」（《彔伯威簋蓋（04302）》）等。

〔註127〕如「𥛱」（《沈子它簋蓋（04330）》）等。

〔註128〕如「𥛱」（《樂鼎（02419）》）、「𥛱」（《召樂父匜（10216）》）等。

〔註129〕如「𥛱」（《多友鼎（02835）》）等。

〔註130〕如「𥛱」（《我方鼎（我鼎、禦鼎、禦簋）（02763）》）、「𥛱」（《作禦父辛觶（06472）》）等。

〔註131〕如「𥛱」（《攸簋（03906）》）等。

〔註132〕如「𥛱」（《趞盂（10321）》）等。

〔註133〕如「𥛱」（《嬲寡簋（10321）》）等。

〔註134〕如「𥛱」（《史牆盤（10175）》）等。

現象的字例進行探討。

☆幽

《說文・幺部》：「幽，隱也。从山丝，丝亦聲〔註135〕。」西周金文恐从「火」不从「山」。張再興表示「西周金文實從火。火之微爲幽。今紹興一帶仍有說火弱爲『幽』。從二幺，表示程度加深〔註136〕」。

殷商金文無例。西周金文共出現 25 例，西周早期有 3 例，西周中期 13 例，西周晚期 9 例。西周早期的「幽」出現在螯嗣土幽的器物上，3 例中有 2 例从「糸」，作「」（《螯司土幽且辛尊（05917）》）、「」（《螯司土幽卣（05344）》）；西周中期則有 3 例，從「糸」作「」（《伯晨鼎（韓侯白晨鼎）（02816）》）、「」（《趞簋（趞鼎）（04266）》）、「」（《即簋（04250）》）；西周晚期有 2 例從「糸」，作「」（《南宮柳鼎（02805）》）、「」（《康鼎（02786）》）。

【表 3-16】西周金文「幺」作「幽」的構成部件，「幺」「糸」不分比例

	西周早期	西周中期	西周晚期	西　　周	總　　計
字量	3	13	9	1	25
從「糸」字量	2	3	2	0	7
比例	66.7％	23.1％	22.2	0	28.0％

從西周早期幾乎不分，到西周中期、晚期，「幺」「糸」不分比例已下降到百分之二十幾的比例，是「幽」對「幺」「糸」不分情況，自西周中期以後漸有區分的表象。

☆訊

《說文・言部》：「訊，問也。从言卂聲〔註137〕。」

「訊」在殷周金文中，僅出現於西周金文，且分布於西周中期與西周晚期。在西周金文的構形是「象綑綁罪人而審訊〔註138〕」，從人從口從幺，多作「」、「」、「」之形。

〔註135〕許愼撰，段玉裁注：《說文解字注》，台北：洪葉文化事業有限公司，1998 年，頁 160。

〔註136〕張再興：《西周金文字素功能研究》，北京：華東師範大學博士論文，2000 年，頁 134。

〔註137〕許愼撰，段玉裁注：《說文解字注》，台北：洪葉文化事業有限公司，1998 年，頁 92。

〔註138〕張再興：《西周金文字素功能研究》，北京：華東師範大學博士論文，2000 年，頁 134。

「訊」，西周金文中共出現 29 例，西周中期有 6 例，西周晚期增爲 23 例。其中西周中期有 1 例不從「幺」而從「糸」，作「▓」（《趞簋（趞鼎）（04266）》）；西周晚期有 5 例不從「幺」而從「糸」，作「▓」（《虢季子白盤（10173）》）、「▓」（《兮甲盤（10173）》）、「▓」（《揚簋（04294）》）、「▓」（《揚簋（04295）》）、「▓」（《師同鼎（02779）》）。

☆彝

《說文‧糸部》：「▓，宗廟常器也。从糸。糸，綦也。廾，持之。米，器中實也。从互。象形。此與爵相似。《周禮》六彝：雞彝、鳥彝、黃彝、虎彝、蜼彝、斝彝，以待祼將之禮〔註 139〕。」西周金文多不從「糸」，而從「幺」作「▓」、「▓」、「▓」，「象雙手持綑綁的祭品祭獻」。

「彝」是禮器共名，銘文中常有「宗彝」、「寶障（尊）彝」之詞，如《叔作寶鼎（01923）》：「叔乍（作）寶彝」、《效卣（05433）》：「公易（賜）孚（厥）涉子效王休貝{廿朋}，效對公休，用乍（作）寶障（尊）彝。」、《虢季子綏卣（05376）》：「虢季子綏乍（作）寶彝，其萬年子＝（子子）孫＝（孫孫）永寶用」等。指稱不同形制的青銅器的名稱。清代學者將這種方形銅器稱爲「方彝」。高明認爲方彝多爲商代和西周初年的遺物，容庚則列爲酒器。

「彝」在西周金文出現的機率頗高，共計有 1676 例。西周早期最多，有 1388 例；西周中期則縮減爲 226 例；西周晚期只有 39 例，尚有 23 例未能歸屬西周分期。其中西周中期有 1 例不從「幺」而從「糸」，作「▓」（《內伯壺（09585）》），占 0.4％；西周晚期有 3 例不從「幺」而從「糸」，作「▓」（《姬鼎（姬鬲彝鼎）（02681）》）、「▓」（《尌仲簋蓋（04124）》）、「▓」（《史頌鼎（02787）》），占 7.7。

西周早期有著大量的「彝」例，幾乎都從「幺」而不從「糸」；到西周中期僅 1 例從「糸」，餘 225 例皆從「幺」；到西周晚期，「彝」例大幅減少，但不從「幺」而從「糸」的例子卻增加。表面上看似「彝」似乎越到晚期，「幺」作構成部件越和「糸」不分。但換個角度看，這卻是代表著「彝」字構形的改變。《說文‧糸部》認爲「▓」從「糸」，表示在小篆或是東漢許慎所見的「彝」字已經從「糸」不從「幺」。如此，接續著西周晚期「彝」字從「糸」的增多，可窺

〔註 139〕許慎撰，段玉裁注：《說文解字注》，台北：洪葉文化事業有限公司，1998 年，頁 669。

見「彝」字由從「幺」到從「糸」的演變發端。

又因為「彝」多為器名使用，從在西周金文分布比例可知，彝在西周早期是個常見並常鑄用的青銅器，而越到晚期，則逐漸消退，這與青銅器本身的發展有趨於同步的現象。

☆茲

《說文‧艸部》：「茲，艸木多益。從艸絲省聲〔註140〕。」

「茲」在西周早期共出現 15 例，西周早期有 4 例，西周中期 4 例，西周晚期 7 例。其中西周早期有 2 例不從「幺」而從「糸」，作「茲」（《矦尊（06014）》）、「茲」（《寓鼎（02718）》）；西周晚期也有 1 例不從「幺」而從「糸」，作「茲」（《師同鼎（02779）》）。

「幺」作為「茲」的構成部件，與「糸」不分的情況很少，已有明顯的區分。

2.「糸」作構成部件

「糸」作構成部件可構成「縮〔註141〕」、「孫」、「戀〔註142〕」、「顯」、「絲〔註143〕」、「組〔註144〕」、「經〔註145〕」、「維〔註146〕」、「紬〔註147〕」、「縈〔註148〕」、「要〔註149〕」、「孽〔註150〕」、「組〔註151〕」、「緐〔註152〕」、「緘〔註153〕」、「彎〔註154〕」、「緐〔註155〕」、「緯〔註156〕」、「綏〔註157〕」、

〔註140〕許慎撰，段玉裁注：《說文解字注》，台北：洪葉文化事業有限公司，1998 年，頁 39。
〔註141〕如「縮」（《蔡姞簋（龍姞彝）（04198）》）等。
〔註142〕如「戀」（《虢季子白盤（10173）》）、「戀」（《揚簋（04294）》）等。
〔註143〕如「絲」（《智鼎（02838）》）、「絲」（《守宮盤（10168）》）等。
〔註144〕如「組」（《師衰簋（04313）》）等。
〔註145〕如「經」（《虢季子白盤（10173）》）等。
〔註146〕如「維」（《虢季子白盤（10173）》）等。
〔註147〕如「紬」（《紬父盉（09395）》）等。
〔註148〕如「縈」（《縈伯簋（03481）》）、「縈」（《申簋蓋（04267）》）等。
〔註149〕如「要」（《散氏盤（10176）》）等。
〔註150〕如「孽」（《叨孽簋（03791）》）、「孽」（《默鐘（宗周鐘）（00260）》）等。
〔註151〕如「組」（《考母壺（09537）》）等。
〔註152〕如「緐」（《班簋（毛伯彝）（04341）》）、「緐」（《師虎簋（04316）》）等。
〔註153〕如「緘」（《毛公鼎（02841）》）等。
〔註154〕如「彎」（《公貿鼎（02719）》）等。
〔註155〕如「緐」（《緐還鼎（02200）》）、「緐」（《史牆盤（10175）》）等。
〔註156〕如「緯」（《毛公鼎（02841）》）、「緯」（《番生簋蓋（04326）》）等。
〔註157〕如「綏」（《史牆盤（10175）》）等。

「素〔註 158〕」、「綽」、「縐」、「羌〔註 159〕」、等。以下針對有分化現象的
字例進行探討。

☆縮

《說文・糸部》：「綰，惡絳也。从糸官聲。一曰絸也，讀若雞卵〔註 160〕。」

「縮」，在西周金文出現 8 例，分布於西周中期與西周晚期，多从宀从糸从
爪从𦥑从又，作「⿱」、「⿱」、「⿱」之形。其中西周中期有 2 例不从「糸」而
改从「幺」，作「⿱」（《史牆盤（10175）》）、「⿱」（《㝬鐘》（00246））。

將从「糸」而改从「幺」者存在西周中期，到了西周晚期則已無此現象，
可說「糸」作「縮」的構成部件，在西周晚期已和「幺」有明顯的區分，並在
書寫上有更清楚的辨別與認識。

☆孫

《說文・糸部》：「孫，子之子曰孫。从系子。系，續也〔註 161〕。」

「孫」在金文中有著強而有力構辭能力，最常與「子」結合，作「子孫」
或「子子孫孫」等，構成「子子孫孫永寶用」、「子孫永寶」……等類似祝福語
句，如《衛鼎（02733）》：「眾多倗（朋）友，子孫永寶」、《是要簋（03910）》：
「其子孫永寶用」、《師趛盨（04429）》：「子孫其萬年永寶用」、《伯吉父簋（04035）》
「其萬年子孫＝（孫孫）永寶用」等。

「孫」在西周金文中出現頻率非常高，共有 1161 例，多从子从糸，作
「⿰」、「⿰」、「⿰」之形。「孫」在西周早期僅有 57 例，西周中期增為 298
例，到了西周晚期已有 792 例。其中西周早期有 3 例不从「糸」而从「幺」，
作「⿰」（《舍父鼎（辛宮鼎）（02629）》）、「⿰」（《㝬卣（05354）》）、「⿰」（《㝬
卣（05354）》）；西周中期有 6 例不从「糸」而从「幺」，作「⿰」（《格伯作
晉姬簋（03952）》）、「⿰」（《杳簋（丁卯簋、友簋）（04194）》）、「⿰」（《㐁父
盉（09429）》）、「⿰」（《㐁父盉（09429）》）、「⿰」（《𣪘尊（06008）》）、「⿰」

〔註 158〕如「⿱」（《師克盨（04467）》）、「⿱」（《輔師嫠簋（04286）》）等。

〔註 159〕如「⿱」（《羌尊》）等。

〔註 160〕許慎撰，段玉裁注：《說文解字注》，台北：洪葉文化事業有限公司，1998 年，頁
656。

〔註 161〕許慎撰，段玉裁注：《說文解字注》，台北：洪葉文化事業有限公司，1998 年，頁
648。

（《作文考日己方尊（05980）》）；西周晚期有 6 例不從「糸」而從「幺」，作「￼」（《瞰士父鬲（00715）》）、「￼」（《瞰士父鬲（00716）》）、「￼」（《￼季鼎（￼季鼎、￼季作贏氏行鼎）（02585）》）、「￼」（《此鼎（02823）》）、「￼」（《伯臨簋（03784）》）、「￼」（《叔向父禺備簋（03870）》）。

「糸」作「孫」的構成部件，在西周金文各期與「幺」不分的比例不高：西周早期 5.3％，西周中期 2.0％，西周晚期 0.8％。可說「糸」作「孫」的構成部件，在西周金文已和「幺」有明顯的區分，書寫上也有很好的判斷，故僅有極少數的例子尚有臨時不分現象。

此外，「孫」從西周早期僅有 57 例，西周晚期則增到 792 例，幾乎增加了 13 倍之多，這樣的現象不僅說明「孫」高度頻繁地被使用，且上曾述「孫」與「子」結合，構成「子子孫孫永寶用」、「子孫永寶」……等常見句式，故也些許透露出這些句式使用越來越頻繁；且越到晚期的銘文內容，不再僅是說明何者作器，而更加強了子孫要永久保存的銘文內容，也顯示器主希望子孫延續或永不忘自己的功勳與地位。

☆鑾

「鑾」在《殷周金文集成釋文》中多作「鑾」。《說文・金部》：「人君乘車四馬四鑣八鑾。鈴象鸞鳥之聲，聲龢則敬也。從金鸞省〔註162〕。」而西周金文則多從「糸」，作「￼」、「￼」、「￼」，其中西周中期有 1 例從「幺」，作「￼」（《休盤〈10170〉》）；西周晚期有 1 例從「幺」，作「￼」（《此簋〈04304〉》）。

☆顯

《說文・頁部》：「￼，頭明飾也。從頁㬎聲〔註163〕。」《說文・日部》：「㬎，眾微杪也。從日中視絲。古文以爲顯字〔註164〕。」在西周金文中，象在日光下視絲之形，其構形則從日從絲從頁，作「￼」、「￼」，或從日從絲從見，作「￼」、「￼」。

「顯」，西周金文共計出現 162 例，西周早期 5 例，西周中期 53 例，晚期增加一倍，有 103 例。其中僅 1 例將所從之「絲」改爲從二幺，作「￼」（《天亡簋（大豐簋、毛公聃季簋）（04261）》）。可見「糸」與「幺」明顯的區分。

〔註162〕許慎撰，段玉裁注：《說文解字注》，台北：洪葉文化事業有限公司，1998 年，頁 719。

〔註163〕許慎撰，段玉裁注：《說文解字注》，台北：洪葉文化事業有限公司，1998 年，頁 426。

〔註164〕許慎撰，段玉裁注：《說文解字注》，台北：洪葉文化事業有限公司，1998 年，頁 310。

（三）整字與構成部件分化異同

因為「糸」與「幺」二者字形相近，要判斷字形從「糸」或「幺」，必須關注束絲之形的下方是否有絲頭。「幺」作整字部件時，可有「 δ 」（《吳方彝（09898）》）、「 δ 」（《敔簋（04166）》）之形，作構成部件時，可有「 $\delta \mid \delta$ 」（《伊簋（04287）》）、「 $\delta \mid \delta$ 」（《盠方彝（09899）》）之形，故若以束絲之形的上方是否有突出的絲頭，似乎不能做為「糸」與「幺」二者的分界，而應以束絲之形的下方是否有突出的絲頭作為標準，有突出絲頭者為「糸」，如「 $\frac{4}{8}$ 」（《虢季子白盤（10173）》），無突出絲頭者為「幺」，如「 δ 」（幼）（《禹鼎（02833）》）。

「幺」在西周金文大致上已有固定寫法，而因為「糸」在西周金文獨立構字能力，故難以與「幺」作整字部件的分化情況相較。

在「糸」與「幺」作構成部件時，則尤其所構成的字形中可見，大致上「糸」與「幺」作構成部件以有明確的區分。個別的字例中，「幽」是比較突出的例子，在西周金文平均尚有 28.0％ 不分的比例，其餘字例則比例都非常低。若以整個「糸」與「幺」作構成部件的所有情況與其不分情況求比例，則平均不超過 10％，甚而更低。是此，可以說「糸」與「幺」作構成部件時，在西周金文中已有分化的現象，且是處於分化完成的階段。

而文字的演變是漸變，當「糸」與「幺」進入西周金文的時候已經是部件分化的末端了，則當「糸」與「幺」開始的分化時，則必早於西周金文時期，應在殷商時期就已有分化的現象。

四、「又」、「寸」分化現象

（一）「又」、「寸」作整字部件

《說文·又部》：「 $\exists$ ，手也，象形，手之列多略不過三也，凡又之屬皆從又[註165]」、《說文·寸部》：「 $\exists$ ，十分也，人手卻一寸動䰆謂之寸口，從又一。凡寸之屬皆從寸[註166]。」

「又」，卜辭作「 λ 」，羅振玉釋又[註167]，象人右手側面之形。殷商金文作「 $\exists$ 」（《又尊（05450）》）、「 $\exists$ 」（《亞又方彝（09853）》）、「 λ 」（《宰㭝角

〔註165〕許慎撰，段玉裁注：《說文解字注》，台北：洪葉文化事業有限公司，1998 年，頁 115。

〔註166〕許慎撰，段玉裁注：《說文解字注》，台北：洪葉文化事業有限公司，1998 年，頁 122。

〔註167〕羅振玉：《增訂殷虛書契考釋》中，台北：藝文印書館，1975，頁 19。

（09105）》）之形。「又」作整字部件，在西周金文共見 252 例，多承襲殷商金文的寫法，作「𠂇」（《散盤（10176）》）、「𠂇」（《同卣（05398）》）、「𠃜」（《鬲攸從鼎（鬲比鼎、鬲攸比鼎）（02818）》）之形。

　　「寸」形是到西周金文才開始出現。但「寸」在殷商甲骨文無法獨立成字。又從殷商金文到西周金文，一直到戰國金文也都沒有獨立構字的功能，無法作整字部件使用，僅在作構成部件時可見，作「𡬝」、「𡨄」之形。

　　「寸」是西周金文出現的一個部件。從「寸」的產生與發展過程來看，「寸」是從「又」發展來的。在小篆中，就有許多從寸的字，在西周金文多從「又」，如「得」、「寺」、「奪」等。而《說文》對從「寸」的解釋往往有「持」的意思，徐鉉也說：「寸，手也」，保留了「寸」原始的本義，相對於許慎解釋「寸」爲「人手卻一寸動𧖴謂之寸口」〔註168〕，恐是據小篆字形解說，未能闡述西周金文字構形。

　　因爲「寸」在西周沒有作整字部件的功能，故從「又」作整字部件的情況，看「又」與「寸」二者字形的使用情況。「又」在西周金文中期有一例從「寸」形，作「𡨄」（《鄭虢仲簋）（04192）》）；西周晚期有 1 例「寸」形，作「𡨄」（《鄭虢仲簋（04024）》）。這樣「又」、「寸」不分的情況，到東周金文尚可見，如「𡨄」（《中山王𦈟鼎（02840）》）、「𡨄」（《兆域圖銅版（10478）》）。

　　「又」、「寸」作整字部件分化的現象，在西周金文中的例證少見，又張再興認爲「又」、「寸」演化過程歷經非常久的一段時間，應該到楷書的階段才算是大致完成〔註169〕，故在西周金文「又」與「寸」的關係可能尚是分化現象的發微階段。

　　（二）「又」、「寸」作構成部件

　　「寸」在西周金文始見，且「寸」乃從「又」所發展出來的，目前所見從「寸」之字，在西周金文多從「又」，故此藉由「又」作構字部件的情況，可見到「寸」在西周金文發展的情況。

　　「又」作構字部件，在西周金文中具有非常強的構字能力，可構成「友

〔註168〕《說文・寸部》：「𡬝，十分也，人手卻一寸動𧖴謂之寸口，从又一。凡寸之屬皆从寸。」

〔註169〕張再興：「又」到「寸」的演變過程直到楷書才全部完成。《西周金文字素功能研究》，華東師範大學博士論文，2000 年，頁 70。

〔註170〕」、「吏〔註171〕」、「史〔註172〕」、「事〔註173〕」、「對〔註174〕」、「僕〔註175〕」、「叔〔註176〕」、「祭〔註177〕」、「豚〔註178〕」、「羞〔註179〕」、「有〔註180〕」、「盉〔註181〕」、「鯀〔註182〕」、「秉〔註183〕」、「䜌〔註184〕」、「徹〔註185〕」、「奪〔註186〕」、「寺〔註187〕」、「尌〔註188〕」、「嫠〔註189〕」、「秦〔註190〕」、「爵〔註191〕」、「辰〔註192〕」、「得〔註193〕」、「隻〔註194〕」、「取〔註195〕」、「奴〔註196〕」、「叔

〔註170〕如「𢓲」（《師旂鼎（弘鼎、師旅鼎）（02809）》）、「𣔟」（《衛鼎（02733）》）等。

〔註171〕如「𤔲」（《大盂鼎（02837）》）等。

〔註172〕如「𣥐」（《免盤（10161）》）、「𣥐」（《揚簋（04294）》）等。

〔註173〕如「𤔲」（《伯矩鼎（02456）》）、「𤔲」（《豆閉簋（04276）》）等。

〔註174〕如「對」（《敔簋（04166）》）、「對」（《師望鼎（02812）》）等。

〔註175〕如「僕」（《師旂鼎（弘鼎、師旅鼎）（02809）》）、「僕」（《幾父壺（09721）》）等。

〔註176〕如「𣁰」（《吳方彝蓋（09898）》）等。

〔註177〕如「祭」（《史喜鼎（02473）》）等。

〔註178〕如「豚」（《豚卣（05365）》）、「豚」（《士上卣（臣辰卣）（05421）》）等。

〔註179〕如「羞」（《師同鼎（02779）》）、「羞」（《不娶簋（04328）》）等。

〔註180〕如「有」（《南宮柳鼎（02805）》）、「有」（《㝬作周公簋（周公簋、井侯簋）（04241）》）等。

〔註181〕如「盉」（《季良父盉（09443）》）等。

〔註182〕如「鯀」（《史牆盤（10175）》）等。

〔註183〕如「秉」（《井人妄鐘（00109）》）、「秉」（《虢叔旅鐘（00238）》）等。

〔註184〕如「䜌」（《䜌簋》）等。

〔註185〕如「徹」（《史牆盤（10175）》）等。

〔註186〕如「奪」（《多友鼎（02835）》）、「奪」（《奪作寶簋（03372）》）等。

〔註187〕如「寺」（《㵒伯寺簋（04007）》）、「寺」（《奪作寶簋（03372）》）等。

〔註188〕如「尌」（《尌仲簋蓋（04124）》）等。

〔註189〕如「嫠」、「嫠」、「嫠」（《輔師嫠簋（04286）》）、「嫠」（《師嫠簋（04324）》）等。

〔註190〕如「秦」（《師西簋（04289）》）、「秦」（《訇簋（04321）》）等。

〔註191〕如「爵」（《爵且丙尊（05599）》）等。

〔註192〕如「辰」（《伯中父簋（04023）》）等。

〔註193〕如「得」（《師旂鼎（弘鼎.師旅鼎）（02809）》）、「得」（《智鼎（02838）》）等。

〔註194〕如「隻」（《師隻卣蓋（05194）》）、「隻」（《禹鼎（02833）》）等。

〔註195〕如「取」（《番生簋蓋（04326）》）、「取」（《毛公鼎（02841）》）等。

〔註196〕如「奴」（《農卣（05424）》）等。

〔註197〕」、「及〔註198〕」、「曼〔註199〕」、「啓〔註200〕」、「肇〔註201〕」、「射〔註202〕」、「叚（嘏）〔註203〕」、「爰〔註204〕」、「受〔註205〕」、「付〔註206〕」、「封〔註207〕」、「尃（敷）〔註208〕」、「扶〔註209〕」、「䚇（亂）〔註210〕」、「反〔註211〕」、「𠬝〔註212〕」、「𢏌」、「皮〔註213〕」、「敏〔註214〕」、「右〔註215〕」、「裘〔註216〕」、「效〔註217〕」、「敢〔註218〕」、「襄〔註219〕」……等。以下針對「又」作構字部件發生分化現象的字例作探討。

〔註197〕如「𤔲」（《𤔲尊》）等。

〔註198〕如「𢎖」、「𢎖」（《保卣（05415）》）。

〔註199〕如「𩑡」、「𩑡」、「𩑡」（《曼龔父盨（04432～4）》）。

〔註200〕如「𢻫」（《啓卣（05410）》）、「𢾫」（《癲鐘（00246）》）等。

〔註201〕如「𠂤」（《沈子它簋蓋（04330）》）等。

〔註202〕如「𢎷」（《靜簋（04273）》）、「𢎷」（《長由盉（09455）》）等。

〔註203〕如「𠭏」（《克鐘（00205）》）等。

〔註204〕如「𤔲」（《虢季子白盤（10173）》）等。

〔註205〕如「𤔲」（《師克盨（04467）》）、「𢟍」（《伯康簋（04160）》）等。

〔註206〕如「𠂤」（《鬲攸從鼎（鬲比鼎、鬲攸比鼎）（02818）》）、「𠂤」（《散氏盤（10176）》）等。

〔註207〕如「𨤍」（《六年召伯虎簋（04293）》）等。

〔註208〕如「𢽾」（《番生簋蓋（04326）》）、「𢽾」（《毛公鼎（02841）》）等。

〔註209〕如「𢾫」（《扶鼎》）等。

〔註210〕如「亂」（《六年召伯虎簋（04293）》）等。

〔註211〕如「反」（《九年衛鼎（02831）》）、「反」（《大保簋（04140）》）等。

〔註212〕如「𠬝」（《㝬鐘（宗周鐘）（00260）》）等。

〔註213〕如「皮」（《九年衛鼎（02831）》）、「𠂤」（《叔皮父簋（04090）》）等。

〔註214〕如「敏」、「敏」（《師𩛥簋（04324）》）、「𢾫」（《䣄簋（04322）》）等。

〔註215〕如「右」（《伯康簋（04160）》）、「右」（《散氏盤（10176）》）等。

〔註216〕如「裘」（《次尊（05994）》）、「裘」（《次卣（又卣）（05405）》）等。

〔註217〕如「效」（《效尊（06009）》）、「效」（《䣄簋（04322）》）等。

〔註218〕如「敢」（《㝬作周公簋（周公簋、井侯簋）（04241）》）、「敢」（《井人安鐘（00109）》）等。

〔註219〕如「襄」（《穌甫人匜（10205）》）、「襄」（《穌甫人盤（10080）》）等。

☆付

《說文‧人部》：「⿰亻付，予也，从寸，持物以對人〔註220〕。」

「付」在殷商金文僅見於《付鼎（01016）》。在西周金文中，共見 12 例，从人从又，作「⿰亻又」、「⿰亻又」之形。西周早期無例，西周中期有 7 例，西周晚期則有 5 例。其中，西周中期有 2 例不从「又」而从「寸」：「⿰亻寸」（《曶鼎（02838）》）、「⿰亻寸」（《永盂（10322）》）。

☆對

《說文‧丵部》：「對，⿰業寸 無方也，从丵口从寸。對，對或从士。漢文帝以爲責對而面言，多非誠對，故去其口，以从士也〔註221〕。」

「對」殷商金文無例，春秋金文僅有 2 例，東周金文未見，西周金文則共見 328 例，多从丵从又，作「對」、「對」、「對」之形，或作从雙又之形：「對」、「對」、「對」。西周早期有 44 例，其中 1 例从「寸」：「對」（《中方鼎（南官中鼎一、南中鼎、中鼎）（02785）》）。西周中期有 155 例，其中 4 例从「寸」：「對」（《庚季鼎（白裕父鼎、白俗父鼎、南季鼎）（02781）》）、「對」（《𪔚簋（丁卯簋、友簋（04194））》）、「對」（《免簋（04240）》）、「對」（《𡩜簋（04272）》）。西周晚期有 124 例，其中 1 例从「寸」：「對」（《善夫山鼎（02825）》）。其混同情況分布如下：

【表 3-17】「對」在西周金文各期从「寸」比例

	西周早期	西周中期	西周晚期	西　周	合　計
字量	44	155	124	5	328
从「寸」字量	1	4	1	0	6
比例	2.2％	2.6％	0.8％	0	1.8％

☆守

《說文‧宀部》：「⿱宀寸，守官也，从宀从寸。从宀，寺府之事也。从寸，法度也〔註222〕。」

〔註220〕許慎撰，段玉裁注：《說文解字注》，台北：洪葉文化事業有限公司，1998 年，頁 377。

〔註221〕許慎撰，段玉裁注：《說文解字注》，台北：洪葉文化事業有限公司，1998 年，頁 103～104。

〔註222〕許慎撰，段玉裁注：《說文解字注》，台北：洪葉文化事業有限公司，1998 年，頁 343。

　　殷商金文有 21 例，多從宀從「又」，作「![img]」、「![img]」「![img]」之形。而從「又」的「守」，其「又」處下方的指形常會向上向內勾捲，作「![img]」形。

　　在西周金文共見 25 例，分布於西周早期與西周中期。〔註223〕其中西周早期有 5 例從宀從又，作「![img]」（《守宮爵（守宮父辛爵）（09018）》）、「![img]」（《守宮爵（守宮父辛爵）（09017）》）、「![img]」（《守冊父己爵（08936）》）、「![img]」（《守冊父己爵（08935）》）、「![img]」（《守父丁爵（08454）》）；有 7 例從宀從寸，作「![img]」（《守宮卣（05359）》）、「![img]」（《守宮作父辛卣（05170）》）、「![img]」（《守宮父辛鳥尊（05959）》）、「![img]」（《雯人守鬲（00529）》）、「![img]」（《幻伯簋（03719）》）、「![img]」、「![img]」（《守宮觥（09297）》），乃從「又」、從「寸」互見的情況。而此時期的「又」與從「又」的「寸」形下方指形也不再向上向內勾捲。

　　西周中期共見 7 例，全從宀從寸，從「又」的「寸」形下方指形已不再向上向內勾捲。而《小臣守簋》（04179～4181）雖未能明確歸入西周各期，但「守」共有 6 例，其中有 2 例從宀從又，作「![img]」、「![img]」（《小臣守簋》（04179）），餘從宀從寸作「![img]」、「![img]」、「![img]」、「![img]」（《小臣守簋》（04180～81））。同樣地，不管是從又或從寸，手形下方的指形，皆不再向上向內勾捲。

　　又從殷商金文到西周金文來看，從「又」還是從「寸」演變如下：

【表 3-18】「守」在殷周金文從「又」「寸」的演化

![img]		![img]、![img]		![img]
從「又」	→	從「又」、從「寸」互見	→	從「寸」
（殷商金文）		（西周早期）		（西周中期）

　　原本殷商金文多數從「又」，但是進入西周後，這情況就有了改變。西周早期一改殷商金文多從「又」的情況，而是從「又」、從「寸」互見，且從「寸」者已多於從「又」者；到了西周中期，更是全部從「寸」，從「又」的「守」已不見其跡。這不僅可見到「守」從「又」、從「寸」不分情況的演變，也可發現「寸」的字形演變過程。

〔註223〕西周早期有 12 例，西周中期有 7 例，《小臣守簋》（04179～4181）共 6 例，但未能明確歸入西周各期。

☆裘

《說文·裘部》：「裘，皮衣也。从衣。象形。與衰同意。凡裘之屬皆从裘〔註224〕。」

西周金文共見 14 例，有 5 例从「又」作「裘」之形。其中僅 1 例或混从「寸」作「裘」（《廿七年衛簋（04256）》）。

☆辭

《說文·辛部》：「辭，說也，从䚻辛。䚻辛猶理辜也。嗣，籀文辭，从司〔註225〕。」

「辭」，在西周金文多从司，作「嗣」、「嗣」、「嗣」，或从辛作「嗣」。西周金文共有 178 例，西周早期有 13 例，西周中期有 67 例，西周晚期有 98 例。其中西周中期有 19〔註226〕例改「又」从「寸」，作「嗣」（《十三年瘐壺（09724）》）、「嗣」（《瘐簋（04170）》）、「嗣」（《五祀衛鼎（02832）》）之形；西周晚期有 11〔註227〕例改「又」从「寸」，作「嗣」（《善夫山鼎（02825）》）、「嗣」（《頌鼎（02827）》）、「嗣」（《頌簋（04332）》）之形。

【表 3-19】「辭」在西周金文各期从「寸」比例

	西周早期	西周中期	西周晚期	合 計
字量	13	67	98	178
从「寸」字量	0	19	11	30
比例	0	28.4％	11.2％	16.9％

由上述的例證可知，雖然在西周金文从「寸」的字量不多，但西周早期進入到西周中期，就有逐漸增多的趨勢：

〔註224〕許慎撰，段玉裁注：《說文解字注》，台北：洪葉文化事業有限公司，1998 年，頁 402。

〔註225〕許慎撰，段玉裁注：《說文解字注》，台北：洪葉文化事業有限公司，1998 年，頁 749。

〔註226〕此 19 例為《瘐簋（04170）》、《瘐簋（04170）》、《瘐簋（04171）》、《瘐簋（04172）》、《瘐簋（04174）》、《瘐簋（04174）》、《瘐簋（04175）》、《瘐簋（04175）》、《瘐簋（04176）》、《免簋（04240）》、《盠方彝（09900）》、《盠方彝（09900）》、《吳方彝蓋（09898）》、《吳方彝蓋（09898）》、《十三年瘐壺（09724）》、《十三年瘐壺（09723）》、《裘衛盉（09456）》、《五祀衛鼎（02832）》。

〔註227〕此 11 例為《此鼎（02822）》、《善夫山鼎（02825）》、《頌鼎（02827）》、《此簋（04307）》、《此簋（042308）》、《此簋（04309）》、《此簋（04310）》、《頌簋（04332）》、《頌簋（04333）》、《頌簋（04334）》、《頌簋（04337）》。

【表3-20】「寸」作構成部件在西周金文各期字量

	西周早期	西周中期	西周晚期	西　周	合　計
字量	8	33	12	4	57

又加上以上字例在西周中期開始，就開始明顯改從爲從「寸」，尤其是「守」字，西周晚期已經都從「寸」，故可說「又」、「寸」在西周中期或西周晚期時，已經有進入分化階段的現象。

（三）整字與構成部件分化異同

「又」與「寸」的分化現象歷時很長。在西周金文中，「又」與「寸」作整字部件的分化情況，僅可以說是「又」與「寸」分化現象的發端；而「又」與「寸」作構成部件的分化現象，在西周中期以後則有了較明朗的現象，但從「又」與「寸」的整個分化現象來看，西周金文的分化現象，仍是個剛開始。

五、其他

上述幾組例證爲在西周金文中較突出的部件分化現象。另外，如「令」和「命」、「史」和「事」、「且」和「俎」、「囪」和「西」、「吉」和「南」、「旡」和「欠」等，也同樣在西周金文有分化的現象。但因爲其證據力薄弱；或是因爲本文主要強調的部件分化現象，爲兩兩部件間的分化現象，對於已經由不同部件所構成的一個文字字形的分化現象，恐超越本文對部件分化定義的範圍〔註228〕，故無法明確收納討論由許多構成部件所組成的字形的分化情況。然那些分化現象仍有助於了解西周部件分化的情況，故與此謹提出說明。

　　☆令、命

《說文·卩部》：「令，發號也。從亼卪〔註229〕」、《說文·口部》：「命，使也。從口令〔註230〕。」「令」由「亼」與「卪」所構成，「命」由「亼」、「卪」、「口」所構成。

〔註228〕如「令」與「命」、「史」與「事」等。嚴格地說，「令」與「命」、「史」與「事」應不屬於部件，而應屬於由不同部件所構成的一個文字字形，但此二組字形，在西周金文中仍有分化的情況，故此加以論述。

〔註229〕許慎撰，段玉裁注：《說文解字注》，台北：洪葉文化事業有限公司，1998年，頁435。

〔註230〕許慎撰，段玉裁注：《說文解字注》，台北：洪葉文化事業有限公司，1998年，頁57。

「命」在西周穆王就已經出現，並在字形上加「口」形，與「令」在字形上有雖已有所區別而分化；在用法上，則尚未能有明確的區分。

☆史、事

「史」、「事」二字在卜辭中互為異體字，在字形上沒有明顯的不同，在用法上也沒有顯著的劃分。但在西周金文中，「史」、「事」二字則漸有區別。

在字形上，「史」多作「𠁽」（《師虎簋（04316）》）、「𣆃」（《師酉簋（04288）》）、「𣆃」（《史頌匜（10220）》）；「事」多作「𣈆」（《師虎簋（05410）》）、「𣈆」（《頌壺（04731）》）、「𣈆」（《番生簋蓋（04326）》）。「事」的字形改變就是在「史」的上方加多一橫，而與「史」字形不同，而有所區別。

在用法上，「史」多作名詞，而「事」多作動詞使用。「史」常用為史官或氏族名[註231]，如：《史造作父癸鼎（02326）》：「史造乍（作）父癸寶障（尊）彝」、《公貿鼎（02719）》：「弔（叔）氏史簪安曩白（伯）」等。「事」多作使令、職事、服事、御事、視事等動詞之義，如《曶鼎（02838）》：「事（使）孚（捊）以告猷」、《𢦏方鼎（02824）》：「唯乎（厥）事（使）乃子𢦏萬年辟事天子」、《叔簋（史叔隋器、叔卣）（04132）》：「王姜史叔事于大保」等，或作事件之義，如《麥方鼎（02706）》：「用從井（邢）侯征事」等。

是此，「史」、「事」在西周金文中，已有分化的現象。

☆且、俎

《說文・且部》：「所以薦也。从几，足有二橫。一，其下地也。凡且之屬皆从且。𪩩，古文以為且，又以為几字。」關於「且」的造字本義，各有說法。郭沫若以為象「牡器」[註232]；李孝定認為象神主牌位之形[註233]；唐蘭以為「俎」之初文，借為「祖妣」之「祖」；或以為男性生殖器之形；或以為象祖廟之形；目前尚未有明確的定論。

「且」在西周金文出現 454 例，多作「𐄷」（《鬲攸從鼎（鬲比鼎、鬲攸比鼎）（02818）》）、「𐄷」（《散氏盤（10176）》）、「𐄷」（《仲辛父簋（04114）》）之形。常借為「祖」、「租」、「沮」，或作人名。

〔註231〕張世超等：《金文形義通解》，京都：中文出版社，1996 年。

〔註232〕郭沫若：〈釋祖妣〉，《甲骨文字研究》，頁 33～34。

〔註233〕李孝定：《甲骨文字集釋》，頁 4079。

在西周金文中，可作構成部件，可構成「組」、「虘」、「████」。這些字多作「██」、「██」、「██」，皆與「爼」有別。

「爼」在西周金文有構字成爲整字部件的功能，共出現 3 例。在《三年瘵壺（09726）》作「易（賜）羔爼」、「易（賜）毚爼」；在《夌方鼎（02789）》作：「王爼姜事（使）內史友員易（賜）夌玄衣、朱褸裣。夌拜頴首，對揚王爼姜休」。《三年瘵壺》、《夌方鼎》皆爲西周中期器，且其字形已與「且」不同。

「爼」在西周金文也可作構成部件，但僅能構成「██」，作「██」（《夌方鼎（02789）》）。而與「且」有別。

可見，在西周金文中，「爼」已經由「且」中分化出來，不管在字形或字義上也有所區分了。

☆卣、西

卜辭方向詞「西」，在卜辭或假借「卣」，而同用一字形，作「██」之形；或假借「囟」字而作「██」之形。到了西周金文，「卣」多作「██」之形；「西」在早期承卜辭作「██」、「██」之形，降至中期和晚期，「西」則作「██」、「██」之形。即「卣」、「西」在西周金文有了分化的現象。

☆吉、南

「吉」、「南」和「卣」、「西」一樣都是透過假借而分化。「吉」、「南」在卜辭時，爲同一字形，作「██」、「██」、「██」之形，唐蘭以爲是「吉」，爲瓦製樂器，假借爲方向詞「南」〔註234〕。但「吉」、「南」在西周金文已有分化的現象。在西周金文中「吉」往往作「██」、「██」之形，「南」作「██」、「██」、「██」之形，二字形已有所區分，是爲分化現象。

☆旡、欠

「旡」、「欠」作整字部件，在甲骨文時，已有分化現象；但作構成部件使用時，仍存在著合用不別的情況。到了西周金文時，「旡」、「欠」不僅作整字部件有明顯的區別；作構成部件時，「旡」、「欠」混用的情況已屬罕見。即「旡」、「欠」在卜辭時已有明顯的分化現象，整字部件在卜辭時已分化完畢，構成部件則到西周金文才分化完全。

〔註234〕唐蘭：《殷虛文字記》，北京：中華書局，1981 年，頁 86～94。

　　這些字例分化的時間點或許不同，但是皆是在西周時期進入分化階段，或有分化完成。接續著殷商文字或有不分的情況，在西周金文中，有得到一個較明確的劃分。此劃分也在東周文字承接下去，即對這些字形有清楚的辨識與區分，而在西周尚未分化完全的構成部件，也在東周，或之後的小篆漸有明朗的趨勢。

第三節　部件分化的影響

　　字形的分化對文字演變而言具有重大意義，不僅是文字演變的主要道路之一，也是讓文字系統進行重新調整的催化劑。進一步地說，當了解西周金文部件分化的現象後，尚必須深入探究分化後所帶來的影響，其影響層面有哪些，這些影響對於文字構形本身與文字系統而言，其自身有何自我調整的方式，如此，從這個角度看問題，方可以提高對西周金文部件分化有關現象的理解和認識。下文將從上述所歸結的西周金文部件分化現象嘗試作進一步的論述，探究西周金文部件分化現象對於文字系統的影響，主要有四大方向：（一）不可逆轉性的問題探討；（二）增加表達語言的清晰度；（三）字形與字義的內部調整；（四）利用基本部件增加文字。

一、不可逆轉性的問題探討

（一）整字部件分化後具不可逆轉性

　　姚孝遂曾透過卜辭的辭例指出，「文字形體經過衍生，即形成分化，既已分化之後，就具有不可逆轉的性質〔註235〕。」這個現象在西周金文部件分化的過程中也有出現，尤其是整字部件的分化情況。

　　如在西周金文「女」、「母」作整字部件分化現象中，從其表現的語意功能與字形配置的調整可知，「女」原本具有女子、母親的意義功能，「母」在字形上由「女」分化出來，在意義功能上保有「女子」義涵中「母親」的意義功能。「母」既已由「女」分化出來，便無法再返回未分化的狀態。在字形上，二者字形已有不同，「母」若寫成「女」，則會被認定為「女」字，而不會認為是「母」；

〔註235〕姚孝遂：〈再論古漢字的性質〉，《古文字研究》第十七輯，北京：中華書局，1989年，頁314。

在意義功能上，「母」雖保有「女子」義涵中「母親」的意義功能，但卻不能再表達子女的意義。

又「月」最初乃以象月之形造字，表示月亮之意。月亮多出現於夜晚，故「月」隱藏有夜晚之意，後又引申可表月份的計時單位。「夕」在字形上，於「月」形中加點以示區別；意義功能上，擷取夜晚之意。「月」、「夕」作整字部件在分化完全之後，字形已有區別，「夕」也無法表示月亮之意，更沒有表計月份單位的意義功能。

以上二例皆顯示整字部件在分化後，分化出來的字形與原字形使用上已有所差異，並且分化出來的字形已喪失可表原字形的某些意義功能，即整字部件在分化後具有不可逆轉的性質。

（二）構成部件分化後具有可逆轉性

雖姚孝遂曾透過卜辭的辭例指出，文字形體經過分化之後，就具有不可逆轉的性質，而郝士宏卻認為，文字孳乳分化中仍存在著可逆轉性的現象，尤其是在戰國秦漢以後〔註236〕。黃德寬曾指出：

> 形義統一性是漢字構形及其運用所遵循的基本原則。對這一原則的體認在一定意義上可以說是中國文字賴以確立的基礎。然而，當我們對西周到秦漢時其漢字發展及其運用的實際予以全面的考察後，我們發現這一原則在漢字的構形和運用過程中，並不是一開始就體現的十分清晰，許多漢字實際是在經歷了構形和運用的矛盾統一之後，才得以定型並最終實現這一原則的〔註237〕。

這也說明文字的演變不是一時或一天就變更，而是一個漸變的過程，需要一段時間讓文字系統內部自我調和與整理，才能使文字的演變有其客觀的理據，成為一個系統存在。尤其分化後的兩個部件原本的字形、字音、字義都是相同的，即使開始分化後字形、字音、字義都將開始有變異的可能，但是二者在分化中具有共同的音義基礎，故分化後，二者之間也往往表現出音義內在的密切關聯性，使得分化在早期字形仍有通用現象。如整字部件「月」、「夕」分化後，「夕」

〔註236〕郝士宏：《古漢字同源分化研究》，安徽：安徽大學博士學位論文，2002年，頁59～61。

〔註237〕黃德寬：〈同聲通假：漢字構形與運用的矛盾統一〉，《中國語言學報》第九輯。

已無法表示月亮之意；但是在構成部件中，「夕」仍有表示月亮之意的可能性（如「霸」既可從月也可從夕，不論是從月或從夕皆表示月亮之意）。

而這也表示某一字形專門紀錄某一詞義還沒有得到社會的確認而凝固的一面，表現分化的未固定性與不穩定性。要使二者分化後有明確的穩定性總需要一段漫長的過渡時期，故形義統一性不是一開始就有的現象，而是經過一定時間後才產生的結果，而這一段漫長的過渡時期就致使文字孳乳分化中仍存在著可逆轉性的可能性。

黃德寬又云：

> 同聲通假現象的普遍存在不僅與形聲結構處於發展階段有關，也為形聲結構自身的特點所決定。首先，形聲結構以聲符為核心，是同聲通假普遍在的基本依據。聲符作為形聲結構這個矛盾統一體的主要方面，它在構形中的主體地位，使「同聲」作為通假的唯一條件具備可能。形符的作用和性質，它在形聲組合關係的凝固過程中表現的不穩定、不定型，使得實際運用中它變得可有可無，成為極易被忽視的因素，從而使同聲相通的合理性相對增強。其次，同聲通假反映了形聲結構的內在矛盾性。形符的功用和聲符的作用，體現了形聲結構構形觀念的矛盾統一。在形聲字的使用中，同聲相通對形符的功用是一個徹底地否定，這表明形聲字構形所追求的專字專用的理想和實際使用中以「聲」為核心而忽略「形」的存在相矛盾。這種矛盾性是形聲結構內在性在具體運用中的反映。由於形聲結構又是一個完整的統一性，當形聲字在發展中逐步定型並獲得社會成員的認可後，這種構形和用字的矛盾也最終達到了統一。

據此，郝士宏也說：「文字孳乳分化中的可逆性表明了文字構形與孕育的矛盾與字族孳乳分化過程中體現的不穩定性〔註238〕。」

另外，除了新分化出來的部件字形，在產生初期總要經歷一段時間後，才能使字形穩定下來外，筆者也懷疑，由越多構成部件組合而成的字形，其單一部件的辨異功能不大。從文字字形的功能性而言，因為其辨異功能的發揮就不再是僅依靠其中一個部件而產生作用；既然一個部件的辨異功能無法充分發揮

〔註238〕郝士宏：《古漢字同源分化研究》，安徽：安徽大學博士學位論文，2002 年，頁 61。

作用，其辨異功能勢必削弱，則此字形的某構成部件的精確度就不再是那麼要求，即使某構成部件的字形有稍微的差異，也不會造成閱讀上的困擾。也就是說，若某構成部件的辨異功能低弱，則對其字形的要求有很大的彈性空間，而這彈性空間可能就是提供了構成部件分化後具有可逆轉性的潛藏因素。因為通常分化出來的部件字形是以原本的部件字形作為基本字形，再於此字形上稍作改異，故分化出來的部件字形與原本的部件字形差異不大；又加上因為一個字形中有太多構成部件，而削減或降低某部件的辨異功能，使某部件的字形可以有模糊的空間，故很容易就因原字形的形體較分化後的字形簡易而偷懶，或是一時未能嚴格遵守分化後的規範，或是字義擴大，或是其他原因等，而又使用了未分化前的字形，這就形成了構成部件可逆轉性的現象。

　　這樣的推論在近人透過部件亮度的實驗過程中也可窺知一二。如彭聃齡、王春茂發現隨著部件數的增加，漢字的識別時間會增長，錯誤率也會升高〔註239〕。張識家、盛紅岩發現「相同部件處於不同的漢字整體中時，其地位和作用是不同的。在由相同構成部件組成的整體中，部件同整體分離的難易與部件數目有關，在部件少數的整體當中，部件反而更難於同整體分離，部件之間組合得更加緊密」，「在由少數相同部分組成的整體當中，整體結合力與部分的數目有關。部分數目越多，整體結合力就越小，部分就容易同整體分離」。〔註240〕其實部件數增加導致漢字錯誤率升高與部件數多就會影響整體結合力，這都可進一步說明，這是部件數多而導致每個部件可以共同分擔整個字形在文字系統中的辨異功能，因能共同承擔識別作用，所以其中一個部件喪失辨異功能，尚有其他部件可資辨別。相同的，以同樣喪失一個部件的辨異功能（即書寫錯誤）來算，部件數少的字形和部件數多的字形相較，部件數少的字形就少掉大半的辨異功能，會影響在文字系統中的區別與識別作用，而部件數越多的字形，相對於部件少的字形而言，尚有更多的部件可資辨別。故當一個部件有了可書寫錯誤的空間，就給了它又使用未分化前的

〔註239〕彭聃齡、王春茂：〈漢字加工的基本單元：來自筆劃數效應和部件數效應的證據〉，《心理學報》29 卷 1 期，1997 年，頁 8～16。

〔註240〕整體結合力，即整體與部分聯繫緊密程度的指標。詳見張識家、盛紅岩：〈整體與部分的關係對漢字的知覺分離影響的研究〉，《心理學報》31 卷 4 期，1999 年 10 月，頁 369～376。

字形的機會，而有了構成部件可逆轉性的可能。

由此可知，西周金文部件分化後的不可逆轉性，常發生在整字部件中；西周金文部件分化後的可逆轉性，則可發生在構成部件中，尤其在由越多構成部件組合而成的字形中，更能發現這現象的存在。

二、增加表達語言的清晰度

早期文字的形體來源常是源於描摹具體事物而成，《說文·序》：「近取諸身，遠取諸物」，可以發現古漢字紀錄語言的特點。基本上文字乃爲紀錄語言需要而存在，故文字必須配合著語言的發展。當社會一再演進，語言作爲溝通工具就更顯重要；當語言高度發展，文字應當有足夠相對應的成長。當文字量無法照應語言使用的需求時，象形字的記詞範圍將會擴大，必須以有限的文字形體擔負起語言發展中無限增加的詞語的功能。這種一形記多詞的現象將使文字紀錄語言的功能帶來模糊不清的結果，也造成閱讀上的障礙，也令表義不清的語言帶來溝通上的障礙。

文字的分化則可解決以上的窘境。從造字的方式來說，「原始的描摹物象的造字方法由於受客觀事物的制約和束縛，無法造出足夠的字符滿足這一需要。字形的分化應書面需求而生，以利用現有的字符創制新字符爲基本特徵，這就在造字方法上擺脫了客觀事物的制約和束縛，隨時可以根據需要分化出新字。可以肯定，如果沒有字形的分化，一個能夠全面而精確地紀錄古漢語的文字體系是不可想像的〔註241〕」。從義項來說，因爲原本的字形所承擔的義項較多，一字數職，分化出來的字形則可分散承擔原本的字形所承擔的義項，如此，用二字形分散承擔所有的義項，將比以一字形承擔所有義項的少。也就是說，分化可促使原本的字形所承擔的義項變少，一字的義項變少就代表著其表義範圍縮小，也顯示其表達語言的清晰度提高。再由分化出來的字形來說，分化出來的字形通常是爲了區別原本字形，在意義功能上也有特定的區別，雖所承擔的意義功能是來自原本字形的部分詞義，但分化出來的字形通常所擷取的意義功能是較爲限定的，故會比原本字形所承擔的義項少，所以其表義範圍又較原本字形小，也就是說，能較準確地表達語義，降低語言傳達的模糊性。

〔註241〕張希峰：《古文字形體分化研究》，長春：吉林大學博士論文，1993 年，頁 2。

如「女」原本擔負有「女」、「母」、「毋」所具有的概念〔註242〕，「女」、「母」分化後，「女」就專職擔負「女」的概念，「母」則負起「母」、「毋」的意義功能，使詞有定字，提高文字表達語言的清晰度。

是此，不管是分化後的原本字形還是分化出來的字形所承擔的義項，都比未分化前原本字形所承擔的義項少，也表示分化後的原本字形與分化出來的字形較未分化前能準確的表達語言。這樣一來，可促使語言與文字間產生字形與字義的內部調整，也促使「字有定詞，詞有定字」對應關係的產生。

這另一面也能減緩因為部件混同影響字量增長，而無法精確的配合語言發展的缺失，也使部件混同而令文字間區別性降低的現象有一股制衡的力量。致使文字演變過程中既能使文字系統朝趨同性發展又能不致影響到文字的區別性，取得文字系統發展的平衡點。

三、字形與字義的內部調整

分化，簡言之，即從原同一字形中，演化分成兩個字形。由演化前看演化後，這樣的過程通常可稱為異化，由演化結果看兩字形，則可稱為字形分化。分化既會使文字系統中多出一個字形，則此字形如何為文字系統所接納，如何安置於文字系統中，或其位置應如何安插，或如何在文字系統中扮演一個字與字之間既有區別性又有聯繫性的角色。又此字形是否具有意義功能？而其意義功能的來源依據為何？這些連續性的疑竇或可在字形與字義的內部調整的過程中見到一些端倪。

字形的分化是文字演變的結果，演變過程中是存有一段動態演變的時間與過程。在字形分化的過程中，一開始，被分化出來的字形和原本字形是處於異體字的關係。也就是說，在分化的初始階段，原字形與分化出來的字形是混用不別的，且在處理某一義項上，原字形或許佔有一定的優勢，但隨著分化過程的推演，分化出來的字形會逐漸突顯它本身義項的功能，並完全取代原字形表現某些義項的功能。如此，原字形失去某些義項，分化出來的字形就得到某些義項，並成為某義項的專字。

如殷商末期是整字部件「女」「母」字形分化初期，寫法常混用不別，常為

〔註242〕姚孝遂：〈說一〉，《第二屆國際中國古文字學研討會論文集》，香港：香港中文大學中國語言集文學系，1993年，頁50。

同形異字的關係；隨著分化時間的推移，西周初期時字形雖仍有混用現象，但已經有明顯區分；到西周中期、晚期時，整字部件「女」「母」字形則算分化完成，在字形上確定為兩個不同的使用個體，在字形的使用上，發生混雜的機會非常低。而在字形與義項的分配上，也因為部件分化而得到重新調配的機會。整字部件「女」「母」在分化前是同一字形。就同一字形而言，其義項至少可有「廣義的人」、「女子」。部件開始分化後，字形所具有的義項也開始改變。整字部件「女」「母」分化初期，「母」就開始突顯「女子」義項中的「母親」意義，進而從「女子」義項中劃分出來，成為使用「母親」的專字。

而這時候「女」雖尚具有「女子」的義項，但整字部件「母」卻已經不能承擔原本尚未分化前「女子」義項中的「子女」的「女」意義。整字部件「女」「母」字形分化後，義項的分配上主要發生於原本尚未分化前「女子」義項中。藉由詞義場的義素分析更可清楚兩者意義功能上的共性與殊性。

	母　親	子　女
女	＋	＋
母	＋	－

部件字形上的分化會影響到義項的更替。當分化進行的越久，字形的義項也開始改變，不只有義項重新調配，兩字形的義項也會各自有所增加。進一步說，部件所承擔的義項不僅有更替的現象，也會有增加的現象，甚至會因為各增加不同的義項，而使原本兩個擁有相同義涵的字形在意義上的分界越顯區別。像整字部件「女」「母」字形分化現象進行到中期時（即西周初期），「女」又可作第二人稱「汝」，「母」又可作「毋」，故二者在詞義場中又有的更多的殊性。到了接近分化完全的階段（即西周中期～晚期），因為部件「女」「母」二者已區分的很清楚，也使得可表示「廣義的人」的義項全由部件「女」承擔，「母」則喪失此義項。

	子　女	汝	毋
女	＋	＋	－
母	－	－	＋

由上表顯示，部件「女」「母」由分化初期義素的一個殊性，增加到四個殊性，這表示二者在意義功能上的距離更行加遠。另一面，整字部件「女」「母」

形義統一性〔註243〕的發展則可透過下表看出端倪。

【表3-21】整字部件「女」「母」分化簡表

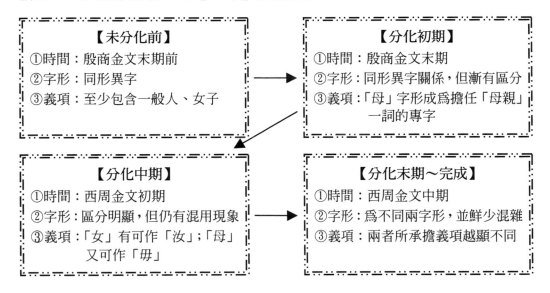

即藉由字形同用→混用→清楚，義項相同→重新分配，甚至義項增加其他意義功能的區別性等動作，表現出字形區分越來越明顯，字義不僅有區別，也有所專用，顯示出形義統一性的趨勢。

在「女」「母」作構成部件中，分化前仍屬同形異字關係；分化過程中，「女」「母」就屬不同字形，在構字中混用就形成異體字的關係；分化後，字形就遵守規範。在字形上，與「女」「母」作整字部件的情況類似：字形同用→混用→清楚。在義項的分配上，「母」作構成部件原本尚可表稱「女性」（如「婦」），但開始分化後，這樣的現象逐漸減少，指稱「母親」的功能性則開始增強，甚至與其他部件結合而音化或爲一常用部件。故在義項也是有所調整。

	廣義的人	子　女	母　親
構成部件「女」	＋	＋	－
構成部件「母」	－	－	＋

另外，經過分化後的字形，哪一個詞佔據原來的字形，哪一個詞佔據分化出來的字形？這一問題鄭樵〔註244〕就已經注意到，惜卻未加深入。王筠

〔註243〕黃德寬：〈同聲通假：漢字構形與運用的矛盾統一〉，《中國語言學報》第九輯。

〔註244〕鄭樵：《通志略‧六書略‧論遷化》：「『雅』本烏鴉之『鴉』，借爲雅頌之『雅』，復有『鴉』矣。故『雅』遂爲雅頌之『雅』，後人不知『雅』本爲『鴉』。」

〔註245〕進一步提到本字與分化出來的字形分配的兩種現象（即原詞佔據本字與新詞佔據本字兩種）。楊樹達對此則以為：

> 最初用字，形與義必符，歷時既久，初形失其初義，乃由後起之義
> 據有初形，別有後起之形據其初義，形義顛倒錯亂，使初造字形義
> 密合之故乃不可不得而知，此誠文字中離奇可怪之現象也〔註246〕。

雖楊樹達將字形分化後形義混亂的現象加以說明，但同樣也是對於此問題深感不解。後蔣善國曾認為新詞會佔據本字，使得原詞必須歸屬於分化出來的字形，此乃因為隸變之故〔註247〕。然西周金文部件的分化早在隸變之前，故恐未能成為合理的解釋。而王鳳陽在這方面有清楚的解釋，他認為：

> 字和詞，除造字時期外，它們之間是沒有必然的因果關係的，支配它
> 們的關係是頻率，應用頻率高的詞占有構成上較簡單的本字，應用頻
> 率低的詞分化出去另造新字，這才是規律，才帶有普遍性〔註248〕。

值得留意的是，雖使用頻率的多寡可成為字形分化後字形分配的一個重大關鍵點，但卻不是唯一的影響因素，如人為或社會強制力量的介入，也都將會使字形分配的規律產生不同的例外；而即使如此，例外並不推翻普遍規律的可能。

另外，因為王鳳陽的理論基礎為六部文獻典籍〔註249〕，或有非第一手資料之虞，故張希峰〔註250〕進一步針對古文字材料作探討，並細緻地提出字形分化後所進行的字形分配與所紀錄的詞的性質有密切的關聯：①「字形發生在實詞與虛詞之間，虛詞佔有母字，即佔有實詞的本字」，②「字形的分化發生在意義

〔註245〕王筠：《說文釋例・分別文、累增字》卷八：「分別文其種有二：一則正義為借義所寄，因加偏旁以別之者也。一則本字義多，既加偏旁，則只分其一義也」。

〔註246〕楊樹達：《積微居小學述林》，北京：中華書局，1983 年。

〔註247〕蔣善國：「由於隸變失掉了象形原面貌，不能因形見義，遂特加義符表示字義，結果造成了這些贅形字」《漢字形體學・贅形現象的出現》，北京：文字改革出版社，1959 年，頁 486。

〔註248〕王鳳陽：《漢字學》，長春：吉林文史出版社，1989 年，頁 844。

〔註249〕此六部書籍為《論語》、《墨子》、《孟子》、《莊子》、《荀子》、《杜詩》等。見王鳳陽：《漢字學》，長春：吉林文史出版社，1989 年。

〔註250〕張希峰：《古文字形體分化研究》，長春：吉林大學博士論文，1993 年，頁 57～58。

相對具體的詞和意義相對抽象的詞之間，意義相對抽象的詞佔有母字，即佔有意義相對具體的詞的本字」。也就是說，虛詞與相對意義較爲抽象者較容易佔據原本的字形，實詞與相對意義較爲具體者較容易佔據分化出來的字形。

　　筆者也以爲，除了實詞與虛詞、具體與抽象可相對比較提出字形分配外，或可再配合由字形所擔任的義項多寡去觀察字形分配問題，可得到另一具體的依據。即具有較多義項者，其佔用原字的可能大，相對的，義項擁有較少者，佔用原字的可能低。

　　而這樣的結果也可回歸到使用頻率上來討論。因爲虛詞與相對意義較爲抽象者在實際的交際過程中，頻率上高於實詞與相對意義較爲具體者；義項多者，所能表達的詞多，使用情況固然較多，而反之亦然，義項少者，能表達的義少，使用情況相對較少。故這仍大致符合頻率影響字形分配的大原則。

　　既然使用頻率會影響字形的分配，則其背後的理由也值得探究，王鳳陽對這樣的現象作了以下的解釋：

> 一字所寫的多詞分化時，常用的詞占有簡單的字形，非常用的詞另
> 造較繁的字形，這也是字形變化的根本規律——區別律與簡易律—
> —起作用的結果。一字寫多詞時經常發生多詞的分化，這種字形分
> 化是區別律在起作用；分化的目的在於使應用中可能發生混淆的詞
> 在書面上各有面目，從而避免理解上的張冠李戴。……分化的結果，
> 分化出的字總是增加筆劃，使字形繁化。另一方面，分化時高頻率
> 的詞總是占有較簡單的字形，這又是簡易律在起作用。簡易律在字
> 形簡化的過程中是以「常用趨簡」的形式表現出來的，在字形分化
> 的過程中則以「常用占簡」的形式得到體現。〔註251〕

王鳳陽認爲頻率高的詞常占用本字，乃因爲「區別律與簡易律」作用所故。這就是一種文字演變過程中動態求簡的現象，可「在一定程度上控制字形分化帶來的書面用字總體上的繁化傾向，於繁中求簡〔註252〕」。

　　由西周金文部件分化的例子中，也可得到這樣的現象。「母」較「女」多兩點的區別性符號，「女」字形較爲簡單。在作整字部件的使用頻率上，「女」較

〔註251〕王鳳陽：《漢字學》，長春：吉林文史出版社，1989 年，頁 859～860。

〔註252〕張希峰：《古文字形體分化研究》，長春：吉林大學博士論文，1993 年，頁 60。

「母」高。在作構成部件的使用頻率上，「女」所構成的字形較「母」多，使用次數也較多。因此，「女」就占有較簡單的字形，「母」則使用加了區別性符號的字形。

四、精簡基本部件增加文字

部件的分化會影響構成部件在合體字中的變異。此不僅會使文字形體具有多種面貌，也會在文字的發展過程中造成構成部件關係的變化及利用構成部件產生與消失的推移。

《說文・序》：「近取諸身，遠取諸物」，早期文字的造字方式是對於物象的描摹，而這樣的造字方式總是受限於客觀事物的制約和束縛，無法滿足語言快速發展的需求，故字形的分化便應運而生。字形分化的主要特徵就是運用現有的部件孕育新的部件，此在造字方法就擺脫了客觀事物的制約與束縛，能進一步隨時利用這些部件根據需要孳衍文字，使文字能夠配合語言高度發展的需求，成為一個能精確紀錄漢語的文字體系。

張希峰表示，對古文字系統而言，「字形的分化首先遏制了獨體象形字的增長，使文字走上了利用現有字符造新字的康莊大道。從殷商甲骨文到秦代小篆，現已發現的材料中新出象形字至多不會超過一百。而新出的分化字則數以千計。兩相比較，可以說分化字出現之時，就是象形字生產衰退之日〔註253〕。」又於註文表示「從殷商甲骨文到秦代小篆，現已發現的材料中新出象形字至多不會超過一百」的數據估計還是要打折扣，因為未見於殷商甲骨而見於其後的所謂象形字可能在殷商時期已經存在〔註254〕。而若從西周金文本身的結構類型分布比例來看，形聲字已經躍升為主要的構字方式。江學旺統計西周金文各期的結構類型分布比例為：

〔註253〕張希峰《古文字形體分化研究》，長春：吉林大學博士論文，1993 年，頁 125。

〔註254〕張希峰又於註文表示「從殷商甲骨文到秦代小篆，現已發現的材料中新出象形字至多不會超過一百」的數據估計還是要打折扣，因為未見於殷商甲骨而見於其後的所謂象形字可能在殷商時期已經存在。詳見《古文字形體分化研究》，長春：吉林大學博士論文，1993 年，頁 125。

【表3-22】西周早、中、晚三期金文結構類型分布比例〔註255〕

分　期		指　事	象　形	會　意	形　聲	不　詳	合　計
早　期	數量	45	170	225	506	64	1010
	比例（％）	4.5	16.8	22.3	50.1	6.3	100
中　期	數量	43	158	219	575	58	1053
	比例（％）	4.1	15.0	20.8	54.6	5.5	100
晚　期	數量	42	150	199	586	61	1038
	比例（％）	4.0	14.5	19.2	56.5	5.8	100

　　從比例的分布可見，形聲結構爲當時主要的構字方式，會意、象形、指事結構已經退居次位。再由新增字的類型比對：

【表3-23】西周早、中、晚三個階段新增字結構類型比例對照表〔註256〕

分　期		指　事	象　形	會　意	形　聲	不　詳	合　計
早　期	數量	4	8	49	296	16	373
	比例（％）	1.1	2.1	13.1	79.4	4.3	100
中　期	數量	3	8	32	257	10	310
	比例（％）	1	2.6	10.3	82.9	3.2	100
晚　期	數量	3	6	16	199	9	233
	比例（％）	1.3	2.6	6.9	85.4	3.8	100

　　西周金文各期的新增字中，形聲字所增加的比例都近乎80％或超過80％，且越來越有迅速發展的跡象；相較於指事、象形、會意結構而言，或許會意字尚有些許的增加的空間，但象形、指事則幾乎不見其增長。又與甲骨文相較，指事、象形、會意等表意結構類型的比例下降，而形聲結構上升〔註257〕，表示

〔註255〕江學旺：〈從西周金文看漢字構形方式的演化〉，《古籍整理研究學刊》第2期，2003年3月，頁31～32。

〔註256〕江學旺：〈從西周金文看漢字構形方式的演化〉，《古籍整理研究學刊》第2期，2003年3月，頁32。

〔註257〕江學旺統計西周金文結構類型分布比例並與殷商甲骨文相較爲：

時　代		指　事	象　形	會　意	形　聲	不　詳	合　計
商　代	數量	47	310	411	319		1087
	比例（％）	4.32	28.51	37.81	29.34		100
西　周	數量	57	224	333	1051	88	1753
	比例（％）	3.3	12.8	19.0	59.5	5.0	100

西周金文構形組合上，形聲結構已經成為主要的構形模式，而指事、象形、會意等結構類型的構形方式則逐漸為形聲結構所取代。

這不僅說明「漢字構形方式系統自殷商時期已開始發生內部的調整，指事、象形兩種基本構形方式殷商以後構字功能逐步喪失，會意構形方式只有微弱的構字能力，自西周以後形聲這一構形方式迅速發展成為最重要的構形方式〔註258〕」，也說明了合體字大量增加，獨體字的退位。獨體字主要成員是象形與指事字，合體字主要是會意與形聲結構。又《說文・敘》：「會意者，比類合誼，以見指撝，武信是也」、「形聲者，以事為名，取譬相成，江河是也」，會意結構多是至少由兩個形符組合，形聲多是至少由一個表意、一個表聲符所組合成。從部件的組合而言，會意與形聲結構是由 2 個以上的構成部件所組合而成，故可以說，利用部件的組合與孳衍逐漸成為文字發展現象的主流。

雖然利用部件的組合與孳衍逐漸成為文字發展現象的主流，但是仍不能忽略象形字在字形中所佔的地位，因為無論後起分化字〔註259〕如何大量成長，它的構成部件都是由象形字組合或變易而出的。像這樣利用原有的部件進行文字分化、孳衍，就會促使合體分化字形體和數量增加〔註260〕，尤其是會意與形聲字的增加，即如張希峰所言：

> 字形分化的重要歷史意義，在於使造字方法符號化，字形發展系統
> 化，字形結構形聲化，從而把古文字體系改進成一個開放的符號體系。

如「母」從「女」分化出來，利用「母」形則可構成「每」，再透過「每」構成「繁」、「敏」、「晦」等合體字。如此利用共同部件為基礎，使合體字承受部件的形體，或作偏旁，成為形符或聲符，或將字形稍作變異，都有其共同脈絡可循，使得原本透過描摹物象的方法所造出各個各字獨立的象形字，成為有聯繫在一起的可能，並產生更多不同的意義功能，不僅能傳達更多訊息，使語言清晰，更使字形發展系統化。

〔註258〕黃德寬：〈漢字構形方式：一個歷時態演進的系統〉，《安徽大學學報》（哲學社會科學版）第 3 期，1994 年。

〔註259〕此所指的後起分化字，不單只是部件分化的範圍，乃是廣義的分化字，即包括所有利用基礎部件所孳衍分化的字形，如「冓」與「購」、「其」與「箕」、「爰」與「援」。

〔註260〕張希峰：《古文字形體分化研究》，長春：吉林大學博士論文，1993，頁 123。

　　另一方面，這也促使獨體象形字形體數量減少〔註261〕，即如當可利用「母」去構成「每」、「繁」、「敏」、「晦」諸字時，就不需要另外為「每」、「繁」、「敏」、「晦」創造一個象形字形，如此，便是使獨體象形字形體數量減少的另一種方式。這也就是字形分化的二重性：

> 字形的分化也或直接或間接地導致了文字體系自身的變化。這種變化以自我調整為特徵，具有相互矛盾的二重性：一方面是合體分化字形體的增繁和數量的增加，另一方面是獨體象形字形體的趨簡和數量的減少。〔註262〕

所以部件分化不僅是滿足古文字形體分化的多方面需求，同時還能夠有效地控制文字系統中字形的繁簡，並達到掌握字符的數量。

〔註261〕張希峰：《古文字形體分化研究》，長春：吉林大學博士論文，1993，頁 123。

〔註262〕張希峰：《古文字形體分化研究》，長春：吉林大學博士論文，1993，頁 123。

第四章　西周金文部件混同現象

　　文字乃是延長語言的工具。語言透過聲音表達，但聲音只能存留於當下的時間與空間，不能長存。文字依附語言，紀錄語言，是書面語言。書面語言可以透過文字具有不受當下時間與空間限制的特性，持續語言的存留。既然文字是紀錄語言的工具，在運用上，若能越簡單方面，則對文字的掌握則會越快速、越好。

　　另一方面，從文字系統本身而言，字與字之間必須有內在聯繫性。字與字彼此間除了需要相關聯性，也必須要有著的區別性。而當這區別度過多，使字形中的某些部分便成過多或多餘的區別性時，便往往導致字形走向簡化的發展。是此，文字也沿著這樣的方式演變；而混同現象則是文字系統在字與字之間趨同的過程。

第一節　部件混同定義

　　混同乃是文字間橫向聯繫所造成文字間交互影響的其中一個面向。與混同相近的概念有「化同」、「類化」、「同化」、「部件更替」等。

　　唐蘭在《中國文字學》的「尚同・別異」部分中指出：「『高』、『亯』、『京』等字，上半都作『古』，『壴』、『聲』、『青』等字，上面原多從屮，現在都把上半方開插入橫劃而作屮……，這是同化。」[註1]

[註1]　唐蘭：《中國文字學》，上海：上海古籍出版社，2001 年，頁 115。

龍宇純認爲「化同」就是：

> 原本異字、異形，因形似而變爲相同。

又「化同」包含了「類化」與「同化」：

> 化同情形可以歸爲兩類，其一指相近諸體變爲另一體的類化現象，
> 其一指甲乙形近甲變爲乙的同化現象。〔註2〕

林清源認爲：

> 構形「類化」現象，有些學者稱爲「同化」現象，這是指字與字之
> 間，或者部件與部件之間，某些相似的形體，後來進一步演變爲相
> 同的形體。〔註3〕

龍宇純將「化同」細分爲「類化」與「同化」，而其精髓相同，皆指不同形體的
字形演變爲相同形體的現象。又一般在指稱「類化」與「同化」時，多只同一
概念；即一般認爲文字構形因爲形體相似，由原本不同的字形演變爲相同形體
的現象，多稱爲同化或類化。

「部件更替」則是一字形更換文字構形中某個構件，與原字形同存於文字
系統中，成爲原字的異體字。林清源有以下的闡述：

> 部件更替是學者常提及的現象。一個字可能因某種原因，更換某一
> 構件（包括構思與結構）而形成異體字，有時是因不同材料的製作，
> 或使用於不同的用途，或來自不同的性別等等，或字的音讀起了變
> 化，《說文》錄了很多這樣的異體字。通常構形較合理的時代較
> 早……。同樣，字形較簡易的，其時代也往往較遲。〔註4〕

與同化或類化相較，皆關注於字形上的變化。同化與類化是由不同字形演變成
相同字形；部件更替則是將部件更換成其他部件。而二者在演變後，皆尚表示
原本要表達的字形。只是部件更替可能僅是臨時的替換，不是要取代原字形成
爲規範性字形，故其身分僅是異體字；同化與類化則是強調演化爲與其他字形
相同的結果。

〔註2〕龍宇純：《中國文字學》（定本），台北，五四書局，1996年，頁276。

〔註3〕林清源：《楚國文字構形演變研究》，台中：東海大學中文系博士論文，1997年。

〔註4〕林清源：《楚國文字構形演變研究》，台中：東海大學中文系博士論文，1997年。

　　倘若部件更替的產生原因是因爲字形同化或類化，則是部件混同現象的範疇。三者相互涵蓋的範圍，即部件混同現象它涵蓋字形「同化」或「類化」與「部件更替」的大部分義涵，但不等於「同化」，或「類化」，或「部件更替」，反之亦然。

　　進一步地說，部件混同現象，即它在文字演變的過程中，某部件在字形上可能因爲字形相近，或意義功能相同或相近可以互相取代，或其他因素，致使某部件的字形與其他部件字形相混用的現象。

第二節　部件混同現象

一、「人」、「卩」、「尸」混同現象

（一）「人」、「卩」、「尸」作整字部件

　　「人」、「卩」、「尸」三者在《說文》中隸屬於不同部：《說文·人部》：「尺，天地之性，最貴者也。此籀文。象臂脛之形。凡人之屬皆从人〔註5〕」、《說文·尸部》：「尸，陳也。象臥之形〔註6〕」、《說文·卩部》：「卩，瑞信也。守邦國者用玉卩，守都鄙者用角卩，使山邦者用虎卩，土邦者用人卩，澤邦者用龍卩，門關者用符卩，貨賄用璽卩，道路用旌卩，象相合之形，凡卩之屬皆从卩〔註7〕」。

　　然從古文字形中，可見「人」、「卩」、「尸」三者取象關係之密切。

　　「人」，卜辭作「ㄱ」、「ㄑ」，羅振玉釋爲「人」〔註8〕；西周金文一般作「ㄱ」、「ㄟ」、「ㄤ」，象人側面而立之形。

　　「卩」，卜辭作「⺋」、「⺋」，金文中沒有獨立構字功能，僅能作構成部件使用；一般構成部件在西周金文早期、中期承襲殷商金文寫法，多作「⺋」、「⺌」、「⺋」，西周金文晚期則多作「卪」、「卪」之形。羅振玉〔註9〕以爲《說文》「卩」字，象跽形。張再興〔註10〕表示古人席地而坐，臀部置於踵上，在表示敬意時

〔註5〕　許愼撰，段玉裁注：《說文解字注》，台北：洪葉文化事業有限公司，1998年，頁369。

〔註6〕　許愼撰，段玉裁注：《說文解字注》，台北：洪葉文化事業有限公司，1998年，頁403。

〔註7〕　許愼撰，段玉裁注：《說文解字注》，台北：洪葉文化事業有限公司，1998年，頁435。

〔註8〕　羅振玉：《增訂殷墟書契考釋》中，頁19。

〔註9〕　羅振玉：《增訂殷墟書契考釋》中，頁19。

〔註10〕　張再興：《西周金文字素功能研究》，華東師範大學博士論文，2000年，頁6。

則抬起臀部，故「卩」的字形取象應包含跪和坐兩方面。

　　「尸」，卜辭作「𠆎」、「𡰪」，西周金文一般作「𠂔」、「𠀉」、「𠂔」，林義光以為象人箕踞之形〔註11〕；《甲骨文字典》也認為象人曲膝蹲踞之形，其下肢較「人」為彎曲〔註12〕；李孝定謂象東夷人高坐之形〔註13〕；而張日昇認為「尸」既非東夷人高坐之形，亦非躺臥，應乃象憑几而臥之形〔註14〕。

　　由古文字形可知，「人」、「卩」、「尸」三者的基本取象乃自於人側立之形，「卩」、「尸」於「人」形基礎上再加以變化。「卩」、「尸」皆側重於腳的動作。「卩」乃跪坐之形，「尸」則曲膝蹲踞之形。因「人」、「卩」、「尸」三者的基本取象相同，字形相近，或有難別之虞。以下將「人」、「卩」、「尸」之形一起排列，或可見端倪：

　　人：𠆎、𠆎、𠆎、𠆎、𠆎、𠆎、𠆎、𠆎

　　卩：𡰪、𡰪、𡰪、𡰪、𡰪、𡰪、𡰪、𡰪、𡰪

　　尸：𠂔、𠂔、𠂔、𠂔、𠂔、𠂔、𠂔、𠂔

　　由上諸多字形的排比，可知「人」與「卩」形的區別較大，「人」與「尸」字形較為相近，「尸」則又與「卩」形相近。「人」與「尸」二者的區分乃在於腳的部分。「人」的腳部通常是直立的，偶或有向後之形，且頭部到手臂交結處會有一個曲度；「尸」形的膝蓋常作向前彎曲之象，且頭部到臀部常是順筆後作一個彎曲的線條。「尸」與「卩」二者的腳部皆是彎曲之形，頭部到臀部也常是順筆後作一個彎曲的線條，故二形較「人」與「尸」難辨。但仍有可供區分的部分，只是較為細微。「卩」在西周早期、中期的寫法常是跪踞之形，象人手放膝蓋而跪，可發現其小腿呈與地平行，以腳尖著地，作腳跟提起的動作。「卩」在西周後期雖其踞腳之形漸失，腳部有趨直的現象，但手皆放置在膝蓋或大腿上的現象則仍存在。故與「尸」相較，「卩」除在西周早期、中期有踞腳之形外，西周金文各期「卩」的手都放置在膝蓋或大腿上；「尸」

〔註11〕林義光：《文源》四，頁1。

〔註12〕徐中舒：《甲骨文字典》，成都：四川辭書出版社出版，1989年。

〔註13〕李孝定：《古文字集釋》，頁2745。

〔註14〕張日昇：「古者臥與寢異，憑几曰臥，故象臥之形，非為躺臥也。」《金文詁林·1146》，頁5310。

則多把腳小腿向前置放，且手部也多不接觸膝蓋或大腿，似有物憑藉支撐，故張日昇以為「卩」象憑几而臥之形，更行合理。

　　就因為「人」、「卩」、「尸」三者字形相近，取象的義涵又近，故在當構成部件時，時有混用之例。

（二）「人」、「卩」、「尸」作構成部件

1.「人」作構成部件

　　在西周金文具有獨有構字功能，可作整字部件，亦可作構成部件。作構成部件時，其構成功能強大，多作表義功能，表示一般意義的人〔註15〕，可構成「保〔註16〕」、「休〔註17〕」、「俌〔註18〕」、「訊〔註19〕」、「競〔註20〕」、「僕〔註21〕」、「便〔註22〕」、「揫〔註23〕」、「及〔註24〕」、「攸〔註25〕」、「盾〔註26〕」、「羌〔註27〕」、「死〔註28〕」、「飲〔註29〕」、「宴〔註30〕」、「臽〔註31〕」、「宿〔註32〕」、「寒〔註33〕」、

〔註15〕 張再興：《西周金文字素功能研究》，華東師範大學博士論文，2000 年，頁 1。

〔註16〕 如「𝍮」（《格伯簋（04262）》）、「𝍮」（《保子達簋（03878）》）等。

〔註17〕 如「𝍮」（《沈子它簋蓋（04330）》）、「𝍮」（《小臣鼎（易鼎）（02678）》）等。

〔註18〕 如「𝍮」（《父癸爵（07790）》）、「𝍮」（《父甲爵（07875）》）等。

〔註19〕 如「𝍮」（《多友鼎（02835）》）、「𝍮」（《師同鼎（02779）》）等。

〔註20〕 如「𝍮」（《競卣（05425）》）、「𝍮」（《仲競簋（03783）》）等。

〔註21〕 如「𝍮」（《師旂鼎（弘鼎.師旅鼎）（02809）》）、「𝍮」（《幾父壺（09721）》）等。

〔註22〕 如「𝍮」（《曠匜（05415）》）等。

〔註23〕 如「𝍮」（《多友鼎（02835）》）、「𝍮」（《辛鼎（00989）》）等。

〔註24〕 如「𝍮」、「𝍮」（《保卣（05415）》）。

〔註25〕 如「𝍮」（《南宮柳鼎（02805）》）、「𝍮」（《幾父壺（04288）》）等。

〔註26〕 如「𝍮」（《五年師旋簋（04216）》）、「𝍮」（《彧簋（04322）》）等。

〔註27〕 如「𝍮」（《鄭義羌父盨（03492）》）等。

〔註28〕 如「𝍮」（《兮甲盤（10174）》）、「𝍮」（《毛公鼎（02841）》）等。

〔註29〕 如「𝍮」（《康伯簋（03720）》）、「𝍮」（《吳王姬鼎（02600）》）等。

〔註30〕 如「𝍮」（《噩侯鼎（馭方鼎.王南征鼎）（02810）》）、「𝍮」、「𝍮」（《宴簋（04118～9）》）等。

〔註31〕 如「𝍮」（《㝬鐘（宗周鐘）（00260）》）。

〔註32〕 如「𝍮」（《宿父尊》）。

〔註33〕 如「𝍮」（《寒姒鼎（02598）》）、「𝍮」（《大克鼎（善夫克鼎）（02836）》）等。

「佩〔註34〕」、「伊〔註35〕」、「備〔註36〕」、「儕〔註37〕」、「側〔註38〕」、「付〔註39〕」、「儥〔註40〕」、「任〔註41〕」、「俗〔註42〕」、「傳〔註43〕」、「俟〔註44〕」、「佃〔註45〕」、「伏〔註46〕」、「伐〔註47〕」、「卲」、「免〔註48〕」、「從〔註49〕」、「北〔註50〕」、「重〔註51〕」、「監〔註52〕」、「臨〔註53〕」、「允〔註54〕」、「先〔註55〕」、「見〔註56〕」、「參〔註57〕」、「毁〔註58〕」、「鬼〔註59〕」、「夾〔註60〕」、「侃〔註61〕」、「侄〔註62〕」、

〔註34〕如「（字）」（《瘋鐘（00247）》）、「（字）」（《頌鼎（02827）》）等。

〔註35〕如「（字）」（《伊生簋（03631）》）、「（字）」（《伊簋（04287）》）、「（字）」（《史懋壺（09714）》）等。

〔註36〕如「（字）」（《𢦏簋（04322）》）、「（字）」（《元年師旋簋（04279）》）等。

〔註37〕如「（字）」（10128）、「（字）」（《五年師旋簋（04216）》）等。

〔註38〕如「（字）」（《無史鼎（無專鼎．鄔專鼎．焦山鼎）（02814）》）、「（字）」（《訇簋（04321）》）等。

〔註39〕如「（字）」（《永盂（10322）》）、「（字）」（《鬲攸從鼎（鬲比鼎、鬲攸比鼎）（02818）》）等。

〔註40〕如「（字）」（《君夫簋蓋（04178）》）等。

〔註41〕如「（字）」（《作任氏簋（03455）》）等。

〔註42〕如「（字）」（《五祀衛鼎（02832）》）、「（字）」（《毛公鼎（02841）》）等。

〔註43〕如「（字）」（《五祀衛鼎（02832）》）、「（字）」（《散氏盤（10176）》）等。

〔註44〕如「（字）」（《豆閉簋（02476）》）等。

〔註45〕如「（字）」（《格伯簋（04264）》）、「（字）」（《柞鐘（00133）》）等。

〔註46〕如「（字）」（《史伏作父乙尊（05897）》）等。

〔註47〕如「（字）」（《仲伐父甗（00931）》）、「（字）」（《多友鼎（02835）》）等。

〔註48〕如「（字）」、「（字）」（《免簋（04240）》）、「（字）」（《免尊（06006）》）等。

〔註49〕如「（字）」（《作任氏簋（03445）》）等。

〔註50〕如「（字）」（《吳方彝蓋（09898）》）、「（字）」（《同簋（04271）》）等。

〔註51〕如「（字）」（《焂作周公簋（周公簋、井侯簋）（04241）》）等。

〔註52〕如「（字）」（《善鼎（宗室鼎）（02820）》）、「（字）」（《雁監甗（00883）》）等。

〔註53〕如「（字）」（《大盂鼎（02837）》）、「（字）」（《叔臨父簋（03760）》）等。

〔註54〕如「（字）」（《班簋（毛伯彝）（04341）》）等。

〔註55〕如「（字）」（《沈子它簋蓋（04340）》）、「（字）」（《毛公鼎（02841）》）等。

〔註56〕如「（字）」（《雁侯見工鐘（00107）》）、「（字）」（《九年衛鼎（02831）》）等。

〔註57〕如「（字）」（《參卣》）、「（字）」（《參尊》）等。

〔註58〕如「（字）」（《作冊夨令簋（04300）》）等。

〔註59〕如「（字）」（《鬼作父丙壺（09584）》）、「（字）」（《小盂鼎（02839）》）等。

〔註60〕如「（字）」（《夾作父辛卣（05314）》）、「（字）」（《夾作彝壺（09533）》）等。

〔註61〕如「（字）」（《𩦂狄鐘（00049）》）、「（字）」（《井人𡩜鐘（00110）》）等。

〔註62〕如「（字）」（《茉伯歸夆簋（茉伯簋、垂伯簋、羌伯簋）（04331）》）等。

「戍〔註63〕」、「望〔註64〕」、「匈〔註65〕」、「処〔註66〕」、「陶〔註67〕」、「旅〔註68〕」、「年〔註69〕」、「敫〔註70〕」、「兌〔註71〕」、「兄〔註72〕」、「亟〔註73〕」、「欼〔註74〕」、「仮〔註75〕」、「俌〔註76〕」、「興〔註77〕」等。以下擇取較特別的字例作探討。

☆兄

《說文·兄部》：「兄，長也。从儿从口。凡从兄之屬皆从兄〔註78〕。」張再興曾表示「漢字的楷化過程中，由於字素『人』所處的方位的不同，字素『人』在楷書中形體也發生了一些分化。處於文字下部的字素『人』多變成了『儿』〔註79〕」。而東漢許慎在《說文》提到，「兄」乃「从儿从口」，可見，「人」分化出「儿」的時間可提早到東漢。

「兄」，在殷周金文中從口從人，作「兄」、「兄」、「兄」。殷商金文出現21例，其中有5例「人」混作「尸」，作「兄」（《季作兄己鼎（02335）》）、「兄」（《戈厚作兄日辛簋（03665）》）、「兄」（《牁兄日壬觶（06429）》）、「兄」、「兄」（《刺作兄日辛卣（05338）》），約占四分之一。西周金文則出現 44 例，西周

〔註63〕如「戍」（《善鼎（宗室鼎）（02820）》）、「戍」（《競卣（05425）》）等。

〔註64〕如「望」（《走馬休盤（10170）》）等。

〔註65〕如「匈」、「匈」（《啓卣（05410）》）等。

〔註66〕如「処」（《臣諫簋（04237）》）、「処」（《井人安鐘（00110）》）等。

〔註67〕如「陶」（《伯陶鼎（伯陵鼎）（02630）》）、「陶」（《陶子盤（10105）》）等。

〔註68〕如「旅」（《臣諫簋（04237）》）、「旅」（《免簋（04240）》）等。

〔註69〕如「年」（《史頌匜（10220）》）、「年」（《厚趠方鼎（趠鼎、趠甗、父辛鼎）（02730）》）等。

〔註70〕如「敫」（《九年衛鼎（02831）》）、「敫」（《朱伯歸夆簋（朱伯簋、垂伯簋、羌伯簋）（04331）》）等。

〔註71〕如「兌」（《元年師兌簋（04274）》）、「兌」（《鼏兌簋（04168）》）等。

〔註72〕如「兄」（《叟季良父壺（09713）》）、「兄」（《蔡姞簋（龍姞彝）（04198）》）等。

〔註73〕如「亟」（《毛公鼎（02841）》）、「亟」、「亟」、「亟」（《伯汈其盨（04446～7）》）等。

〔註74〕如「欼」（《欼鼎》）等。

〔註75〕如「仮」（《叔友父簋蓋（03725）》）等。

〔註76〕如「俌」（《鳥壬俌鼎（02176）》）等。

〔註77〕如「興」（《才興父鼎（02183）》）等。

〔註78〕許慎撰，段玉裁注：《說文解字注》，台北：洪葉文化事業有限公司，1998年，頁410。

〔註79〕張再興：《西周金文字素功能研究》，華東師範大學博士論文，2000年，頁1。

早期有 36 例，西周中期有 3 例，西周晚期有 5 例；其中西周早期有 3 例「人」混作「尸」，作「」（《述兄日乙尊（05934）》）、「」（《兄丁卣（05002）》）、「」（《述作兄日乙卣（05336）》）、「」（《亞口兄丁爵（08981）》），有 1 例「人」混作「卩」，作「」（《兄父己觶（06273）》）。

殷商金文時，「人」作爲「兄」的構成部件，有近四分之一的比例與「尸」相混，但是到了西周金文，這種混同情況驟降，在西周早期已經僅有十二分之一的比例，西周中期以後更是未見其混淆不清的現象。即在西周中期以後，對「人」作爲「兄」的構成部件已經有清楚的辨識。

雖然「人」可構成的字形很多，但與「卩」、「尸」相較，卻少見「人」與「卩」、「尸」相混的現象。推測此乃因爲「人」使用已久，不僅作整字部件時常見，作構成部件的構成功能很強，在許多字中都有含有構成部件「人」，所以「人」普遍存在文字系統中，對於「人」的使用已經很熟悉，對「人」的字形也很清楚，所以不容易寫錯或與他形相混。這樣的推論在近人透過實驗也獲得相同的結果〔註80〕，認爲部件使用頻率高的漢字的識別度比使用頻率低的漢字的識別度高。識別度既高，可以說明的是，在書寫過程當中，相對的較容易有正確的書寫，不易書寫錯誤而影響閱讀。

再者，「人」作構成部件時，可有別的部件的插入或連結。可能別的部件插入「人」中，「人」勢必要考量到別的部件在構形搭配上的合宜而受牽制，也要顧慮兩者間構形搭配後的組合意義是否能完整呈現，所以「人」形要盡量寫清楚，故而影響「人」混同的機會，如「蔑」作「」（《彔作辛公簋（04122）》），「伐」作「」（《大保簋（04140）》）、「」（《多友鼎（02835）》）、「」（《小臣謎簋（白懋父簋）（04238）》）。這種情況尤其發生在當「人」形的身軀或腳部有其他部件切入時，更加影響到「人」有其他變化的可能，如「蔑」作「」（《保卣（05415）》）、「」（《師艅簋蓋（04277）》）、「」（《免卣（05418）》），「訊」作「」（《多友鼎（02835）》）、「」（《師同鼎（02779）》）。因爲「人」與「卩」、「尸」的構形最爲相近，若有混同現象，常以構形最相近者替代；即若「人」有混同現象，常是與「卩」、「尸」混淆不清。又「人」與「卩」、「尸」構形的

〔註80〕潘玉進：〈不同部件亮度條件下的漢字識別初探〉，《應用心理學》第 6 卷第 1 期，2000 年，頁 8～14；喻柏林：〈漢字字形知覺的整合性對部件認知的影響〉，《心理科學》第 21 期，1998 年，頁 306～309。

最大差異處在於下半部，即人形身軀的臀部是否彎曲、腳部是否曲折。「人」的下半身常常呈現直線之象，而「卩」、「尸」多是彎曲的。當有其他部件切入，或必須連接其他部件時，理論上以直線作連接會是比較理想的做法，以彎曲的線條作連接，則容易影響字形的清晰度，或使字形增加書寫的困難，故當「人」的下半身或腳部有其他部件切入，或必須連接其他部件時，混同為「卩」、「尸」，將會使彎曲的下半部分難以連接其他部件，或無法清晰的表現其他部件的切入，或使字形複雜難辨。是此，則降低了「人」混同「卩」、「尸」的可能。

2.「卩」作構成部件

「卩」在西周金文沒有獨立構字功能，僅可作構成部件。作構成部件時，具有一定的構成功能，可構成「令〔註81〕」、「命〔註82〕」、「反〔註83〕」、「印〔註84〕」、「承〔註85〕」、「即〔註86〕」、「辟〔註87〕」、「卿〔註88〕」、「配〔註89〕」、「邑〔註90〕」、「卲〔註91〕」、「見〔註92〕」、「參〔註93〕」、「光〔註94〕」、「卹〔註95〕」、「御〔註96〕」、

〔註81〕如「𝌆」（《小臣守簋（04179）》）、「𝌆」（《師旂鼎（弘鼎.師旅鼎）（02809）》）等。

〔註82〕如「𝌆」（《師望鼎（02812）》）、「命」（《毛公鼎（02841）》）等。

〔註83〕如「𝌆」（《𣱌鐘（宗周鐘）（00260）》）等。

〔註84〕《說文‧印部》：「𝌆，執政所持信也。从爪卩。凡印之屬皆从印。」（許慎撰，段玉裁注：《說文解字注》，台北：洪葉文化事業有限公司，1998 年，頁 436。）在西周金文僅出現於《毛公鼎（02841）》，作「𝌆」，从爪从尸。由其他金文資料，確實从卩从爪，如「𝌆」（《曾伯霥簠（04631～06432）》），故此將「印」是為由「卩」所構成者。

〔註85〕如「𝌆」、「𝌆」（《小臣謎簋（白懋父簋）（04238～9）》）等。

〔註86〕如「𝌆」（《諫簋（04285）》）、「𝌆」（《伊簋（04287）》）等。

〔註87〕如「𝌆」（《師望鼎（02812）》）、「𝌆」（《臣諫簋（04237）》）等。

〔註88〕如「𝌆」（《伯卿鼎（02167）》）、「𝌆」（《毛公鼎（02841）》）等。

〔註89〕如「𝌆」（《南宮乎鐘（00181）》）、「𝌆」（《𣱌鐘（宗周鐘）（00260）》）等。

〔註90〕如「𝌆」（《臣卿簋（03948）》）、「𝌆」（《臣卿鼎（臣卿作父乙鼎）（09731）》）等。

〔註91〕如「𝌆」（《沈子它簋蓋（04330）》）、「𝌆」（《頌壺（02595）》）等。

〔註92〕如「𝌆」（《見作甗（00818）》）、「𝌆」（《沈子它簋蓋（04330）》）等。

〔註93〕如「𝌆」（《𣱌鐘（宗周鐘）（00260）》）、「𝌆」（《大克鼎（善夫克鼎）（02836）》）等。

〔註94〕如「𝌆」（《通彔鐘（00064）》）、「𝌆」（《麥盉（09451）》）等。

〔註95〕如「𝌆」（《縣妃簋（稽伯彝、縣伯彝、媚妃彝）（04269）》）、「𝌆」（《五祀衛鼎（02832）》）等。

〔註96〕如「𝌆」（《御簋（03468）》）、「𝌆」（《遹簋（04207）》）等。

「坿〔註97〕」、「刌〔註98〕」、「觍〔註99〕」、「卻〔註100〕」、「𨚵〔註101〕」、「𩰰〔註102〕」、「𨚷〔註103〕」等。在整個字形中,「卩」作構成部件(除了「辟」字外)常處於下方或是右邊的位置。構成部件的表義功能則常表示「跪而服從之人,如罪犯、奴隸、戰俘等」,如「令」、「命」、「𠬝」、「印」;或表示處於困境中的人,如「承」、「即」、「卿」、「配」、「邑」;或表示「恭敬地跪列的人」,如「卲」;或表示「一般意義上的人」,如「見」、「參」、「光」等〔註104〕。以下擇取有混同現象的字例作探討。

☆見

《說文·見部》:「見,視也。从目儿。凡从見之屬皆从見〔註105〕。」張再興曾表示「漢字的楷化過程中,由於字素『人』所處的方位的不同,字素『人』在楷書中形體也發生了一些分化。處於文字下部的字素『人』多變成了『儿』〔註106〕」。而東漢許慎在《說文》提到,「見」乃「從目儿」,可見,「人」分化出「儿」的時間可提早到東漢。在殷周金文中,象人目有所見。多數從目從卩,作「𣅀」、「𣅀」、「𣅀」。

殷商金文出現 12 例,其中 1 例從目從尸,作「𣅀」(《木齒見冊尊(05694)》)。

西周金文出現 37 例,早期有 21 例,中期有 10 例,晚期有 6 例。其中西周早期有 5 例從目從尸,作「𣅀」、「𣅀」(《作冊魊卣(05432)》)、「𣅀」、「𣅀」(《叔趯父卣(05429)》)、「𣅀」(《叔趯父卣(05428)》);4 例從目從人,作「𣅀」(《史見觚(07279)》)、「𣅀」(《史見父甲尊(05868)》)、「𣅀」(《揚鼎(02612)》)、「𣅀」(《揚鼎(02613)》)。西周中期有 5 例從目從尸,作「𣅀」

〔註97〕如「𣅀」(《坿父簋》)等。

〔註98〕如「𣅀」(《刌匜》)等。

〔註99〕如「𣅀」(《作冊卣》)等。

〔註100〕如「𣅀」(《朐簋》)等。

〔註101〕如「𣅀」(《五祀衛鼎(02832)》)等。

〔註102〕如「𣅀」、「𣅀」、「𣅀」、「𣅀」(《格伯簋(04262～5)》)等。

〔註103〕如「𣅀」等。

〔註104〕詳見張再興:《西周金文字素功能研究》,華東師範大學博士論文,2000 年,頁 6～8。

〔註105〕許慎撰,段玉裁注:《說文解字注》,台北:洪葉文化事業有限公司,1998 年,頁 412。

〔註106〕張再興:《西周金文字素功能研究》,華東師範大學博士論文,2000 年,頁 1。

（《史牆盤（10175）》）、「🐟」（《九年衛鼎（02831）》）、「⬛」、「⬛」（《雁侯見工鐘（00107）》）、「⬛」（《雁侯見工鐘（00108）》）。西周晚期有 3 例從目從尸，作「⬛」（《茉伯歸夆簋（茉伯簋、垂伯簋、羌伯簋）（04331）》）、「⬛」、「⬛」（（《駒父盨蓋（04464）》）、「⬛」（《獣鐘（宗周鐘）（00260）》）。

　　西周早期有近四分之一「卩」混作「尸」，近五分之一「卩」混作「人」；西周中期有 50％「卩」混作「人」；西周晚期有 50％「卩」混作「人」。西周金文共有近三分之一「卩」混作「人」。如是，可說「卩」作「見」的構成部件，較容易與「人」相混；且早期「卩」有混作「尸」、混作「人」，但從西周中期以後，「卩」反而不與「尸」相混，僅與「人」相混。或可說「卩」在西周早期常「尸」、「人」相混，但西周中期以後，已較能區別「人」與「卩」的不同。

　　☆辟

　　《說文・辟部》：「辟，法也。從卩辛，節制其辠也。從口，用法也。凡辟之屬皆從辟〔註 107〕。」張再興將「辟」納入從「尸」的字例中；以爲「辟」本從卩從辛，但西周金文仍有從「尸」之例；又「尸」作構成部件在整個構字中擔任「罪人」之義，且此意義乃「卩」演變成「尸」後產生的〔註 108〕。而本文將「辟」放置在「卩」作構成部件之例中，乃因《說文》認爲「辟」從卩從辛，且觀察西周金文的文字構形，多數的「辟」確實也是從卩從辛，作「⬛」、「⬛」、「⬛」，故姑且認定「辟」乃由「卩」構成部件所構成者。

　　「辟」，西周金文共有 90 例，西周早期有 25 例，西周中期有 32 例，西周晚期有 33 例，作「⬛」、「⬛」、「⬛」之形。其中西周早期有 5 例從尸從辛作「⬛」、「⬛」（《叔趯父卣（05429）》）、「⬛」、「⬛」（《叔趯父卣（05428）》）、「⬛」（《庚姬卣（商卣）（05404）》），占五分之一；西周中期有 4 例從尸從辛作「⬛」、「⬛」（《彧方鼎（02824）》）、「⬛」、「⬛」（《癲簋（04170）》），占八分之一；西周晚期有 1 例從尸從辛作「⬛」（《師訇簋（師訇簋、師＊敦）（04342）》）。從西周早期到西周晚期的混用現象看，混用現象有逐漸下降的趨勢。這也可以說明，西周早期的文字未那麼定型，故仍存在著一些異體字，而形義相近的部件則常成爲異體字變異部分最直接的來源。下降到西周晚

<hr />

〔註 107〕許慎撰，段玉裁注：《說文解字注》，台北：洪葉文化事業有限公司，1998 年，頁 437。

〔註 108〕詳見張再興：《西周金文字素功能研究》，華東師範大學博士論文，2000 年，頁 23。

期，則較能顯示出文字構形的規範性，混同的現象較爲緩和。

☆御

《說文·彳部》：「�","使馬也。从彳卸〔註109〕。」西周金文出現56例，作「�」、「�」、「�」。西周早期有18例，西周中期有7例，西周早期有31例。其中西周早期有4例「卪」混作「尸」：「�」、「�」（《叔趯父卣（05429）》）、「�」（《叔趯父卣（05428）》）、「�」（《御正良爵（09103）》）；西周早期有4例「卪」混作「尸」：「�」（《洺御事罍（09824）》）、「�」（《洺御事罍（09825）》）、「�」（《作冊益卣（作冊休卣）（05427）》）；西周晚期有3例「卪」混作「尸」：「�」（《不嬰簋（04328）》）、「�」、「�」（《不嬰簋蓋（04329）》）。「卪」作「御」的構成部件，與「尸」相混的比例有17.9％。

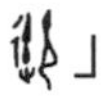

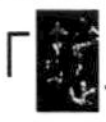

☆卲

《說文·卪部》：「卲，高也，从卪召聲〔註110〕。」西周金文出現52例，西周早期有5例，西周早期有15例，西周早期有32例，多作「卲」、「卲」、「卲」。其中西周晚期有4例的「卪」混作「尸」：「卲」（《遲父鐘（00103）》）、「卲」、「卲」（《毛公鼎（02841）》）、「卲」（《頌簋（04335）》）。

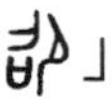

☆卿

東漢時，「卿」、「鄉」字形已有所區別，故《說文》將「卿」、「鄉」分別隸屬於卯部與邑部：《說文·卯部》：「卿，章也。六卿：天官冢宰，地官司徒，春官宗伯，夏官司馬，秋官司寇，冬官司空。从卯皀聲〔註111〕」、《說文·邑部》：「鄉，國離邑，民所封鄉也。嗇夫別治，从邑皀聲。封圻之內六鄉，六卿治之〔註112〕。」

在西周金文中，「卿」、「鄉」字形相同，皆象二人側面作跪踞之姿，並相對面向中間的食物，作「鄉」、「鄉」、「鄉」。因爲「卿」、「鄉」共用一字形，故「鄉」具有多項意義功能。或作面向之義，同「嚮」，如《小盂鼎（02839）》：「征（延）邦賓隲（尊）其旅服，東鄉（嚮）」、《宜侯夨簋（04320）》：王立于

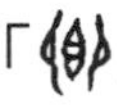

〔註109〕許慎撰，段玉裁注：《說文解字注》，台北：洪葉文化事業有限公司，1998年，頁78。

〔註110〕許慎撰，段玉裁注：《說文解字注》，台北：洪葉文化事業有限公司，1998年，頁435。

〔註111〕許慎撰，段玉裁注：《說文解字注》，台北：洪葉文化事業有限公司，1998年，頁436。

〔註112〕許慎撰，段玉裁注：《說文解字注》，台北：洪葉文化事業有限公司，1998年，頁303。

宜，入土（社），南鄉（嚮）」、《南宮柳鼎（02805）》：「武公有（右）南宮柳，
即立（位）中廷，北鄉（嚮）」；或作人名，如《鄉父乙盉（09402）》：「鄉乍（作）
父乙障（尊）彝」、《伯卿鼎（02167）》：「白（伯）卿乍（作）寶障（尊）彝。」、
《鄉作父乙爵（0880）》：「卿乍（作）父乙」；或作官位職稱，如《番生簋蓋
（04326）》：「王令攝嗣（司）公族、卿事、大史寮，取遣廿孚」、《伯公父簠
（04628）》：「我用召卿事（士）辟王，用召者（諸）考者（諸）兄」；或作敬饗，
同「饗」，如《麥方鼎（02706）》：「用鄉（饗）多者（諸）友」、《虢季子白盤（10173）》：
「王各（格）周廟宣廚（榭），爰鄉（饗）」、《效卣（05433）》：「王萑于嘗公東
宮，內（納）鄉（饗）于王」。

　　不論楷書或小篆作「鄉」或「卿」，在西周金文乃同一字形，「鄉」、「卿」
有所區別應爲東周以後的現象。在西周金文中，「卿」即「鄉」，從二卩從
皀。西周金文出現 116 例，西周早期有 50 例，西周中期有 43 例，西周晚
期有 22 例（有 1 例屬西周時期，但未能明確分期）。其中西周早期有 1 例
「卩」從「人」：「」（《天亡簋（大豐簋、毛公聃季簋）（04261）》），有 6
例「卩」從「尸」：「」（《叔趯父卣（05428）》）、「」、「」（《叔趯父卣
（05429）》）、「」（《鄉作父乙爵（08880）》）、「」、「」（《卿卣（05258）》）；
西周中期有 2 例「卩」從「尸」：「」（《師虎簋（04316）》）、「」（《裘衛
盉（09456）》）；西周晚期有 1 例「卩」從「人」：「」（《弭仲簠（04627）》），
有 6 例「卩」從「尸」：「」（《遇鼎（02815）》）、「」（《袁鼎（伯姬鼎）
（02819）》）、「」（《師穎簋（04312）》）、「」（《伯康簋（04160）》）、「」
（《仲枏父簋（04154）》）、「」（《仲枏父簋（04155）》）。

　　「卿（鄉）」在西周金文中，「卩」混作「人」的情況較少，僅有 2 例；「卩」
混作「尸」的情況較多，共有 14 例。此可謂，當構成部件在混同之際，其所選
擇的部件字形應會擇取與本身字形較爲相近者，而「卩」、「人」與「卩」、「尸」
相較，「尸」比「人」更接近「卩」。

　　☆衄

　　《說文・血部》：「，憂也。從血卩聲。一曰鮮少也〔註113〕。」

　　在西周金文中，「衄」出現於西周中期與西周晚期，共 15 例，多從血從

〔註113〕許慎撰，段玉裁注：《說文解字注》，台北：洪葉文化事業有限公司，1998 年，頁216。

「卪」，作「🔲」、「🔲」、「🔲」。西周中期有 11 例，西周晚期 4 例。其中西周中期有 1 例「卪」從「人」：「🔲」（《追簋（04219）》），有 1 例「卪」從「尸」：「🔲」（《追簋（04220）》）；西周晚期有 1 例「卪」從「尸」：「🔲」（《師詢簋（04342）》）。

☆參

《說文·晶部》：「曑，商星也。从晶㐱聲。🔲，或省〔註114〕。」

西周金文「參」出現於西周中期與西周晚期，共 15 例，多作「🔲」、「🔲」。西周中期有 9 例，西周晚期 6 例。其中西周中期有 2 例「卪」從「尸」：「🔲」、「🔲」（《曶鼎（02838）》）；西周晚期有 2 例「卪」從「尸」：「🔲」、「🔲」（《毛公鼎（02841）》）。「卪」作「參」的構成部件，與「尸」混同的比例有 26.7%。

☆光

《說文·火部》：「🔲，朙也。从火在儿上。光明意也〔註115〕」。

張再興曾表示「漢字的楷化過程中，由於字素『人』所處的方位的不同，字素『人』在楷書中形體也發生了一些分化。處於文字下部的字素『人』多變成了『儿』〔註116〕」。而東漢許慎在《說文》提到，「光」乃「从火在儿上」，可見，「人」分化出「儿」的時間可提早到東漢。

又東漢之「光」乃「儿」，但是在西周金文時，多數則從「卪」，作「🔲」、「🔲」、「🔲」。「光」在西周金文中出現 35 例，西周早期 20 例，西周中期 8 例，西周晚期 7 例。其中西周中期《作父癸觶（06501）》作「🔲」，從「尸」。

3.「尸」作構成部件

「尸」在西周金文具有獨有構字功能，可作整字部件，亦可作構成部件。在西周金文作構成部件時，常處於一構成部件的左方或是左上方的位置。「尸」構成功能較「人」、「卪」薄弱，僅可構成「犀〔註117〕」、「屖〔註118〕」、

〔註114〕 許慎撰，段玉裁注：《說文解字注》，台北：洪葉文化事業有限公司，1998 年，頁 316。

〔註115〕 許慎撰，段玉裁注：《說文解字注》，台北：洪葉文化事業有限公司，1998 年，頁 490。

〔註116〕 張再興：《西周金文字素功能研究》，華東師範大學博士論文，2000 年，頁 1。

〔註117〕 如「犀」（《犀伯魚父鼎（02534）》）等。

〔註118〕 《說文·弄部》：「屖，迡也。从弄在尸下。一曰呻吟也。」（許慎撰，段玉裁注：《說文解字注》，台北：洪葉文化事業有限公司，1998 年，頁 751。）西周金文出現於西周晚期的《廟屖鼎》作「🔲」，從尸從三子。

「毓〔註 119〕」、「犀〔註 120〕」、「分〔註 121〕」、「扊〔註 122〕」、「繯〔註 123〕」、「僭〔註 124〕」、「屏〔註 125〕」、「眉〔註 126〕」、「屍〔註 127〕」、「振〔註 128〕」、「肩〔註 129〕」、「縶」等。以下針對具有混同現象的字例進行討論。

☆犀

《說文・牛部》：「犀，徼外牛，一角在鼻，一角在頂，似豕。从牛尾聲〔註 130〕。」

《說文・尾部》：「尾，微也。从倒毛在尸後，古人或飾系尾，西南夷亦然。凡尾之屬皆从尾。」甲骨文作「尾」，象人臀部著尾飾之形〔註 131〕。張再興以爲在西周金文中，「尾」不獨立成字〔註 132〕。筆者則在西周金文中，找到「尾」

〔註 119〕《說文・㐬部》：「㐬，養子使作善也。从㐬肉聲。虞書曰：教育子」、《說文・㐬部》：「毓，育或从每。」（許慎撰，段玉裁注：《說文解字注》，台北：洪葉文化事業有限公司，1998 年，頁 751。）張再興認爲「尸」可構成「育」，並將「育」、「毓」拆爲二字，但在西周金文中，「育」、「毓」應同爲一字。又「毓」字在西周金文中多从母从子，象人生育子女之形，但《史牆盤（10175）》作「㞷」，乃从尸从子之形。

〔註 120〕如「犀」（《五祀衛鼎（02832）》）、「犀」（《競卣（05425）》）等。

〔註 121〕如「分」（《己侯貉子簋蓋（03977）》）、「分」（《鬲攸從鼎（鬲比鼎、鬲攸比鼎）（02818）》）等。

〔註 122〕在西周金文中僅有一例：西周中期《史牆盤（10175）》作「扊」，从尸从食。

〔註 123〕如「繯」（《毛公鼎（02841）》）、「繯」（《番生簋蓋（04326）》）等。

〔註 124〕「僭」，《說文》未收。西周金文出現於西周早期的《集僭作父癸簋（03656～03657）》作「僭」、「僭」、「僭」，从尸从舛从口。

〔註 125〕如「屏」（《匽侯觶》）等。

〔註 126〕「眉」，《說文》未收。西周金文中期出現於《永盂（10322）》作「眉」，从尸从自。

〔註 127〕如「屍」、「屍」（《虎敊鼎》）等。

〔註 128〕《說文・尸部》：「振，伏兒，一曰屋宇也，从尸辰聲 3」。西周金文出現 4 例，分布於中期與晚期：西周中期《大鼎（己白鼎）（02806～02808）》作「振」、「振」、「振」；西周晚期《大簋蓋（04299）》作「振」。

〔註 129〕「肩」，《說文》未收。西周金文出現於西周中期（恭王）的《師𣄃鼎（02830）》作「肩」，从尸从月。

〔註 130〕許慎撰，段玉裁注：《說文解字注》，台北：洪葉文化事業有限公司，1998 年，頁 53。

〔註 131〕張再興：《西周金文字素功能研究》，華東師範大學博士論文，2000 年，頁 22。

〔註 132〕張再興：《西周金文字素功能研究》，華東師範大學博士論文，2000 年，頁 22。

仍可獨立成字之二例：西周早期《伯尾父爵（09040）》：「白（伯）尾父乍（作）寶彝。」作「」、西周晚期《王仲皇父盉（09447）》：「王中（仲）皇父乍（作）尾娟般盉」作「」。皆做人名用。

但是《伯尾父爵（09040）》之「尾」从尹从毛，不从尸；《王仲皇父盉（09447）》之「尾」雖似从尸从毛，但恐屬僞作之器〔註133〕。是故西周金文之「尾」乃可獨立成字，但是否从尸从毛，恐尚有疑慮。

在西周金文中，「犀」出現4例：「犀」（《犀伯魚父鼎（02534）》〔註134〕）；「犀」、「犀」、「犀」（《弭叔鬲（00572～00574）》〔註135〕），皆作人名。又《說文》認爲「犀」从牛尾聲，從西周金文來看，若「尾」確實从尸从毛，則《說文》之說無誤。因爲西周金文的「犀」乃由「尸」、「毛」、「牛」三個構成部件所構成，也可視爲从牛从尾。

☆犀

《說文・尸部》：「犀，遲也。从尸辛聲〔註136〕。」西周金文共有21例，多作專有名詞使用，如《犀甗（00919）》：「犀乍（作）寶甗子＝（子子）孫＝（孫）永寶用」、《競卣（05425）》：「白（伯）犀父皇競各（格）于官」。字形从尸从辛，作「」、「」之形，「尸」在整個字形結構中表示行走之意〔註137〕。西周早期有6例，西周中期有8例，西周晚期有12例；其中西周早期《皿犀簋（03438）》作「」，西周中期《縣妃簋（稽伯彝、縣伯彝、媚妃彝）（04269）》作「」，二者「尸」混作「卩」。

☆繴

「繴」，《說文・糸部》：「从糸辟聲〔註138〕」，西周金文从系从犀，在西周

〔註133〕中國社會科學院考古研究院所編：《殷周金文集成釋文・第五卷》，香港：香港中文大學中國文化研究所，頁371。

〔註134〕《王仲皇父盉（09447）》：「犀白（伯）魚父乍（作）旅鼎」，屬西周時期。

〔註135〕《弭叔鬲（00572～00574）》：「弭弔（叔）乍（作）犀妊齋」，屬西周中晚期。

〔註136〕許愼撰，段玉裁注：《說文解字注》，台北：洪葉文化事業有限公司，1998年，頁404。

〔註137〕詳見張再興：《西周金文字素功能研究》，華東師範大學博士論文，2000年，頁22。

〔註138〕許愼撰，段玉裁注：《說文解字注》，台北：洪葉文化事業有限公司，1998年，頁665。

晚期有兩例，作「🐾」、「🐾」，一从「尸」，一从「卩」。

（三）整字與構成部件混同異同

「人」、「卩」、「尸」三者在作整字部件的時候，混同的現象並不多，但是因爲三者皆取象於人，故當作構成部件時，則有了混同的現象。

「人」、「卩」、「尸」在作整字部件或構成部件時都可表示人或人形。作整字部件時僅此部件可資辨認，故較小心書寫以防誤讀；但當作構成部件時，尚有其他部件可資辨認，而「人」、「卩」、「尸」又皆可表示人或人形，故置換三者之一，皆尚能辨認，不妨礙閱讀。故「人」、「卩」、「尸」可有混同現象的發生，是因爲一個字形中尚有其他構字部件，這其他構字部件是提供「人」、「卩」、「尸」發生混同現象的橋樑。

又經由討論，可知作構成部件時，「卩」則是最容易產生混淆的部件，且最容易與「尸」發生混同現象。「人」是較不容易產生混淆的部件，若有混同現象，則較容易與「尸」發生混淆，且混同的現象常在西周中期後就消失了。此因除了書寫者已能清楚辨識「人」形外，「人」常與其他部件作聯結性，或筆劃相重疊，或筆劃切入性的結合，可能也是降低「人」發生混同現象的因素之一。

二、「止」、「彳」、「走」、「辵」混同現象

（一）「止」、「彳」、「走」、「辵」作整字部件

☆止

「止」，《說文・止部》：「止，下基也。象艸木出有阯，故以止爲足。凡止之屬皆从止〔註139〕」，孫詒讓以爲字形象足跡形〔註140〕，象人腳指之形。

卜辭作「止」、「止」之形，商金則作「止」之形。到了西周金文，多作「止」之形。在西周金文中，作整字部件的情況共見 4 例，出現於西周晚期：「止」（《汭其鐘（00189）》）、「止」（《五年召伯虎簋（琱生簋）（04292）》）、「止」、「止」（《蔡簋（尨簋）（04340）》）。由殷商到西周，由甲文到金文，比較明顯的改變是字形填實到不填實，筆劃相交到不相交，餘無太大變動。

〔註139〕許慎撰，段玉裁注：《說文解字注》，台北：洪葉文化事業有限公司，1998 年，頁 68。

〔註140〕孫詒讓：《名原》，濟南：齊魯書社，1986 年，頁 18。

☆彳

「彳」,《說文・彳部》:「彳,小步也。象人脛三屬相連也。凡彳之屬皆从彳﹝註141﹞」。在卜辭與商周金文中,皆見於構成部件,即「彳」在西周金文及其之前,尚無獨立構字的功能。羅振玉以爲「古从行之字,或省其右作彳,或省其左作亍﹝註142﹞」,是「行」字省形之故。張再興以爲此形乃象道路有分叉之形﹝註143﹞。

「彳」在西周金文沒有獨立構字的能力,故在作整字部件時,「止」與「彳」沒有相混的情況,在作構成部件時,常作「彳」(「遠」字所从《史牆盤(10175)》)、「彳」(「還」字所从《噩侯鼎(02810)》)、「彳」(「通」字所从《頌壺(09731)》)之形。但是,若將「止」與「彳」配上其他部件,構成其他字形作爲整字部件,則有相混的可能。

☆走

「走」,在西周金文是由兩個構成部件所構成,但因其以此字形作爲構成部件,具有強大的構字能力,且在字形運用上,更以此字形與「辵」、「止」、「彳」發生相通用的現象,故此爲容易能夠探討「走」、「辵」、「止」、「彳」之間的混用關係,故將「走」定爲部件來討論。

「走」,《說文・走部》:「走,趨也。从夭止。夭者屈也。凡走之屬皆从走﹝註144﹞」。由西周金文看「走」的構形,實由兩個構成部件所構成,但卻未若小篆一樣必須「从夭止」。

「走」,在西周金文共49例,西周早期有8例,西周中期有13例,西周晚期有28例。西周金文「走」字形具多樣貌,有从夭从止,作「走」、「走」之形;或从彳从夭从止,作「彳」、「彳」之形;或从彳从夭作「彳」、「彳」之形。

《說文・夭部》:「夭,屈也。从大象形。凡夭之屬皆从夭﹝註145﹞」,李孝

﹝註141﹞ 許慎撰,段玉裁注:《說文解字注》,台北:洪葉文化事業有限公司,1998年,頁76。

﹝註142﹞ 羅振玉:《增訂殷虛書契考釋》(中),台北:藝文印書館,1975年,頁7。

﹝註143﹞ 張再興:《西周金文字素功能研究》,華東師範大學博士論文,2000年,頁82。

﹝註144﹞ 許慎撰,段玉裁注:《說文解字注》,台北:洪葉文化事業有限公司,1998年,頁64。

﹝註145﹞ 許慎撰,段玉裁注:《說文解字注》,台北:洪葉文化事業有限公司,1998年,頁498。

定以爲象走時象兩臂擺動之形〔註146〕，龍宇純以爲是奔走貌〔註147〕，季旭昇則以爲「走」之象形初文〔註148〕。而「走」形不管是從「彳」或從「止」，「夭」皆似人奔走之形，而從「彳」表示路或從「止」則加強人腳步動作，使之具有表示奔走之意。再由甲骨文到西周金文的「走」形，可以爲「夭」是初文，而西周的「走」形乃增加「止」，或增加「辵」，或增加「彳」，乃增加形符所構成。

又《說文・辵部》：「辵，乍行乍止也。從彳止。凡辵之屬皆從辵。讀若《春秋傳》曰：辵階而走〔註149〕。」故此也可將「從彳從夭從止」視作「從辵從止」。由此也可知，「走」與「辵」雖到小篆分列不同部，有明顯的區隔，但是在西周金文中，「走」與「辵」仍是通用不別的情況。

張再興對「止」與「辵」、「走」、「彳」的通用關係有以下的整理：

> 字素「止」語「彳」以及由「止」構成的活性字素「辵」、「走」的關係很密切。他們雖然取象有異，但是在文字中所表示的意義卻相同。茲略述他們之間的關係。
>
> 1. 金文中的「走」形體很複雜，其形體構成有以下幾種情況：
>   ① 從「彳」、「止」
>   ② 從「彳」、「夭」
>   ③ 從「彳」、「止」
>   ④ 從「彳」、「夭」、「止」
> 2. 金文從「夭」從「止」的形體，小篆以後多從「走」。有兩個例外：遣、迂。
> 3. 金文從「彳」從「止」的形體，小篆以後多從「辵」。但是如果這一形體有從「夭」從「止」的異體，則小篆從「走」。

〔註146〕李孝定：《甲骨文集釋》，台北：中研院史語所，頁3219。

〔註147〕龍宇純：「大鼎走馬字作 𤘘，象人奔路於路中，並不以從止來表示奔走的意思：𤘘表示奔走之意便更無可疑。復就字形言，𤘘象人上下其手，也正是奔走的樣子。」見〈甲骨金文字及其相關問題〉《中央研究院歷史語言研究集刊》第34本（下），頁422～423。

〔註148〕季旭昇：《甲骨文字根研究》，台北：師範大學國文所博士論文，頁72。

〔註149〕許慎撰，段玉裁注：《説文解字注》，台北：洪葉文化事業有限公司，1998年，頁70。

4. 從金文與甲骨文的比較來看，不管是「辵」還是「走」，可能本
   來都只從「止」表示行走，「彳」或「夭」都是後加字素。〔註150〕

考察在西周金文中，「走」若作整字部件，則除未見從「彳」、「止」的「走」形
外，餘皆有。

☆辵

「辵」，在西周金文是由兩個構成部件所構成，但因其以此字形作為構成部
件，具有強大的構字能力，且在字形運用上，更以此字形與「走」、「止」、「彳」
發生相通用的現象，故此為容易能夠探討「走」、「辵」、「止」、「彳」之間的混
用關係，故將「辵」定為部件來討論。

《說文・辵部》：「辵，乍行乍止也。从彳止。凡辵之屬皆从辵。讀若《春
秋傳》曰：辵階而走〔註151〕。」

而「辵」在卜辭、商金、西周金文皆沒有獨立成字的功能，僅在作構成部
件時，具有強大的功能性。雖在「走」中可發現「辵」與「走」形未能有明確
的區分，但是，大致上，在西周金文中，可認定「辵」乃由「彳」、「止」構成，
而「走」乃由「夭」、「止」構成。而以下對於構成部件的認定，也將採此法，
以便論述「走」、「辵」、「止」、「彳」之間的混用關係。

（二）「止」、「彳」、「走」、「辵」作構成部件

1. 「止」作構成部件

「止」作構成部件，在西周金文可構成「農〔註152〕」、「踵〔註153〕」、
「衛〔註154〕」、「足〔註155〕」、「憲〔註156〕」、「走〔註157〕」、「歷〔註158〕」、

〔註150〕張再興：《西周金文字素功能研究》，華東師範大學博士論文，2000 年，頁 80。

〔註151〕許慎撰，段玉裁注：《說文解字注》，台北：洪葉文化事業有限公司，1998 年，頁 70。

〔註152〕如「農」（《農卣（05424）》）等。

〔註153〕如「踵」（《毛公鼎（02841）》）等。

〔註154〕如「衛」（《衛父卣（05424）》）、「衛」（《鬲攸從鼎（鬲比鼎、鬲攸比鼎）（02818）》）
    等。

〔註155〕如「足」（《免簋（04240）》）、「足」（《元年師兌簋（04274）》）等。

〔註156〕如「憲」（《鈇簋（04317）》）、「憲」（《井人安鐘（00109）》）等。

〔註157〕如「走」（《訇簋（04321）》）、「走」（《走馬休盤（10170）》）等。

〔註158〕如「歷」（《禹鼎（穆公鼎.成鼎）（02834）》）等。

「正〔註159〕」、「過〔註160〕」、「韋〔註161〕」、「出〔註162〕」、「武〔註163〕」、「奔〔註164〕」、「前〔註165〕」、「永〔註166〕」、「旋〔註167〕」、「旅〔註168〕」、「陟〔註169〕」、「歲〔註170〕」、「此〔註171〕」、「是〔註172〕」、「衍」、「征〔註173〕」、「徥〔註174〕」、「崇〔註175〕」、「鄭〔註176〕」、「𢆶〔註177〕」等。「止」在構形中，多擔任表義功能。然這些字多數具有從「走」或從「辵」的異體字。（以下針對具有混同現象或特殊字例作探究）

☆奔

《說文·夭部》：「奔，走也。從夭卉聲。與走同意，俱從夭〔註178〕。」

「奔」，在西周金文中，共見 13 例，西周早期有 6 例，西周中期有 6 例，西周晚期僅 1 例。多從夭從三止，象急速奔跑狀，作「奔」（《燮作周公簋

〔註159〕如「正」（《虢季子白盤（10173）》）、「正」（《走馬休盤（10170）》）等。

〔註160〕如「過」（《過伯爵（過伯作彝爵）（08991）》）等。

〔註161〕如「韋」（《韋作父丁鼎（02120）》）等。

〔註162〕如「出」（《師望鼎（02812）》）、「出」（《伯矩鼎（02456）》等。

〔註163〕如「武」（《虢季子白盤（10173）》）、「武」（《毛公鼎（02841）》等。

〔註164〕如「奔」（《燮作周公簋（周公簋、井侯簋）（04241）》）、「奔」（《大盂鼎（02837）》等。

〔註165〕如「前」（《善鼎（宗室鼎）（02820）》）、「前」（《趩簋（04317）》）等。

〔註166〕如「永」（《不𡟰簋蓋（04329）》）、「永」（《趩簋（04162）》）等。

〔註167〕如「旋」（《麥盉（09451）》）等。

〔註168〕如「旅」（《伯眞甗》）等。

〔註169〕如「陟」（《沈子它簋蓋（04330）》）、「陟」（《班簋（毛伯彝）（04341）》）等。

〔註170〕如「歲」（《曶鼎（02838）》）、「歲」（《毛公鼎（02841）》等。

〔註171〕如「此」（《此作寶彝盉（09385）》）、「此」（《此鼎（02821）》）等。

〔註172〕如「是」（《虢季子白盤（10173）》）、「是」（《毛公鼎（02841）》等。

〔註173〕如「征」（《師遽簋蓋（04214）》）、「征」（《德方鼎（02661）》）等。

〔註174〕如「徥」（《班簋（毛伯彝）（04341）》）、「徥」（《士上卣（臣辰卣）（05421）》）等。

〔註175〕如「崇」（《恒簋蓋（04199）》）等。

〔註176〕如「鄭」（《威簋（04322）》）等。

〔註177〕如「𢆶」等。

〔註178〕許慎撰，段玉裁注：《說文解字注》，台北：洪葉文化事業有限公司，1998年，頁499。

（周公簋、井侯簋）（04241）》）、「［字形］」（《效卣（05433）》）、「［字形］」（《大盂鼎（02837）》）之形。其中有 1 例增「彳」，作「［字形］」（《彧簋（04322）》）。

☆過

《說文・辵部》：「［字形］，度也。从辵，咼聲〔註179〕。」

「過」，在西周金文中，僅出現 2 例，皆作人名使用，如《過伯簋（09307）》：「過白（伯）從王伐反荊，孚金，用乍（作）宗室寶障（尊）彝」、《過伯爵（過伯作彝爵）（08991）》：「過白（伯）乍（作）彝」。字形則 1 例從「止」，作「［字形］」（《過伯爵（過伯作彝爵）（08991）》）；1 例則從「辵」，作「［字形］」（《過伯簋（09307）》）。由「止」與「辵」的關係來看，「辵」乃由「止」演變發展而來〔註180〕。

2. 「彳」作構成部件

「彳」作構成部件，在西周金文可構成「各〔註181〕」、「歸〔註182〕」、「徒〔註183〕」、「征〔註184〕」、「及〔註185〕」、「德〔註186〕」、「後〔註187〕」、「得〔註188〕」、「征〔註189〕」、「徇〔註190〕」、「徣〔註191〕」、「徲〔註192〕」、「妆〔註193〕」、「農〔註194〕」、「復〔註195〕」等。「彳」在構形中，多擔任表

〔註179〕許慎撰，段玉裁注：《說文解字注》，台北：洪葉文化事業有限公司，1998 年，頁 71。

〔註180〕張再興：《西周金文字素功能研究》，華東師範大學博士論文，2000 年，頁 79。

〔註181〕如「［字形］」（《豆閉簋（04276）》）、「［字形］」（《走馬休盤（10170）》）等。

〔註182〕如「［字形］」（《不娶簋（04328）》）、「［字形］」（《不娶簋蓋（04329）》）等。

〔註183〕如「［字形］」（《無史鼎（無專鼎．郪專鼎．焦山鼎）（02814）》）、「［字形］」（《永盂（10322）》）等。

〔註184〕如「［字形］」（《師旂鼎（弘鼎．師旅鼎）（02809）》）、「［字形］」（《噩侯鼎（02810）》）等。

〔註185〕如「［字形］」（《毛公鼎（02841）》）等。

〔註186〕如「［字形］」（《德克簋（03986）》）、「［字形］」（《德方鼎（02661）》）等。

〔註187〕如「［字形］」（《師望鼎（02812）》）、「［字形］」（《小臣單觶（06512）》）等。

〔註188〕如「［字形］」（《師旂鼎（弘鼎．師旅鼎）（02809）》）等。

〔註189〕如「［字形］」（《師遽簋蓋（04214）》）、「［字形］」（《德方鼎（02661）》）等。

〔註190〕如「［字形］」（《師雝父鼎（02721）》）等。

〔註191〕如「［字形］」（《班簋（毛伯彝）（04341）》）、「［字形］」（《士上卣（臣辰卣）（05421）》）等。

〔註192〕如「［字形］」（《鬲攸從鼎（鬲比鼎、鬲攸比鼎）（02818）》）、「［字形］」（《十三年癲壺（09724）》）等。

〔註193〕如「［字形］」（《保妆母器（10580）》）等。

〔註194〕如「［字形］」（《宰農宜父丁鼎（02010）》）等。

〔註195〕如「［字形］」（《天亡簋（大豐簋、毛公聃季簋）（04261）》）等。

義功能。然這些字在往後的演變多數具有從「走」或從「辵」的異體字。

☆邊

《說文・辵部》：「𨙔，行垂崖也。從辵𦥯聲〔註196〕。」西周金文見於《大孟鼎（02837）》與《散氏盤》，共 3 例。西周早期從「彳」，作「𢔀」、「𢔀」（《大孟鼎（02837）》），到了晚期則從「辵」，作「𨙔」（《散氏盤（10176）》）。

3.「走」作構成部件

「走」在西周金文乃由「夭」和「止」部件所構成。因爲西周金文中，「夭」和「止」容易構成「走」而與「止」、「彳」、「辵」產生混淆現象，又爲容易討論，故此暫視「走」爲一個部件單位。在構形認定中，以西周金文主要對象，若某字構形在西周金文中多從「走」（即由「夭」和「止」部件所構成），或相對於由「止」、「彳」、「辵」構成者多數，則認定其爲由「走」作構成部件所構成的字形。「走」作構成部件，在西周金文可構成「趞〔註197〕」、「趠〔註198〕」、「喪〔註199〕」、「趩」等。以下擇取有混同現象的例證說明。

☆趠

《說文・走部》：「𧾷，遠也。從走卓聲〔註200〕。」

甲文從彳從卓，到西周金文時，僅見 1 例，作「𧾷」（《厚趠方鼎、父辛鼎（02730）》）；本從彳從卓，改爲從走從卓。

4.「辵」作構成部件

「辵」和「走」的情況相似。「辵」，在西周金文乃由「彳」和「止」部件所構成。因爲西周金文中，「彳」和「止」容易構成「走」而與「止」、「彳」、「走」產生混淆現象，又爲容易討論，故此暫視「走」爲一個部件單位。在構形認定中，以西周金文主要對象，若某字構形在西周金文中多從「走」（即由「夭」和「止」部件所構成），或相對於由「止」、「彳」、「走」構成者多數，則認定其爲由「走」作構成部件所構成的字形。「辵」作構成部件，在西周金文可構成「萬

〔註196〕許慎撰，段玉裁注：《說文解字注》，台北：洪葉文化事業有限公司，1998 年，頁 76。

〔註197〕如「𧼘」（《姬趞母鬲（00628）》）、「𧼘」（《師趞鼎（02713）》）等。

〔註198〕如「𧾷」（《厚趠方鼎（趠鼎、趠簋、父辛鼎）（02730）》）等。

〔註199〕如「𠸶」（《癲鐘（00246）》）、「𠸶」（《史牆盤（10175）》）等。

〔註200〕許慎撰，段玉裁注：《說文解字注》，台北：洪葉文化事業有限公司，1998 年，頁 66。

（邁）」、「逆〔註201〕」、「復〔註202〕」、「通〔註203〕」、「還〔註204〕」、「遹〔註205〕」、「追〔註206〕」、「遽〔註207〕」、「道〔註208〕」、「遠〔註209〕」、「邊〔註210〕」、「造〔註211〕」、「違〔註212〕」、「達〔註213〕」、「遺〔註214〕」、「遲〔註215〕」、「遂〔註216〕」、「遷〔註217〕」、「迺〔註218〕」等。以下擇取有混同現象的例證說明。

☆萬（邁）

《說文・内部》：「𧖠，蟲也。从厹，象形〔註219〕。」《說文・辵部》：「邁，遠行也。从辵萬聲。邁，邁或从蠆〔註220〕」。

「萬」在殷商金文中有 4 例，多作人名使用，如《萬父己爵（08565）》：「萬。父己」、《萬父己卣（04964）》：「萬。父己」、《萬父辛爵（08619）》：「萬。父辛」。

「萬（邁）」在西周金文則有強大的生命力。西周金文共見 944 例，西周早期有 46 例，西周中期有 273 例，西周晚期有 603 例，尚有 22 例未能明

〔註201〕如「徔」（《九年衛鼎（02831）》）、「逆」（《高比盨（04466）》）等。

〔註202〕如「復」（《散氏盤（10176）》）等。

〔註203〕如「通」（《癲鐘（00247）》）、「通」（《頌壺（09731）》）等。

〔註204〕如「還」（《鰥還鼎（02200）》）、「還」、「還」（《散氏盤（10176）》）等。

〔註205〕如「遹」（《大盂鼎（02837）》）、「遹」（《遹簋（04207）》）等。

〔註206〕如「追」（《多友鼎（02835）》）、「追」（《召卣（05416）》）等。

〔註207〕如「遽」（《師遽簋蓋（042145）》）、「遽」（《師遽方彝（09897）》）等。

〔註208〕如「道」、「道」、「道」、「道」、「道」（《散氏盤（10176）》）等。

〔註209〕如「遠」（《史牆盤（04241）》）、「遠」（《番生簋蓋（04326）》）等。

〔註210〕如「邊」（《大盂鼎（02837）》）、「邊」（《散氏盤（10176）》）等。

〔註211〕如「造」（《伯申鼎（02039）》）、「造」（《頌簋》）等。

〔註212〕如「違」（《班簋（毛伯彝）（04341）》）、「違」（《臣卿鼎（臣卿作父乙鼎）（02595）》）等。

〔註213〕如「達」、「達」（《保子達簋（03787）》）、「達」（《史牆盤（10175）》）等。

〔註214〕如「遺」（《遺作且乙卣（05260）》）、「遺」（《旂鼎（旅作父戊鼎）（02555）》）等。

〔註215〕如「遲」（《仲戲父簋（04102）》）等。

〔註216〕如「遂」（《大盂鼎（02837）》）、「遂」、「遂」（《小臣謎簋（04239）》）等。

〔註217〕如「遷」（《史頌簋》）等。

〔註218〕如「迺」（《大盂鼎（02837）》）等。

〔註219〕許慎撰，段玉裁注：《説文解字注》，台北：洪葉文化事業有限公司，1998 年，頁 746。

〔註220〕許慎撰，段玉裁注：《説文解字注》，台北：洪葉文化事業有限公司，1998 年，頁 70。

確歸屬於西周各期中。西周金文的「萬」承襲殷商金文的寫法，多作「⿰⿱」、
「⿱」、「⿱」之形，或增添筆劃，使字形更顯細膩，作「⿱」、「⿱」、「⿱」
之形。雖西周金文「萬」字的寫法多承襲殷商金文的寫法，但也常增添部件，
強調表示腳部行動的意義功能。於小篆中或作「邁」，《說文・辵部》：「邁，
遠行也。從辵萬聲」，在西周金文則借作「萬」，表示多數，如《師湯父鼎
（02780）》：「乍（作）朕文考毛弔（叔）⿱彝，其邁（萬）年孫＝（孫孫）
子＝（子子）永寶用」、《袁鼎（伯姬鼎）（02819）》：「用乍（作）朕皇考奠（鄭）
白（伯）、姬障（尊）鼎，袁其邁（萬）年子孫永寶用」、《伯濼父壺蓋（09620）》：
「白（伯）濼父乍（作）寶壺其邁（萬）年永寶用」等。而這些強調腳部的
增添部件並非單純地僅使用一種字形，而是有至少 3 種的部件混用情況：①
從「彳」、從「止」；②從「彳」；③從「止」。以從「彳」、從「止」為最主
要的增添部件形式，故此列「萬（邁）」於「辵」作構成部件的情況中討論。

雖「萬」與「邁」在西周金文中乃表同一字，但真正有具有混同現象者，
存在於「邁」中，故以下針對「邁」字作探討。

在西周早期中，有 6 例從「彳」、從「止」，作「⿱」（《伯衛父盉（09435）》）
之形；另有 3 例從「彳」，作「⿱」（《量侯簋（03908）》）、「⿱」（《庚嬴卣
（05426）》）、「⿱」（《庚嬴卣（05426）》）。

西周中期有 40 例從「彳」、從「止」，作「⿱」（《格伯簋（04264）》）、
「⿱」（《衛簋（04209）》）、「⿱」（《伯考父鼎（02508）》）之形；另有 9 例
〔註221〕從「止」，作「⿱」（《仲戲父簋（04102）》）、「⿱」（《格伯簋（04262）》）、
「⿱」（《效卣（05433）》）之形〔註222〕；尚有 19 例〔註223〕從「彳」，作「⿱」

〔註221〕此 9 例為：《伯姜鼎（00927）》、《格伯簋（04262）》、《永盂（10322）》、《仲戲父
簋（04102）》、《仲父簋（04103）》、《走馬休盤（10170）》、《效卣（05433）》、《效
卣（05433）》、《口侯壺（09627）》。

〔註222〕字形未有較特別的出入，故僅列幾個代表。

〔註223〕此 19 例為：《⿱伯鼎（02460）》、《善鼎（宗室鼎）（02820）》、《伯賓父簋（03833）》、
《伯賓父簋（03834）》、《段簋（畢敦、畢中孫子敦、畢段簋）（04208）》、《趩簋
（趩鼎）（04266）》、《同簋蓋（04270）》、《同簋（04271）》、《望簋（04272）》、《靜
簋（04273）》、《中友父匜（10224）》、《作㝬方尊（05993）》、《作㝬考尊（05972）》、
《伯作蔡姬尊（05969）》、《效卣（05433）》、《效卣（05433）》、《繁卣（05430）》、
《刺鼎（刺作黃公鼎）（02776）》、《師䟒鼎（02830）》。

（《同簋（04271）》）、「漢」（《㘫簋（04272）》）、「德」（《師訊鼎（02830）》）、
「德」（《剌鼎（剌作黃公鼎）（02776）》）之形〔註224〕。

西周晚期有 87 例從「彳」、從「止」，作「㦡」（《毳簋（03934）》）、「㦡」
（《函皇父簋（04141）》）、「㦡」（《曾仲大父盨簋（04204）》）；另有 30 例從
「止」〔註225〕，作「㦡」（《伯正父匜（10231）》）、「㦡」（《伯孝鼓盨（04408）》）、
「㦡」（《史頌匜（10220）》）、「㦡」（《曼龏父盨蓋（04431）》）、「㦡」（《伯大
師盨（04394）》）之形〔註226〕；尚有 32 例〔註227〕從「彳」，作「㦡」（《廣
簋蓋（03890）》）、「㦡」（《兮吉父簋（04008）》）、「㦡」（《師衮簋（04313）》、
「㦡」（《伯殹父簋（04027）》）之形〔註228〕。

〔註224〕字形未有較特別的出入，故僅列幾個代表。

〔註225〕此 30 例爲：《蔡生鼎（02518）》、《叔旦簋（03819）》、《鄭牧馬受簋蓋（03878）》、
《仲叓父簋（3956）》、《仲叓父簋（3956）》、《仲叓父簋（3957）》、《毛舁簋（04028）》、
《黃君簋蓋（04039）》、《馱叔馱姬簋（04062）》、《馱叔馱姬簋（04063）》、《馱叔馱
姬簋（04064）》、《敃叔簋蓋（04130）》、《鬲比簋蓋（04278）》、《叔姞盨（04388）》、
《伯大師盨（04394）》、《伯大師盨（04394）》、《伯大師盨（04395）》、《伯孝鼓盨
（04408）》、《伯孝鼓盨（04408）》、《叔良父盨（04409）》、《叔良父盨（04409）》、《曼
龏父盨蓋（04431）》、《曼龏父盨（04434）》、《駒父盨蓋（04464）》、《番伯䗥（09971）》、
《王伯姜壺（09624）》、《王仲皇父盉（09447）》、《伯正父匜（10231）》、《史頌匜
（10220）》、《德克簋（03986）》。

〔註226〕因數量過多，恐占過多篇幅，，又字形未有較特別的出入，故僅列幾個代表。

〔註227〕此 32 例爲：《吉父鼎（02512）》、《枚伯車父鼎（散伯車父鼎）（02698）》、《史頵鼎
（史頵父鼎）（02768）》、《鬲攸從鼎（鬲比鼎、鬲攸比鼎）（02818）》、《秸衍簋蓋
（03804）》、《□簋蓋（03840）》、《□簋蓋（03841）》、《鞣簋（03873）》、《䑞嬰
簋蓋（03874）》、《䑞嬰簋蓋（03875）》、《䑞嬰簋蓋（03876）》、《廣簋蓋（03890）》、
《沋伯寺簋（04007）》、《兮吉父簋（04008）》、《伯殹父簋（04027）》、《伯吉父
簋（04035）》、《叔旅父簋（04068）》、《大簋蓋（04125）》、《枚季簋（寶敦）（04126）》、
《元年師旅簋（04279）》、《師衮簋（04313）》、《師衮簋（04314）》、《敔簋（04323）》、
《師夋簋（04324）》、《師訇簋（師訇簋、師＊敦）（04342）》、《善夫吉父盉（10315）》、
《眔孟姜匜（10240）》、《甫人父匜（10206）》、《衮盤（10172）》、《齊叔姬盤（10142）》、
《昶盤（10094）》、《內大子白鼎（02496）》。

〔註228〕因數量過多，恐占過多篇幅，又字形未有較特別的出入，故僅列幾個代表。

【表4-1】西周金文各期，「邁」字從「辵」、「彳」、「止」分布

	西周早期	西周中期	西周晚期	西　周	總　計
從「辵」字量	6	40	87	5	138
從「彳」字量	3	19	32	0	54
從「止」字量	0	9	30	0	39

「萬」在西周金文越到晚期，增添表示腳部行動意義的構成部件的情況越多。若以增添從「辵」爲主體的話，早期僅有更換爲從「彳」的形式。而到了西周中期，從「辵」的「萬」大幅增加，並又增加從「止」的「萬」，且數量也變多了。西周晚期，不僅從「辵」又增加析中期的一倍以上，從「彳」與從「止」的「萬」也都增加一倍到3倍的量。

從「萬」看西周金文從「辵」、從「彳」、從「止」的通用情況，顯示越到西周晚期，「辵」、「彳」、「止」作構成部件的通用情況越是明顯；越到西周晚期，「萬」的異體字的情況也越演越烈，不僅是異體字的種類增多，其數量也迅速增加中；也透露出，西周晚期文字的不穩定性。

☆從（从）

《說文・从部》：「从，相聽也。从二人。凡从之屬皆从从。」又《說文・从部》：「𨑥，隨行也。從从辵，从亦聲〔註229〕。」

在殷商與西周金文，「从」與「從」二字不分。在殷商金文共有 9 例，有一例不從「辵」，作「𣎃」（《扶冊作從彝觚（07274）》）。在西周金文共出現 151 例，西周早期有 88 例，西周中期有 22 例，西周晚期有 31 例，多從「辵」，作「𣎃」（《遽從鼎（01492）》）、「𣎃」（《兮甲盤（10174）》）。其中西周早期有 2 例不從「辵」，作「𣎃」（《吏从作壺（09530）》）、「𣎃」（《作彭史從尊（05810）》）；有 3 例改「辵」從「彳」，作「𣎃」（《作執從彝盤（010057）》）、「𣎃」（《作執從彝盉（09384）》）、「𣎃」（《作執從彝盉（09384）》）；有 12 例改「辵」從「止」，作「𣎃」（《作從爵（08304）》）、「𣎃」（《遽從甂（00803）》）、「𣎃」（《作從彝簋（03386）》）、「𣎃」（《從作彝卣（05027）》）、「𣎃」（《從作彝卣（05027）》）、「𣎃」（《作從單尊（05701）》）、「𣎃」（《𤔲作從彝尊（05766）》）、「𣎃」（《屮作從彝盉（09383）》）、「𣎃」（《作員從彝罍（09803）》）、「𣎃」（《作

員從彞罍（09803）》）、「」（《作員從彞罍（09804）》）、「」（《作員從彞罍（09804）》）。西周中期則有 2 例不從「辵」，作「」（《作從彞尊（05702）》）、「」（《天作從尊（05688）》）；有 1 例改「辵」從「止」，作「」（《憲鼎（02731）》）。西周晚期有 1 例改「辵」從「彳」，作「」（《內公鐘（00031）》）；有 1 例改「辵」從「止」，作「」（《內公簋蓋（03708）》）。

	殷商金文	西周早期	西周中期	西周晚期	總　　計
「從」字量	7	88	32	31	158
從「从」字量	1	2	2	0	5
從「彳」字量	0	5	0	1	5
從「止」字量	0	12	1	1	14

從「辵」與從「止」、從「彳」的情況不多，但是與從「从」的「從」相較，在西周時期，「從」從「辵」與從「止」、從「彳」的情況較多。

若以「」之形作爲主體，則「」可算是簡省部件「辵」。同樣地，若以「」之形作爲主體，可算是簡省部件「彳」和「止」；然也可由因爲「彳」、「止」、「辵」同樣可表示動作而相互替換或混用的結果。而在西周金文中，「從」在構成部件中，改「辵」從「止」的「從」和「辵」從「彳」的「從」都是由西周早期開始，且在西周早期有較明顯的現象；相較之下，從「辵」與從「止」相混的情況，比從「辵」與從「彳」相混的情況更勝一籌。而相混的情況越到晚期，則有趨於平緩的現象，僅各有 1 例。此或許是字形已經趨於穩定，書寫者也已經接受或習慣固定的寫法的關係，致使異體字的現象減少很多。

（三）整字與構成部件混同異同

「辵」與「走」雖由 2 個部件所構成，此視爲一個部件，乃因其容易透過這樣的結合成的部件與「彳」和「止」產生混同現象；若此方式看混同現象，則可看見「彳」、「止」、「辵」與「走」間的發展關係，及其憑藉 2 個部件結合的情況（「辵」與「走」），彼此間產生更多混同的現象。

「止」與「走」在作整字部件時，沒有混同現象；整字「彳」與「辵」在西周金文中沒有獨立構字能力，故也不與前者相混。但作作構成部件的時候，因爲「彳」、「止」、「辵」與「走」皆能表示動作或腳部行動的意義功能，故常能有混同的現象。其中以「辵」最容易發生混同的現象，並最容易與「彳」產生混淆，「止」則次之。此可能因爲「辵」乃由「彳」、「止」所構成，又「彳」、

「止」皆能承擔「辵」的意義功能，故易混。相對的，「走」常由「夭」與「止」所構成，故混同的機會就未若「辵」高。

三、「又」、「手」、「爪」、「丮」、「丑」、「𠂇」、「廾」混同現象

「又」、「手」、「爪」、「丮」、「丑」、「𠂇」等在文字構形上皆具有表手部動作，構形取象上又都有取象於手形的部分，在西周金文的字形中，常見混用的現象，故此一並討論。

（一）「又」、「手」、「爪」、「丮」、「丑」、「𠂇」、「廾」作整字部件

☆又

《說文・又部》：「，手也，象形，手之列多略不過三也，凡又之屬皆从又〔註230〕。」

卜辭作「」，羅振玉釋又〔註231〕，象人右手側面之形。殷商金文作「」（《又尊（05450）》）、「」（《亞又方彝（09853）》）、「」（《宰椃角（09105）》）之形。「又」作整字部件，在西周金文共見252例，多承襲殷商金文的寫法，作「」（《散盤（10176）》）、「」（《同卣（05398）》）、「」（《鬲攸從鼎（鬲比鼎、鬲攸比鼎）（02818）》）之形。

「又」作整字部件時，在卜辭時期就已經與「𠂇」相對有別，但「又」時而反書，而與「又」同形。在西周金文，也偶見與「𠂇」相混的情況。如「」（《伯吉父簋（04035）》）、「」（《師兌簋（04274）》）、「」（《庚季鼎（02781）》）等。然此也可能是因爲鑄刻時，正反誤判之故。

☆手

《說文・手部》：「，拳也，象形，凡手之屬皆从手〔註232〕。」

卜辭與殷商金文皆無例。在西周金文中，僅分布於西周中期與西周晚期。「手」共出現47例，西周早期未見其例，西周金文作「」、「」、「」之形，象掌、五指之形〔註233〕。

〔註230〕許愼撰，段玉裁注：《說文解字注》，台北：洪葉文化事業有限公司，1998年，頁115。

〔註231〕羅振玉：《增訂殷虛書契考釋》中，台北：藝文印書館，1975，頁19。

〔註232〕許愼撰，段玉裁注：《說文解字注》，台北：洪葉文化事業有限公司，1998年，頁599。

〔註233〕林義光：《文源》（卷一），林氏寫印本，1920，頁10。

　　「手」在西周金文中，或表示具體的手的意義，多與「拜」結合作複合詞「拜手」，表示拜手之禮，如《彔伯戎簋蓋（04302）》：「彔白（伯）戎敢拜手諙首，對揚天子不（丕）顯休，用乍（作）朕（朕）皇考釐王寶障（尊）簋」、《曶壺蓋（09728）》：「曶拜手諙（稽）首，敢對揚天子不（丕）顯魯休令，用乍（作）朕（朕）文考釐公障（尊）壺」、《鮮鐘（00143）》：「鮮拜手頴首，敢對揚天子休，用乍朕（朕）皇考林鐘，用侃喜上下，用樂好賓，用祈多福，子孫永寶。」等。或因爲「手」與「首」在上古音同爲透母幽部，同音借用爲「首」，與「稽」結合成爲複音詞「稽首」，表示稽首之禮，如《卯簋蓋（04327）》：「卯拜手頁（諙）手，敢對揚焚（榮）白（伯）休，用乍（作）寶障（尊）簋，卯其萬年子＝（子子）孫＝（孫孫）永寶用。」、《吳生殘鐘（00105）》：「生，拜手頴手，敢對揚王休，吳生用乍（作）穆公大林鐘，」、《不娶簋蓋（04329）》：「不娶拜諙手休，用乍（作）朕（朕）皇且（祖）公白（伯）孟姬障（尊）簋」等。

　　☆爪

　　《說文‧爪部》：「爪，丮也。覆手曰爪。象形。凡爪之屬皆从爪〔註234〕。」

　　在西周金文中，「爪」作整字部件僅見於《師克盨》，作「爪牙」之詞：「乍（作）爪牙」。作「爪」（《師克盨（04467）》）、「爪」（《師克盨（04467）》）、「爪」（《師克盨（04468）》）之形。董妍希〔註235〕依《說文》之說，認爲「爪」（《師克盨（04467）》）、「爪」（《師克盨（04467）》）不像覆手之形，故不當釋作「爪」，又「爪」象指甲之形，故收於「丑」字下。

　　若從寫錯字的角度看此字形，或許也有可能。西周金文的「爪」作整字部件時，僅出現於《師克盨》的銅器上，且此三件器物上所鑄刻的字形都似「丑」字之形。

　　在上古漢語中，《詩經‧大雅》就已經出現「爪牙」一詞，如〈祈父〉：「祈父！予，王之爪牙」，用以稱讚能保衛君王的人才。可確知「爪牙」一詞在西周時期就已經出現。且翻檢西周相關文獻典籍，未能查獲有「丑牙」一詞者，故應能確定《師克盨》所要表的字詞爲「爪牙」一詞。而《師克盨》對「爪」的字形卻寫成「爪」之形，恐怕是寫錯字。這種錯字可能不是一時寫錯，而是書

〔註234〕許慎撰，段玉裁注：《說文解字注》，台北：洪葉文化事業有限公司，1998 年，頁 114。
〔註235〕董妍希：《金文字根研究》，台北：國立台灣師範大學國文研究碩士論文，2000 年。

寫者本身就認定「⿰弓」是「爪」字，而造成的錯字。因為如果是一時寫錯，可能僅在一件器物上寫錯而已，但連著三件器物都寫錯，恐怕是書寫者本身就誤認「⿰弓」為「爪」字，而誤寫。

雖然可惜《師克盨》器上的「爪」形誤刻，故目前未能清楚見到「爪」在西周金文作整字部件的情況。但是，由《師克盨》誤刻的例子可以推測或得知，在西周金文，「爪」作整字部件的情況應是有的，只是目前尚未見到而已。故此推測「爪」在西周金文有獨立構字功能，可作整字部件使用。

☆𠬞

《說文·𠬞部》：「𠬞，持也。象手有所𠬞據也。凡𠬞之屬皆从𠬞。讀若戟〔註236〕。」小篆手與人體分離，但在商周文字中，則象人側面突出其雙手之形。

「𠬞」，在商代作「⿱」之形。西周金文中，「𠬞」具有獨立構字的功能，可作整字部件使用，共出現 7 例，作「⿰」、「⿱」之形。字形稍或有異，但大體上都是表示有所𠬞據之形。「𠬞」在西周金文，除了作人名，如《𠬞申作寶爵（08985）》「𠬞申乍（作）寶」，也可作動詞使用，如《班簋（毛伯彝）（04341）》：「烏虖，不（丕）杯𠬞（揚）皇公受京宗懿釐」。

☆丑

《說文·丑部》：「丑，紐也。十二月萬物動用事。象手之形。日加丑亦舉手時也。凡丑之屬皆从丑〔註237〕。」

「丑」在卜辭作「⿱」（《鐵》156.4）、「⿰」（《前》2.1.3），孫詒讓釋為「丑」〔註238〕，手形。葉玉森以為「丑」象手指或有彎曲貌〔註239〕，為「手」的古文，而李孝定則以為「丑」象指屈，字形有別於「手」〔註240〕。姚孝遂、何琳儀則認為「丑」象手有甲形〔註241〕。

「丑」在殷商金文不見，到西周金文則有 23 例出現，作「⿰」、「⿰」、「⿰」

〔註236〕許慎撰，段玉裁注：《說文解字注》，台北：洪葉文化事業有限公司，1998 年，頁 114。

〔註237〕許慎撰，段玉裁注：《說文解字注》，台北：洪葉文化事業有限公司，1998 年，頁 751。

〔註238〕孫詒讓：《契文舉例》（上），台北：大通書局，1986 年，頁 1。

〔註239〕葉玉森：《殷虛書契前編集釋》（一），台北：藝文印書館，1966 年，頁 34。

〔註240〕李孝定：《甲骨文字集釋》，台北：中研院史語所，頁 4336。

〔註241〕姚孝遂：《甲骨文字詁林》，頁 3594、何琳儀：《戰國古文字典》，北京：中華書局，頁 197。

之形。西周早期有 12 例，西周中期有 10 例，到了西周晚期，僅見一例。而其中西周早期有 3 例從「又」作「ヨ」（《天亡簋（大豐簋、毛公聃季簋）（04261）》）、「ヨ」、「モ」（《貉子卣（05409）》）；到西周中、晚期時，則沒有混同的現象。

☆ナ

《說文・ナ部》：「ナ，左手也。象形〔註 242〕。」

卜辭、商金與西周金文多作「ナ」、「ナ」之形。「ナ」在卜辭就與「又」相對有別，偶或反書而同形。此情況在西周金文也有所見。又「ナ」在西周金文具有獨立構字的功能，表示方位，如《善鼎（宗室鼎）（02820）》：「昔先王既令女（汝）左疋（胥）畟侯」。

☆廾

《說文・廾部》：「廾，竦手也。從ヨナ。凡廾之屬皆從廾。𢪡，楊雄說廾從兩手〔註 243〕。」

（二）「又」、「手」、「爪」、「釁」、「丑」、「ナ」、「廾」作構成部件

1.「又」作構字部件

「又」作構字部件，在西周金文中具有非常強的構字能力，可構成「友」、「吏」、「史」、「事」、「對」、「僕」、「農」、「叔」、「祭」、「豚」、「羞」、「有」、「盉」、「𩱦」、「秉」、「燮」、「徹」、「奪」、「寶」、「寺」、「尌」、「妻」、「叟」、「秦」、「爵」、「辰」、「得」、「隻」、「孚」、「取」、「奴」、「臤」、「及」、「曼」、「啓」、「肇」、「射」、「叚」、「䚘」、「爰」、「受」、「付」、「封」、「敷」、「勇」、「亂」、「扶」、「矞」、「反」、「爰」、「弱」、「皮」、「敏」、「右」、「衰」、「效」、「敢」、「襄」……等〔註 244〕。以下針對「又」作構字部件發生混同現象的字例作探討。

☆對

《說文・丵部》：「對，譍無方也，從丵口從寸。𡭊，對或從士。漢文帝以

〔註 242〕許慎撰，段玉裁注：《說文解字注》，台北：洪葉文化事業有限公司，1998 年，頁 117。

〔註 243〕許慎撰，段玉裁注：《說文解字注》，台北：洪葉文化事業有限公司，1998 年，頁 104。

〔註 244〕其字例字形請參見第三章第二節第四部分「又」、「寸」分化現象。

為責對而面言，多非誠對，故去其口，以從士也〔註245〕。」

　　「對」殷商金文無例，春秋金文僅有 2 例，東周金文未見，西周金文則共見 330 例，多從丵從又，作「對」、「對」、「對」之形，或作從雙又之形：「對」、「對」、「對」。西周早期有 44 例，其中 14 例從「丑」：「對」（《旂鼎（02704）》）、「對」（《師艅鼎（02723）》）、「對」（《歸𫚉方鼎（02725）》）、「對」（《歸𫚉方鼎（02726）》）、「對」（《易光簋（04043）》）、「對」、「對」、「對」、「對」、「對」（《叔簋（史叔隋器、叔卣）（04132～04133）》）、「對」（《大保簋（04140）》）、「對」、「對」（《庚嬴卣（05426）》）、「對」（《寓鼎（02756）》）。西周中期有 155 例，其中 4 例從「丑」：「對」、「對」（《競卣（05425）》）、「對」（《盠方彝（09899）》）、「對」（《幾父壺（09721）》）；1 例從「廾」：「對」（《盠駒尊（06011）》）。西周晚期有 124 例，其中 1 例從「丑」：「對」（《翏生盨（04461）》）；6 例從雙「廾」：「對」、「對」、「對」、「對」、「對」（《柞鐘（00134～00138）》）、「對」（《六年召伯虎簋（04293）》）。其混同情況分布如下：

【表 4-3】西周金文各期，「對」混從「丑」、「廾」比例

	西周早期	西周中期	西周晚期	西　周	合　計
字量	46	155	124	5	330
從「丑」字量	14	4	1	0	19
從「廾」字量	0	1	6	0	9
混同比例加總	30.4％	3.2％	5.6％	0	8.5％

　　從上表的混同現象，可發現選擇表示動作混同部件的演變趨勢：

【表 4-4】西周金文「對」混從「丑」、「廾」的演變

對		對		對
混從「丑」	→	混從「丑」	→	混從「廾」
（西周早期）		（西周中期）		（西周晚期）

　　是由西周早期多混從「丑」→西周中期多混從「丑」→西周晚期則混從「廾」。且從西周早期到西周晚期，混從「丑」是遞減的現象，而混從雙「又」、從「廾」

〔註245〕許慎撰，段玉裁注：《說文解字注》，台北：洪葉文化事業有限公司，1998 年，頁103～104。

則是遞增現象，呈現以下的分布：

【表4-5】「對」選擇表示動作混同部件分布折線圖

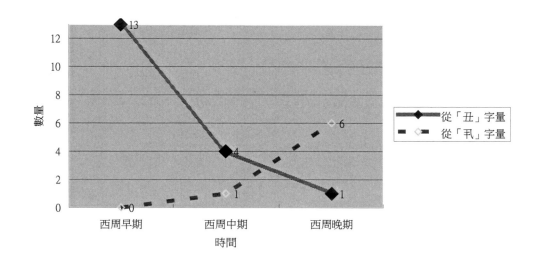

又從西周文例中發現，混從「丮」者好發於與「揚」搭配的情況，如《盠駒尊（06011）》：「余其敢對揚天子之休」、《六年召伯虎簋（04293）》：「珊生對揚朕（朕）宗君其休」、《柞鐘（00134～00138）》：「柞拜手對揚中（仲）大師休」。此「揚」從「丮」，或許有可能因爲受到「揚」字形的影響，故類化從「丮」。

☆叔

《說文・又部》：「，拾也，從又，尗聲，汝南名收芌爲叔。叔或從寸〔註246〕。」

「叔」在西周金文有384例，作「」、「」、「」之形，以作「」之形爲多數。作「」之形者僅有14例，從「又」者6例〔註247〕：「」（《師毀簋（04324）》）、「」、「」（《師毀簋（04325）》）、「」、「」（《吳方彝蓋（09898）》）、「」（《大克鼎（善夫克鼎）（02836）》）。從「丑」則有14例。除了《叔作寶鼎（01923）》〔註248〕作「」外，其餘13例皆出現於西

〔註246〕許愼撰，段玉裁注：《說文解字注》，台北：洪葉文化事業有限公司，1998年，頁117。

〔註247〕此形《殷周金文集成釋文》或釋作「素」，此則依《金文編》之說。

〔註248〕《叔作寶鼎（01923）》判定爲西周時期器物，但不確定屬西周何期。

周早期，且皆作人名用：「［字］」、「［字］」（《叔鼎（02052）》）、「［字］」（《叔作寶隣
彝鼎（02054）》）、「［字］」、「［字］」、「［字］」、「［字］」（《叔簋（史叔隨器、叔卣）
（04132）》）、「［字］」、「［字］」、「［字］」、「［字］」、「［字］」、「［字］」（《叔簋（史叔隨器、
叔卣）（04133）》）。

☆得

《說文・彳部》：「［字］，行有所得也。从彳导聲〔註249〕。」

「得」在殷周金文中多作从又、从貝、从彳之形，如「［字］」、「［字］」、「［字］」；
或做从又、从貝之形，如「［字］」、「［字］」、「［字］」。即「得」的部件組成主要有「又」、
「貝」，「彳」或省之。其構形像手取得貝殼。

「得」在殷商金文中共有 25 例，其構成部件「又」常做「［字］」、「［字］」
之形，「［字］」則與「寸」在殷商作整字部件時的寫法相近，即其手形下方的手
指有向上向內勾起的現象。「得」在西周早期無例，西周中期共有 6 例，其構成
部件「又」或作「手」，如「［字］」（《師旂鼎》（02809））、「［字］」（《師望鼎》（02812））、
「［字］」（《召鼎（02838）》）「［字］」（《召鼎（02838）》）、「［字］」（《㰆馭簋（03976）》）、
「［字］」（《史牆盤》（10175）），4 例作「又」、2 例作「手」。而到西周晚期，共
有 9 例〔註250〕，皆从貝、从手。

「得」表示手部動作的部件的字形演變爲：

【表 4-6】西周金文「得」从「丑」、「刊」的演變

［字］		［字］、［字］		［字］
从「又」	→	从「又」、从「手」互見	→	从「手」
（殷商金文）		（西周中期）		（西周晚期）

從殷商金文从「又」→西周中期則从「又」、从「手」互見→西周晚期僅見
从「手」。

☆徹

《說文・攴部》：「［字］，通也，从彳从攴从育。一曰相臣〔註251〕。」

〔註249〕許慎撰，段玉裁注：《說文解字注》，台北：洪葉文化事業有限公司，1998 年，頁 77。

〔註250〕《井人妄鐘》（00187～00188）2 例作「［字］」，無从「又」或「手」或相關部件，故
　　　　不列入計算。

〔註251〕許慎撰，段玉裁注：《說文解字注》，台北：洪葉文化事業有限公司，1998 年，頁 123。

「徹」在西周金文僅有 2 例，一从「又」，一从「丑」：「」（《史牆盤（10175）》）、「」（《𤔲尊（06014）》）。

☆封

《說文・土部》：「，爵諸侯之土也。从之土从寸。寸，守其制度也。公侯百里，伯七十里，子男五十里〔註 252〕。」

「封」，在西周金文或作動詞，表冊封，如《伊簋 4287)》：「王乎（呼）命尹封冊命伊，攝官𤔲（司）康宮王臣妾、百工，」、《六年召伯虎簋（04293）》：「余𠂤（以）邑訊有𤔲（司），余典勿敢封」；或作量詞，表示單位，如：《散氏盤（10176）》：「一封，𠂤（以）陟；二封，至于邊柳」。

「封」的字形在西周金文有著豐富的面貌，出現於《九年衛鼎（02831）》从「手」作「」；《伊簋（04287）》从「丮」，作「」；《六年召伯虎簋（04293）》从「又」作「」；《散氏盤（10176）》从「廾」作「」。在不同的器上，表示動作的部件都由不同的構成部件擔任。西周中期从「手」，晚期改从「丮」、或「又」、或「廾」；到了《說文》，小篆的寫法則又从「寸」。

2. 「手」作構成部件

「手」在西周金文作構成部件，構成能力不高，僅可構成「𢷎（拜）」、「稽」。構成部件在字形中多擔任表義功能。張再興對於「手」的意義功能的轉變有進一步的說法：

> 其意義主要表示拜手之禮。除了「拜」字外，《說文・手部》所收從「手」的字在西周金文中都從又、廾、丮等。可見，「手」表示一般的行爲動作是西周中期以後的事情，而這一用法的大量出現則要在春秋戰國以後。從歷時的角度看，字素「手」的功能逐漸從專門用於拜手禮擴大到所有的「手」的動作。這是字素「手」的功能分化和抽象化的過程。〔註 253〕

「𢷎（拜）」、「稽」在西周金文中即皆表示拜手之禮。

☆𢷎（拜）

《說文・手部》：「𢷎，首至手也。从手𠦪。拜，古文𢷎从二手。，揚雄

〔註 252〕許愼撰，段玉裁注：《說文解字注》，台北：洪葉文化事業有限公司，1998 年，頁 694。

〔註 253〕張再興：《西周金文字素功能研究》，華東師範大學博士論文，2000 年，頁 68。

說𡭗从兩手下〔註254〕。」

「捧」，西周金文从手奉聲，即拜字，作「𤪌」、「𤳊」、「𤳊」之形。常與「手」結合作複音節詞「拜手」，表示拜手之禮，如《繁卣（05430）》：「繁拜手諿首，對揚公休，用乍（作）文考辛公寶隟（尊）彝，其邁（萬）年永寶或」、《南宮乎鐘（00181）》：「乎拜手頴首，敢對揚天子不（丕）顯魯休，用乍（作）躲（朕）皇且（祖）南公、亞且（祖）公中（仲）。」等。或可不和「手」搭配，直接表示拜手之禮，如《曶鼎（02838）》：「曶則拜頴首，受絲（茲）五夫：曰陪、曰恆、曰耦、曰口、曰甯。」、《大簋（04165）》：「大拜頴首，對揚王休，用乍（作）躲（朕）皇考大中隟（尊）簋」、《康鼎（02786）》：「康拜頴首，敢對揚天子不（丕）顯休，用乍（作）朕文考釐白（伯）寶隟（尊）鼎。」等。

☆稽

《說文・稽部》：「𥝩，留止也。从禾从尤，旨聲。凡稽之屬皆从稽〔註255〕。」

西周金文中，「稽」多从首作「𩠐」、「𩠐」、「𩠐」，或改首从頁作「𩒉」、「𩒉」、「𩒉」。僅一例从首从旨，作「𩠐」（《茉伯歸夆簋（茉伯簋、垂伯簋、羌伯簋）（04331）》）。

（三）作整字部件與構成部件的異同

「又」、「手」、「爪」、「寸」、「丮」、「丑」、「𠂇」等部件，在作整字部件時，多半不與其他部件相混，唯「丑」多與「又」或「𠂇」相混用。而在作構成部件時，「又」的構字能力特別強，大多數不與其他部件混用；但相較於「手」、「爪」、「寸」、「丮」、「丑」、「𠂇」等部件，在混用的過程中，則較常與「手」、「丑」、「丮」、「寸」相混用。

四、「广」、「厂」、「宀」混同現象

（一）「广」、「厂」、「宀」作整字部件

《說文・广部》：「因厂爲屋也。从厂。象對刺高屋之形。凡厂之屬皆从厂。

〔註254〕許慎撰，段玉裁注：《說文解字注》，台北：洪葉文化事業有限公司，1998年，頁601。

〔註255〕許慎撰，段玉裁注：《說文解字注》，台北：洪葉文化事業有限公司，1998年，頁728。

讀若儼然之儼〔註256〕」、《說文・厂部》：「山石之厓巖人可尻。象形。凡厂之屬皆从厂。厈，籀文从干〔註257〕」、《說文・宀部》：「𠆢，交覆深屋也。象形。凡宀之屬皆从宀〔註258〕」。

「厂」，卜辭與西周金文皆沒有獨立構字成為整字部件的功能，僅可作構成部件，在卜辭作「厂」，在西周金文作「厂」（《散氏盤（10176）》）之形，象山石之崖形。

「广」，在卜辭與西周金文皆沒有獨立構字成為整字部件的功能，僅可作構成部件，在卜辭作「广」，在西周金文作「广」、「广」之形。

「宀」，卜辭作「宀」、「宀」、「宀」之形。在西周金文也沒有獨立構字成為整字部件的功能，僅可作構成部件，作「宀」、「宀」之形。

「广」、「厂」、「宀」在西周金文中，作整字部件沒有互作之例。

（二）「广」、「厂」、「宀」作構成部件

由於「广」、「厂」、「宀」當構成部件都可以表示居所，故在西周金文中，時有通用之例。

1.「广」作構成部件

「广」在西周金文作構成部件，可以構成「僕〔註259〕」、「盧〔註260〕」、「廟〔註261〕」、「廣」、「嚴」、「庭」、「廚〔註262〕」、「庿〔註263〕」等。

☆廟

《說文・广部》：「廟，尊先祖皃也。从广朝聲。庿，古文〔註264〕。」

「廟」，在西周金文分布於西周中期與晚期，共見45例〔註265〕，西周中

〔註256〕許慎撰，段玉裁注：《說文解字注》，台北：洪葉文化事業有限公司，1998年，頁447。

〔註257〕許慎撰，段玉裁注：《說文解字注》，台北：洪葉文化事業有限公司，1998年，頁450。

〔註258〕許慎撰，段玉裁注：《說文解字注》，台北：洪葉文化事業有限公司，1998年，頁341。

〔註259〕如「僕」（《令鼎（大蒐鼎、耤田鼎、諆田鼎）（02803）》）等。

〔註260〕如「盧」（《師湯父鼎（02780）》）等。

〔註261〕如「廟」（《令鼎（大蒐鼎、耤田鼎、諆田鼎）（02803）》）等。

〔註262〕如「廚」（《虢季子白盤（10173）》）等。

〔註263〕如「庿」（《伯盧甗》）等。

〔註264〕許慎撰，段玉裁注：《說文解字注》，台北：洪葉文化事業有限公司，1998年，頁450。

〔註265〕《小盂鼎》（西周早期）也可見「廟」例，然銘文皆闕漏或模糊不明，故不採計。

期 18 例，西周晚期 25 例，多从广从朝，作「廟」、「廟」、「廟」之形。其中西周中期有 2 例从「宀」，作「廟」（《盠方彝（09900）》）、「廟」（《盠方尊（06013）》）；西周晚期有 2 例从「宀」，作「廟」（《廟孱鼎（02417）》）、「廟」（《逆鐘（00060）》）。

可知，「广」作「廟」的構成部件，在西周金文較常與「宀」混。

☆廣

《說文・广部》：「廣，殿之大屋也。从广黃聲〔註266〕。」

「廣」，在西周金文出現 18 例，西周早期 1 例，西周中期 7 例，西周晚期 10 例；多作「廣」、「廣」、「廣」之形。「广」作「廣」的構成部件，與「宀」、「厂」混同發生於西周晚期。西周晚期有 3 例改「广」从「宀」，作「廣」（《士父鐘（00147）》）、「廣」（《士父鐘（00148）》）、「廣」（《多友鼎（02835）》）；有 1 例改「广」从「厂」，作「廣」（《番生簋蓋（04326）》）。

☆应

《說文・厂部》：「石聲也。从厂立聲〔註267〕。」

「应」，在西周金文多从广从立，作「应」、「应」、「应」之形。時也改「广」从「厂」，作「应」（《農卣（05424）》）；或改「广」从「宀」，作「应」《師虎簋（04316）》、「应」（《揚簋（04294）》）。

☆嚴

《說文・吅部》：「教命急也。从吅厰聲。嚴，古文嚴〔註268〕。」

「嚴」，在西周金文共見 22 例，分布於西周中期與西周晚期，各有 6 例與 16 例。「嚴」，在西周金文構形可从三口从厰，作「嚴」、「嚴」之形；或从二口从厰，作「嚴」、「嚴」之形。其中西周晚期有 5 例改「广」从「厂」，作「嚴」（《馱鐘（宗周鐘）（00260）》）、「嚴」（《士父鐘（00145）》）、「嚴」（《士父鐘（00146）》）、「嚴」（《士父鐘（00147）》）、「嚴」（《士父鐘（00148）》）。

可知，「广」在西周金文作「嚴」的構成部件，常與「厂」混用，且發生於西周晚期。而與厰不同的是，因為「嚴」構形上方需要連接口形，故易使「厂」

〔註266〕許慎撰，段玉裁注：《說文解字注》，台北：洪葉文化事業有限公司，1998 年，頁 448。

〔註267〕許慎撰，段玉裁注：《說文解字注》，台北：洪葉文化事業有限公司，1998 年，頁 451。

〔註268〕許慎撰，段玉裁注：《說文解字注》，台北：洪葉文化事業有限公司，1998 年，頁 63。

成爲「广」形；相對於厥，不需要連接口形，故常作「厂」。

　　2.「厂」作構成部件

　　「厂」在西周金文作構成部件，可以構成「搏〔註269〕」、「撲〔註270〕」、「歷〔註271〕」、「厚〔註272〕」、「厲〔註273〕」、「反〔註274〕」、「原〔註275〕」、「厥」、「麻〔註276〕」、「豕〔註277〕」、「帀〔註278〕」、「頁〔註279〕」、「層〔註280〕」、「辰〔註281〕」、「雁〔註282〕」、「臭〔註283〕」、「曆〔註284〕」、「厭」、「斤」等。

　　☆厥

　　《說文・厂部》：「岮也。一曰地名。从厂敢聲〔註285〕。」

　　「厥」在西周金文中，从厂从敢，多作「[金文字形]」、「[金文字形]」、「[金文字形]」之形。其中僅1例从「宀」，作「[金文字形]」（《不嬰簋（04329）》）。

　　3.「宀」作構成部件

　　「宀」在西周金文作構成部件，可以構成「簋〔註286〕」、「安〔註287〕」、

〔註269〕如「[金文]」（《臣諫簋（04237）》）等。

〔註270〕如「[金文]」（《夲甲盤（10174）》）等。

〔註271〕如「[金文]」（《禹鼎（02833）》）等。

〔註272〕如「[金文]」（《厚趠方鼎（趠鼎、趠齋、父辛鼎）（02730）》）、「[金文]」（《井人安鐘（00110）》）等。

〔註273〕如「[金文]」（《五祀衛鼎（02832）》）、「[金文]」、「[金文]」（《散伯簋（03780）》）等。

〔註274〕如「[金文]」（《大保簋（04140）》）、「[金文]」（《九年衛鼎（02831）》）等。

〔註275〕如「[金文]」（《雍伯原鼎（02559）》）、「[金文]」、「[金文]」（《散氏盤（10176）》）等。

〔註276〕如「[金文]」（《師麻匜（04445）》）等。

〔註277〕如「[金文]」（《多友鼎（02835）》）等。

〔註278〕如「[金文]」（《九年衛鼎（02831）》）等。

〔註279〕如「[金文]」、「[金文]」（《宴簋（04118～9）》）等。

〔註280〕如「[金文]」（《毛公鼎（02841）》）等。

〔註281〕如「[金文]」（《令簋》）等。

〔註282〕如「[金文]」（《雁鼎》）等。

〔註283〕如「[金文]」、「[金文]」（《召伯簋（04292～3）》）等。

〔註284〕如「[金文]」（《噩侯弟曆季卣（05325）》）、「[金文]」（《噩侯曆季簋（03668）》）等。

〔註285〕許慎撰，段玉裁注：《說文解字注》，台北：洪葉文化事業有限公司，1998年，頁451。

〔註286〕如「[金文]」（《邿伯御戎鼎（02525）》）等。

〔註287〕如「[金文]」（《貿鼎（02719）》）、「[金文]」（《安父簋（03561）》）等。

「縮〔註288〕」、「家〔註289〕」、「字〔註290〕」、「宅〔註291〕」、「室〔註292〕」、

「宣〔註293〕」、「向〔註294〕」、「宇〔註295〕」、「奧〔註296〕」、「覬〔註297〕」、

「實〔註298〕」、「寶〔註299〕」、「寮〔註300〕」、「宵〔註301〕」、「寢〔註302〕」、

「寡〔註303〕」、「客〔註304〕」、「寓〔註305〕」、「寒〔註306〕」、「宕〔註307〕」、

「宋〔註308〕」、「內〔註309〕」、「寇〔註310〕」、「守〔註311〕」、「宥〔註312〕」、

「寵〔註313〕」、「宦〔註314〕」、「官〔註315〕」、「宰〔註316〕」、「造〔註317〕」、

〔註288〕如「▨」（《蔡姞簋（龍姞彝）（04198）》）等。

〔註289〕如「▨」（《康鼎（02786）》）、「▨」（《家父盉（00682）》）等。

〔註290〕如「▨」（《善夫汈其簋（04117）》）等。

〔註291〕如「▨」（《柯尊（06014）》）、「▨」（《小臣宅簋（04201）》）等。

〔註292〕如「▨」（《縣妃簋（稽伯彝、縣伯彝、媚妃彝）（04269）》）、「▨」（《鬲攸從鼎（鬲比鼎、鬲攸比鼎）（02818）》）等。

〔註293〕如「▨」（《虢季子白盤（10173）》）等。

〔註294〕如「▨」（《多友鼎（02835）》）、「▨」、「▨」（《向卣（05250）》）等。

〔註295〕如「▨」（《五祀衛鼎（02832）》）、「▨」（《訇簋（04317）》）等。

〔註296〕如「▨」（《史賓簋（03786）》）、「▨」（《史牆盤（10175）》）等。

〔註297〕如「▨」（《多友鼎（02835）》）、「▨」（《農卣（05424）》）等。

〔註298〕如「▨」（《訇簋（04317）》）、「▨」（《散氏盤（10176）》）等。

〔註299〕如「▨」（《麥盉（09451）》）、「▨」（《師趛鼎（02713）》）等。

〔註300〕如「▨」（《毛公鼎（02841）》）、「▨」（《番生簋蓋（04326）》）等。

〔註301〕如「▨」、「▨」（《宵作旅彝器（10544）》）等。

〔註302〕如「▨」（《師遽方彝（09897）》）等。

〔註303〕如「▨」（《毛公鼎（02841）》）等。

〔註304〕如「▨」（《利鼎（05381）》）、「▨」（《晉人簋（03771）》）等。

〔註305〕如「▨」（《寓卣（02804）》）、「▨」（《師遽簋蓋（04214）》）等。

〔註306〕如「▨」（《寒姒鼎（02598）》）、「▨」（《大克鼎（善夫克鼎（02836）》）等。

〔註307〕如「▨」（《臧方鼎（02824）》）、「▨」（《臧簋（04322）》）等。

〔註308〕如「▨」（《永盂（10322）》）、「▨」（《北子宋盤（10084）》）等。

〔註309〕如「▨」（《散氏盤（10176）》）、「▨」（《毛公鼎（02841）》）等。

〔註310〕如「▨」（《玞方鼎（揚鼎、玞作父庚鼎）（02612）》）、「▨」（《曶鼎（02838）》）等。

〔註311〕如「▨」（《守宮卣（05359）》）、「▨」（《守簋（02967）》）等。

〔註312〕如「▨」（《諫簋（04285）》）等。

〔註313〕如「▨」（《汈其鐘（00187）》）等。

〔註314〕如「▨」（《仲宦父鼎（02442）》）等。

〔註315〕如「▨」（《揚簋（04294）》）、「▨」（《競卣（05425）》）等。

〔註316〕如「▨」（《師湯父鼎（02780）》）、「▨」（《師遽方彝（09897）》）等。

〔註317〕如「▨」（《頌鼎（02827）》）、「▨」、「▨」、「▨」、「▨」（《頌簋》）等。

「宗〔註318〕」、「宮〔註319〕」、「福〔註320〕」、「禋〔註321〕」、「寧〔註322〕」、「窟〔註323〕」、「定〔註324〕」、「宴〔註325〕」、「審〔註326〕」、「㝀〔註327〕」、「嬭〔註328〕」、「廄〔註329〕」、「康〔註330〕」、「豊〔註331〕」、「弘〔註332〕」、「索〔註333〕」、「它〔註334〕」、「闌〔註335〕」、「㝬〔註336〕」、「殷〔註337〕」、「牢〔註338〕」、「窍〔註339〕」、「袁〔註340〕」、「欽〔註341〕」、「纝〔註342〕」、「宍〔註343〕」、「審〔註344〕」等。

〔註318〕如「宗」（《趞簋（04317）》）、「宗」（《靜卣（05408）》）等。

〔註319〕如「宮」（《南宮乎鐘（00181）》）、「宮」（《南宮柳鼎（02805）》）等。

〔註320〕如「福」（《戎者鼎（國諸鼎、國書鼎、戎者鼎、戎都鼎）（02662）》）等。

〔註321〕如「禋」（《史牆盤（10175）》）等。

〔註322〕如「寧」（《寧遄簋（03632）》）、「寧」（《盂爵（09104）》）等。

〔註323〕如「窟」（《史牆盤（10175）》）、「窟」（《毛公鼎（02841）》）等。

〔註324〕如「定」（《裘衛盉（09456）》）、「定」（《五祀衛鼎（02832）》）等。

〔註325〕如「宴」、「宴」（《宴簋（04118～9）》等。

〔註326〕如「審」（《五祀衛鼎（02832）》）等。

〔註327〕如「㝀」（《兮甲盤（10174）》、「㝀」（《師望鼎（02812）》）等。

〔註328〕如「嬭」（《伯疑父簋》）等。

〔註329〕如「廄」（《士上卣（臣辰卣）（05421）》）等。

〔註330〕如「康」（《趞簋（04317）》）等。

〔註331〕如「豊」（《叔旅魚父鐘（00039）》）等。

〔註332〕如「弘」（《史牆盤（10175）》）等。

〔註333〕如「索」（《索諆爵（索爵）（09091）》）等。

〔註334〕如「它」（《它盉》）、「它」（《它盤》）等。

〔註335〕如「闌」（《霝侯鼎（馭方鼎·王南征鼎）（02810）》）、「闌」（《利簋（04131）》）等。

〔註336〕如「㝬」（《五祀衛鼎（02832）》）等。

〔註337〕如「殷」（《㝬簋》）等。

〔註338〕如「牢」（《牢冢簋》）等。

〔註339〕如「窍」（《窍父癸爵》）等。

〔註340〕如「袁」、「袁」（《宴簋（04314～5）》等。

〔註341〕如「欽」（《欽鼎》）等。

〔註342〕如「纝」（《散氏盤（10176）》）等。

〔註343〕如「宍」（《宍簋》）等。

〔註344〕如「審」（《審簋》）等。

☆安

《說文・宀部》：「安，竫也。从女在宀中〔註345〕。」

「安」在西周金文共出現 14 例，多从宀从女之形，作「**宎**」、「**宎**」、「**宎**」之形。而西周中期《格伯簋》則不从「宀」而从「厂」，作「**厇**」、「**厇**」、「**厇**」之形。

☆宕

《說文・宀部》：「宕，過也。一曰洞屋，从宀碭省聲。汝南縣有宕鄉〔註346〕。」唐蘭以為「省變本是文字演化裡應有的一種現象，凡是省文，一定原來有不省的寫法。可是《說文》裡的省，卻不一定如此，往往不省就不成字。……假使不是後人妄改，那就一定是許叔重不得其說，從而為之辭。〔註347〕」

西周金文出現 5 例，分布於西周中期與西周晚期，也多从宀从石，作「**宕**」、「**宕**」、「**宕**」之形。其中西周晚期的《不嬰簋（04328）》作「**宕**」，从「广」。

（三）整字與構成部件混同異同

「广」、「厂」、「宀」少作整字部件，也未見其有混同現象。但由於「广」、「厂」、「宀」當構成部件都可以表示居所，故在西周金文中，時有混用的現象。其混同現象則多發生於西周中期與西周晚期，西周早期則少見有混同現象。

五、其他

其他尚有一些僅是零星或個別單獨的例子，無法大量論述，故此僅提出，以作為參考。

部　件	混同部件	混同字例舉隅	說　　明
○	玉	辟（**辟**；**辟**、**辟**）	兩部件形近
人	匕	比（**比**；**比**）、旨（**旨**；**旨**）	兩部件形近
人	勹	佣（**佣**；**佣**）	兩部件形近、取象相同
人	大	競（**競**；**競**、**競**）、幾（**幾**；**幾**、**幾**）	兩部件皆可表示人的意義功能
大	夫	夫（**夫**；**大**）	兩部件形近、取象相同

〔註345〕許慎撰，段玉裁注：《說文解字注》，台北：洪葉文化事業有限公司，1998 年，頁 343。

〔註346〕許慎撰，段玉裁注：《說文解字注》，台北：洪葉文化事業有限公司，1998 年，頁 345。

〔註347〕唐蘭：《中國文字學》，北京：上海書店，1991 年，頁 108。

勹	人	匋（圖；圖）	兩部件形近、取象相同
勹	勹	旬（旬；旬）	兩部件形近
冂	宀	守（冂；守）	兩部件義類相通、形近
巾	市	帥（帥；帥）	兩部件義類相通、形近
口	言	右（右；右）	兩部件義類相通
土	士	士（士、土；土、土）	西周中期、晚期形近混用
大	夫	巨（巨；巨）	兩部件形近、取象相同
大	矢	吳（吳；吳、吳）	兩部件形近
元	兀	元（元；元）	兩部件形近
曰	口	昏（昏、昏；昏、昏）	兩部件形近義通
戈	戉	戚（戚）、歲（歲；歲）	兩部件義類相通、形近
戊	戌	戊（戊；戊）戚（戚；戚）	兩部件義類相通、形近
爪	又	受（受；受）	兩部件皆可表示手的意義功能
廾	廾	對（對；對）	兩部件皆可表示手的意義功能
廾	又	封（封；封）	兩部件皆可表示手的意義功能
攴	戈	啓（啓；啓）	兩部件義通
升	斗	盥（盥；盥）	兩部件義類相通、形近
手	廾	擇〔註348〕	兩部件皆可表示手的意義功能
甘	口	敢（敢；敢）	兩部件形近義通
田	囲	周（田；周；周）	兩部件形近
皿	舟	般（盤）（般；般）〔註349〕	兩部件形近
矢	大	大（大；大）	兩部件形近、取象相同
禾	米	稻（稻；稻）	兩部件義類相通、形近
禾	木	蔑（蔑；蔑）、利（利；利）、盉（盉；盉）、休（休；休）	兩部件義類相通、形近
羊	牛	犅（犅；犅）	兩部件皆可表示動物類的意義功能
臣	目	望（望；望）、監（監；監）	兩部件形近、取象相同
虎	虍	唬（唬；唬）、虢（虢；虢）贊（贊）	兩部件義類相通、取象相同

〔註348〕《說文・手部》：「擇，揀選也，從手睪聲。」、《說文・廾部》：「𢍳，引繒也，從廾睪聲。」

西周金文見於西周晚期，出現於《弭仲簋（04627）》、《伯公父簠（04628）》，《伯公父簠（04628）》從「又」，《弭仲簋（04627）》從「廾」。（《羌仲虎簋（04578）》亦有一例，然其字形未明，故不採計。）《說文》將擇、𢍳分屬不同部，定為二字，而容庚則以為從廾或從手皆同意，乃屬同一字。詳見容庚：《金文編》，京都：中文出版社，1986年，頁155。

〔註349〕此或許也可以說為訛變。

這些混同例子多半發生在構成部件，而整字部件較沒有混同的現象。又這些例子中，透過形近義通而混同的情況佔多數，爲西周金文部件混同的主要模式。

第三節　部件混同影響

部件的混同情形不僅對於部件本身的影響，也會造成其他文字的影響，尤其對於文字系統而言。文字系統的成立乃所有文字保持著彼此相關性又具有區別性聯繫架構而成，當有一個部件混同而影響某些文字的時候，勢必會造成文字系統上的影響，以下針對異體字的增加、增加使用部件的效率、趨同性的發展等方面來討論。

一、易成混同模式，使異體字大量增加

一字一形是文字作爲視覺符號系統比較理想的狀態，但是部件的混同現象，卻提供一字多形很有利的因素，也因此造成異體字的增加。

部件混同，即是使部件不依據原本應有的寫法來寫，而是透過字形相近的部件，或可表相同意義的部件表達。如此部件混用的情況，即是部件混同現象。這樣的不依照原本應有的寫法來寫，而透過部件混用的方式來呈現文字。而這樣書寫的方式如果能讓閱讀者接受，則這個透過部件混同字形就能存留下來。如此，這個存留下來的字形就和原本應當的字形共同存在，二者既表同音，同義，也是代表同一個字。這樣的二字形表同一字，會將此二字形的關係稱爲互爲異體字的關係，或稱較少使用和離開原有寫法的那個字爲異體字。

（一）構成部件混同促使異體字增加

在部件混同的情況下，鮮少發生於整字部件，卻多發生於構成部件的使用情況下。如「對」本應作「對」（《此簋（04303）》）之形，乃從丵從又，象手持工具動作。但是因爲部件混同的關係，導致「對」尚有從丵從丑作「對」（《叔簋（史叔隋器、叔卣）（04132～04133）》）、從丵從収作「對」（《柞鐘（00134～00138）》）、從丵從寸作「對」（《善夫山鼎（02825）》）的異體字。改從「又」而從「丑」，或從「収」，或從「寸」，除了形近外，因爲都取象於手，也都能表達手的義項，是此從「丑」，或從「収」，或從「寸」的「對」都能承擔起原本從「又」在「對」中所擔任的意義功能，加上尚有其他部件可提供辨識功能，

故對於從「丑」，或從「廾」，或從「寸」的「對」都能夠在閱讀上被接受，不至於無法辨識，所以就能存留在文字系統中。而因爲這些字被存留在文字系統中，就形成與原本的「對」（《此簋（04303）》）字形共同表達「對」字，這些字形僅字形尚稍有不同外，卻都表示同樣的音、同樣的意義，形成異體字的關係。又因爲「對」（《此簋（04303）》）才是正確或多數的寫法，而從「丑」，或從「廾」，或從「寸」都是臨時或少數的寫法，故從「丑」，或從「廾」，或從「寸」的「對」是異體字，與「對」（《此簋（04303）》）形成異體字的關係。如此，在西周金文中，對除了應有的「對」（《此簋（04303）》）之形外，因爲部件混同，文字系統中共增加了從丵从丑、從丵从廾、從丵从寸等 3 種（共 32 個）異體字。

又「見」本應從目從卩作「見」，但因爲部件混同，導致「見」尚有從目從人作「見」（《九年衛鼎（02831）》）、從目從尸作「見」（《作冊䰧卣（05432）》）的異體字存在。「見」不從「卩」而從「人」，或從「尸」，三者之間不僅形近，其字形取象也都取象於人形，與「目」結合，都能清楚強調出人上方的眼睛的特徵，並擔任好表示人形的功能，即「見」從「人」，或從「尸」都能承擔起「卩」在「見」中作構成部件的功能性，字形又相近，又有「目」部件與組合方式或位置可提供辨認的功能，故在閱讀上不會造成無法辨認出「見」的疑慮，是此就容易被接受並保留文字系統中。而這些字便和「見」的功能一樣，僅在字形上稍異，而具有相同的音義，且形成共同肩負起西周金文「見」字的字形，並與「見」形成異體字的關係。又因爲「見」才是當時多數的寫法，故暫定爲正確的寫法，而從「人」，或從「尸」都是臨時或少數的寫法，故從「人」，或從「尸」的「見」相對於「見」是異體字，與「見」形成異體字的關係。如此，在西周金文中，對除了應有的「見」之形外，因爲部件混同，文字系統中共增加了從目从人、從目从尸等 2 種（共 13 個）異體字。

在字未定形以前，字形內的構成部件本身就存在有位置或左或右、或上或下等不固定的情況，這在西周金文也是。這樣的情況，即使部件位置不定，卻皆表同字，已是形成異體字的一個因素；即未加上部件混同所形成的異體字，西周金文文字系統中已經存有異體字的情況，而若加上部件混同所形成的異體字，則又爲文字系統添增一個增加異體字的因素，便又造成異體字的大量增加。

而這樣的潛在因素有可能是因爲偷懶心所致。當部件間的意義功能具有相

同的義項，通過這樣的共性，可以相互承擔對方的意義功能；加上部件字形相近，作爲構成部件尙有其他部件可資辨認，就容易在書寫過程中，有相互置換的彈性空間。部件的功能可以相互承擔，即使混用，在整個字形中依舊可以提供相同的意義功能，故不會影響整個字形要表達的意義；是此，部件可以有置換的轉圜；而部件字形相近，在混用的情況下，因形近，故於整個字形中或許僅是小部份的誤差，有時甚至不易引起注意而忽略此誤差，是尙可辨認，不至於影響閱讀，爲閱讀者可以接受的範圍內，故提供部件可以混同的因素。

有了此二因素提供作爲混同的條件，則在書寫過程中就容易因爲抱持隨性的心態而造成部件混同。當一個字形是由 2 個或 2 個以上的部件所組合而成者，則書寫者就必須謹記每個部件的寫法。所要牢記的不只是此字形是由哪些部件所構成，還要謹記每個部件的寫法。構成部件越多，所要記的構成部件種類與字形越多。在書寫過程中，除了認知不足，致使字形錯亂外；或僅單純不想要硬板板地書寫特定部件字形，而書寫者又認爲某構成部件已足以表達原本部件的意義功能與整個字形的辨識功能，故僅擇選意義功能相同，或形近的構成部件代替；或書寫過程中忘記確切寫法而臨時抽取可表相同意義功能，甚至形近的構成部件表達；或書寫者自身爲了求書寫過程快速，故撿取較原本字形筆劃減少、或減少曲度筆劃的部件替換，而造成構成部件混同等。這些心態最根本的共同特徵就是因爲偷懶心。偷懶心是書寫者最常有的共同心態，若能有較簡易或簡便的書寫，則易因爲簡便而又不妨礙閱讀的情況下選擇較簡易或簡便的書寫模式，這就造成構成部件混同。

（二）形成混同模式，造成異體字大量增加

當因偷懶心的造成構成部件混同，此現象又不妨礙閱讀的情況下，則容易被閱讀者接受，而存留於文字系統中，便形成異體字。而一個字形的某構成部件常與另一構成部件混同時，便容易影響文字系統中的其他文字，造成類推律，而使其他字形會比照或模擬此構成部件混同的模式，進行類推〔註350〕效應。如在西周金文中，「萬」字可從「辵」，也可將「辵」置換爲「彳」，或置換爲「止」；

〔註350〕王鳳陽：「『類推』是思維中的由此及彼的一種推理形式，在文字學裡，我們把它限制在字形的相互影響的範圍內。在文字字形演進中，人們常常用熟悉的字形推衍不熟悉的字形，用簡單的字形類推較繁複的字形，這種由此及彼的運動我們稱之爲『類推律』。」見《漢字學》，長春：吉林文史出版社，1992 年，頁 776～777。

「從」字多從「辵」，但也可以置換為「彳」，或置換為「止」；「遣」字多從「辵」，但也可以置換為「走」；「追」字多從「辵」，但也可以置換為「彳」；「還」多從從「辵」，但也可以置換為「彳」；「逆」字多從「辵」，但也可以置換為「彳」；「遹」字多從「辵」，但也可以置換為「彳」；等。

　　構成部件「辵」、「走」、「彳」、「止」間的混用不明確是由哪個或哪些字形中發起，但這樣的混用情況卻容易形成一個模式或範本，影響文字系統中的其他字形。致使文字系統中，當其他字形的構形中具有相似或相同的構成部件時，在書寫過程中容易因為有一些字曾有類似的混用情況或前例，就有了比照辦理的想法。而當那些前例曾成功地被閱讀者接受，並在文字系統中存有例證，則會被認為這樣的混同模式是可以存在，並且再次運用，故便更容易有比照先前部件混同模式，再次進行混同的動作的機會。若此動作真的進行，則將使得文字系統中除了原先部件混同形成的異體字外，又添增一批因為比照先前構成部件混同模式形成的異體字。

　　如此影響在文字系統中，一層一層的擴大，只要成功地被文字系統接受，就會又影響到另一批字形，異體字也就在這樣的過程中逐漸地累增，文字系統便存留數量月來越多的異體字。

二、朝整合、簡約、趨同性的方向發展

　　相對於分化是在加強字形的特徵與其表達意義的功能性，混同則是弱化字型的特徵與其表達意義的功能性，但也增強了構成部件使用上的共通性。即構成部件的混同現象也會造成文字系統中的構成部件朝趨同性的發展。

　　構成部件在進行混同動作時，提供可以使用作混同對象的構成部件不只一個，但是實際在進行混同動作的選擇上，會挑選較適合的構成部件，或許只有一個或兩個。當這個構成部件長期混用表示某字形或某意義功能時，會形成表示某字形或某意義功能的固定使用部件。另一方面，也會排斥一些比較不適用，或較複雜，或失去字形特性的構成部件。當這樣的情況一直發生，就會使某些構成部件成為常用來表達某個意義的構成部件；那些不常用的部件，則會逐漸淘汰。如此一來一往，在文字系統中，若有其他文字需要構成，當遇到要表達某意義功能時，便會直接使用這個常用的構成部件。這便使表某意義功能的構成部件的字形有趨同性的現象。

　　而構成部件的混同，是在文字的符號化程度增強的前提下的現象。即構成

部件混同不僅會使文字系統在使用構成部件上，會有趨同性的現象，也會有符號化或部件化的趨勢。裘錫圭即表示：

> 由於字形象形程度的降低和簡化、訛變等原因，估計早在古文字階段就已經有一些表意字和少量形聲字變成了記號或半記號字。有很多古文字的字形，我們感到無法解釋，恐怕其中有些字對時人來說就已經是記號字了〔註351〕

王鳳陽也認為：

> 這樣一來，漢字原有的源於物形的基本形就被打亂重分了。或者一分為幾，或者幾合為一。再分類的結果象物的基本字形的消失，它的組字作用讓位於筆劃組合的基本形，這就是組字單位的部件化〔註352〕。

構成部件在混用的同時，會因為長期使用，弱化一些不常使用的義項，而保留某些常用的語意功能，逐漸磨損原本由字形所表達出來強烈且飽滿的字義。也藉由此，習慣某些構成部件的混同，將文字構形逐漸有拆分的趨勢而部件化。

構成部件的符號化或部件化，將使文字系統視這些部件字形為基礎構成字形。當文字系統在構成文字字形時，遇到需要表示某個，或某類，或某語意功能的字形，這些構成部件則將會是首選。因為這些部件在長期的使用下，已經被文字系統認定為是表達某個，或某類，或某語意功能字形的代表。如此慣用，則會使文字系統在使用構成部件時，會固定或常用這些特定的構成部件；相對的，原本與這些構成部件表示類似或相近的意義功能的構成部件，將會因為使用率減少，而逐漸退出原本可與使用率高的構成部件一同表示某意義功能或字形的位置。

是此，在混同的過程中，運用淘汰機制，去除字形繁複，或已經失去字形特性，或意義功能喪失的字形，留下少數適合的構成部件，致使其有符號化或部件化的趨勢，進一步則可讓文字系統在運用構形上，朝整合、簡約、趨同性的方向發展。

〔註351〕裘錫圭：《文字學概要》，台北：萬卷樓，頁 49～50。
〔註352〕王鳳陽：《漢字學》，長春：吉林文史哲，1989年，頁 785～786。

三、縮減構成部件量，增加使用效率

構成部件的混同現象是透過構成部件的形近或意義功能相同而進行構成部件混用的現象。

在構成部件的混同過程中，其所選取要混同的構成部件，乃是本就存在於文字系統中的字形。也就是說，構成部件的混同並沒有因此創造出其他的構成部件的字形，乃就地取材，擇用已存在文字系統中的構成部件。既然構成部件的混同是選用本就存在於文字系統中的構成部件，未造出其他構成部件，即表示構成部件的混同沒有造成構成部件量的增加。

雖然構成部件的混同沒有造成構成部件量的增加，卻不代表不會使構成部件量減少，甚至有積極淘汰一些不適任的構成部件。在構成部件的混同過程中，所能選用來混同的構成部件是已存在文字系統中的字形，這些字形的選用，會造成異體字的增加，沒有增加構成部件量；但是選擇哪些構成部件來進行混同的動作，將會造成使用頻率多寡上的不一。這頻率的高低將會使字形在文字系統中存留造成影響。王鳳陽認為：

> 一般來說，是組字頻率高的基本字形或部件統一了應用率低的基本字形或部件，簡單易寫的基本字形或部件統一了較繁的、書寫不便的基本字形和部件，從而增大了漢字字形間的共同成分，減少了漢字的歧異〔註353〕。

也就是說，構成部件的混同過程中，提供選擇的構成部件是多種的，但是選擇過程中，會挑選較適任的作為構成部件混同的對象。當這個對象一再地被運用在混同的現象中，就成為高頻率的構成部件，且常會佔據被某構成部件混用的對象的位置。時間一久，此便成為表某個意義功能或字形的選用對象，形成常態，甚至固定為代表某意義功能的構成部件；即當整個字形中有需要表達某意義功能時，此構成部件將成為首選，或固定用法。此將會讓文字系統有較為統一的表義功能的構成部件，減少奇特或罕用的字形。

另一方面，較不被選用的構成部件就成了使用率低的部件，而此將影響構成部件縮減。或許在文字系統中的其他使用上是被需要的，而可能存留在文字系統中，但是相對於由高頻率的構成部件的而言，使用率低的構成部件所構成

〔註353〕王鳳陽：《漢字學》，長春：吉林文史出版社，1992年，頁778。

的異體字出現頻率低，被接受的程度會大打折扣，當人們已經認爲由高頻率的構成部件的異體字是個值得運用及被推廣的對象時，使用率低的構成部件所構成的異體字將會因爲使用率低而減少使用，甚至逐漸退出文字系統。在文字系統又沒有因爲構成部件混同而增加部件的情況下，使用率低的構成部件退出文字舞台，是造成構成部件量減少的因素。即王鳳陽言：

> 類推同化的結果部件進一步大縮減。這很可以說明類推律在構件量
> 縮小的作用。

再由語言文字發展的角度觀察。社會日漸發展，語言作爲交際工具，也順勢快速發展，文字發展跟不上語言的需求遂常一字多義，已是不敷使用的狀態。構成部件的混同現象未能製造出新的構成部件，已是抑制發展，而又造成低頻率的構成部件使用消退，是此，構成部件混同的結果遂易造成構成部件量的縮減〔註354〕。

　　構字能力高的構成部件本身就有比其他構成部件還高的使用率。透過構成部件混同而形成的異體字來看，構成能力佳的部件又再次容易地被運用，又提高其在文字系統中被使用的機會。如此一來一往，使用率低的構成部件在文字系統中的使用率，與高使用率的構字部件相形之下，差距更大。當某些字形已強調由某些構成部件構成時，由低使用率構成部件所構成的異體字將會退出表達那個字形的位置。在那個字形或其異體字中，便難尋此低使用率構成部件所構成的異體字，此低使用率的構成部件也會退出那個字形。

　　當這樣的現象出現時，也會影響其他文字在選擇可以混用的構成部件上，將它除名，縮小可以進行混同的構成部件的選擇性。而所留下來的構成部件將會是使用率較高的構成部件，即使構字部件混同，也會因爲淘汰了低使用率構成部件，減少罕見的異體字，而使文字較趨於一致性。

　　另一方面，因爲可混同的構成部件選擇減少，致使在構成部件混同時，會積極地提高構成部件的使用率。

〔註354〕王鳳陽：「雖然通過異化始構字部件增多，但更多的是通過同化始構字部件歸並了。」
　　　　《漢字學》，長春：吉林文史出版社，1992 年，頁786。

第五章　結　論

　　西周銅器現存於世的在數千件以上，其中包括兩大部分，一部份爲傳世器，另一部份是新出土的銅器，是研究西周歷史的重要史料。西周青銅器上所鑄刻的銘文，更是研究西周文字最直接的對象。

　　西周金文的文字形體結構的構成方式與演變規律，除了繁化、簡化、訛變等外，分化與混同也是西周金文構形演變中不可疏忽的一環。故本文希望透過部件這觀察點，針對西周金文部件分化與混同現象進行探討，以期能在前賢研究成果的基礎上，進一步釐出西周金文構形理論系統的一些特性。

一、西周金文部件分化特性

　　西周金文部件分化是西周金文文字演變的現象。經上文的討論，西周金文部件分化具有以下的特性。

（一）整字部件分化早，構成部件分化晚

　　西周金文部件分化現象中，可發現整字部件分化早，構成部件分化晚。會造成整字部件分化早，而構成部件分化卻分化速度緩慢的原因，恐怕是可提供辨認字形條件多寡的問題。

　　整字部件是整個字形中唯一一個可以辨認字形的部件，此部件若有錯誤，則無法正確表達字詞，影響閱讀。相對的，構成部件分化過程中，因爲在整個字形中還有其他構成部件可提供辨識的功能，故構成部件未能書寫分化後的字形，仍不至於影響閱讀，使得構成部件在分化過程處於不穩定的狀態。

是此，整字部件從分化開始到分化完成，所需要的時間較短；構成部件從分化開始到分化完成，則需要一段很長的時間去完成，故所需要的時間則會拉的很長，所以構成部件分化完成的時間會比字部件從分化完成的時間晚。

（二）常用複合詞會延緩部件分化

在西周金文部件分化現象中，尚可發現常用複合詞會延緩部件分化。此乃因爲常用複合詞在使用上，多了一個可以得知此字形所要表達的字詞的方法，故易延緩部件分化進度。

常用複合詞因爲常用，故爲人所熟之。遂常可藉由複合詞中的第一個字或後方的字，就能大致知道另一個與之搭配的字。故因爲透過複合詞可以增強文字的辨識功能，字形準確度的要求就降低了。這對於部件分化而言，因爲沒有確實要求字形的精準，故部件字形是否要採取分化後的字形，就有了轉圜的空間，使部件字形分化處於模稜兩可的狀態，減緩部件字形分化的速度。

（三）部件分化對文字系統的影響

西周金文部件分化不僅對本身字形有影響，對於文字系統也有一定的影響。以下分四點敘述：

1. 部件分化不可逆轉性探討

西周金文部件分化後，分化出來的字形和原字形在表達語言上，已有所差異；分化出來的字形會喪失原字形的某些意義功能，形成不可逆轉的性質。而這樣的現象常發生在西周金文整字部件分化的情況中。

西周金文部件分化後的可逆轉性，則可發生在構成部件中。尤其在由越多構成部件組合而成的字形中，更能發現這現象的存在。因爲構成部件即使分化，在字形中尚有其他構成部件可提供辨識的功能，造成構成部件分化後，字形還未能馬上穩定下來，致使構成部件分化後尚有可逆轉的可能性。而當整個字形的構成部件越多，則可能使構成部件分化後尚有可逆轉的可能性提高。

2. 強化文字表達語言的清晰度

部件分化後，可增加字形來分擔原本字形所承擔的義項。即部件分化後，多出一個字形來分擔原字形原本所有義項，使原字形所承擔的義項減少。所承擔的義項減少，表示所表達的語意功能較爲集中，較爲準確；未若分化前承擔多項義項，而使語意冗雜，降低表達語言的清晰度。又分化後的字形，多半會成爲某項意義的專字，遂是提高表達語言的清晰度。

這樣一來，可促使語言與文字間產生字形與字義的內部調整，也促使「字有定詞，詞有定字」對應關係的產生，促使文字對於表達語言的清晰度大大提昇。

3. 促進字形與字義的內部調整

部件分化，首先會使文字系統中多出一個字形。這個字形若在文字系統中存留下來，則必須賦予字義，並給其字形一個位置。

一般而言，分化後的字形的字義，會從逐漸有專用的趨勢；且原字形與分化後的字形有時會再增加其他的義項，使二字形的意義功能明顯區別。而字形上，則會有字形同用→混用→分別清楚的調整過程。時間越久，字形與字義搭配上，越能顯示出形義統一性的趨勢。

又分化出來的字形將由何者佔據，將受使用頻率所影響。使用頻率高者，將佔據較為簡易的字形，使用頻率低者，將佔據較為複雜的字形。

4. 減少獨體象形字形數量

部件分化將會減少減少獨體象形字形數量。即當可以利用部件分化後的字形去表達另一個字詞時，則可不必再為此字詞造一個象形字。再透過分化後的字形成為構成部件，使其能與其他構成部件組合，構成其他字形，則可減少更多象形字形的產生。如此便是減少象形字形數量的一個方式。

透過部件分化，將會減少減少獨體象形字形數量，不僅可以使文字系統控制象形字形數量的多寡，也能有效掌控文字系統中字形的繁簡，更能掌握部件的數量。

二、西周金文部件混同特性

西周金文部件混同是西周金文文字演變的現象之一。經前文的討論，西周金文部件混同具有以下的特性。

（一）部件混同多發生於構成部件

在西周金文中，部件發生混同的現象，大多數發生在構成部件與構成部件間的混用；做整字部件時，則鮮少有與其他整字部件發生混同的現象。

這樣的現象可能跟部件平均承擔辨異功能有關。整字部件對於整個字形而言，是唯一一個可以辨認字形與區別其他字形的依據。倘若此字形又有誤差，則將無法辨識此誤差字形真正要表達的字詞；或者會因為此誤差而造成與其他

字形相同，使閱讀者誤以爲書寫者所要表達的字詞是其他的字詞，嚴重影響閱讀，也容易造成文字系統的混亂，書寫過程逐較爲小心謹慎。是此，整字部件鮮少有發生混同的現象。

而構成部件在整個字形中，不是唯一一個可以區別的根據，尚有其他構成部件可以提供辨認的功能。即使整個字形中的某個構成部件與其他構成部件有混用的情況，或在字形或許相近，因有其他構成部件可以提供區別、辨識的功能，故尚不會影響字形的認讀；或與之發生混同現象的構成部件能承擔原本構成部件的意義功能，且尚有其他部件可有區別、辨識的功能，故對於整個字形上的辨認不會有太大的影響。

是此，構成部件的混同或許會因爲辨識度降低，區別度降低，但尚足夠讓閱讀者辨認正確，不至於影響閱讀，故提供了構成部件混同的有利因素，致使構成部件混同的發生。相較於整字部件，構成部件有這樣的因素支拄，混同現象的發生則多落於構成部件的身上。

（二）意義功能相近或形近易造成混同現象

整理西周金文的部件混同的現象，發現除了多發生於構成部件外，造成構成部件混同現象的最大的兩大共性爲：構成部件間意義功能相近，或構成部件間字形相近。

文字系統乃由一定關聯性又具有區別性的文字所構成。文字間常會有些共通性的部分，而這些共通性就是提供構成部件混同的有利條件。其中構成部件間意義功能相近，或構成部件間字形相近，是西周金文構成部件發生混同現象的兩大共性。

文字透過字形承載訊息，表達意義。字形即承擔所要表達語言的意義功能。在一個字形中，構成部件各自承擔所要表達的意義功能，結合所有構成部件的意義功能，則可完整傳遞此字形的義涵。當有一個構成部件同樣可承擔原構成部件所要表達的意義功能時，兩構成部件字形進行混同動作，對於原本字形所要表達的意義功能而言，並沒有減少，結合混同部件的意義功能，尚能表達字形所要傳達的義涵。故透過構成部件意義功能相同，構成部件可以有進行混同動作的機會。此在西周金文中，是構成部件發生混同現象很常見的因素。

　　字形相近也是造成構成部件混同很大的原因。因爲字形相近，便容易在書寫過程中，與其他構成部件產生混淆的情況；文字構形又有其他構成部件可以辨認，在字形的閱讀上尙未造成無法辨識的窘境，遂使構成部件混同成爲可能。

　　而在西周金文部件混同中，最容易誘發構成部件混同現象的條件則是結合以上二者。即與欲混同的構成部件間，意義功能相近，且字形又相近，是最常發生構成部件混同現象的情況。

（三）部件混同對文字系統的影響

　　部件產生混同的現象，不僅僅對於個別字形本身的影響，對於文字系統而言，也產生一定的作用。根據前文的探討，部件混同對文字系統產生了以下幾點影響：

1. 易形成構成部件混同模式，致使異體字大量增加

　　在部件混同的情況下，鮮少發生於整字部件，卻多發生於構成部件的使用情況下。而構成部件的混用現象會造成原字形產生其他的異體字，與原字共同表示同一字詞。

　　又當一個字形的某構成部件常與另一構成部件混同時，便容易影響文字系統中的其他文字，致使其他字形會比照或模擬此構成部件混同的模式。尤其當混同的例證（異體字）成功地被文字系統存留下來，則表示文字系統承認，或許可，或容許這樣的演變現象，則書寫者會藉由這樣的前例而將這樣的構成部件混同的模式繼續再運用在其他的字形上，致使另一批字形也會有構成部件混同的現象。

　　類似這樣一批字形影響另一批字形，使它也產生構成部件混同的現象，異體字的增加就不是一個二個的增加，可能會是大量的累增，而文字系統中便存留越來越多的異體字。

2. 構成部件使用朝趨同性的方向發展

　　構成部件的混同現象也會造成文字系統中的構成部件朝趨同性的發展。

　　構成部件在進行混同動作時，可以提供使用作混同對象的構成部件不只一個，但是實際在進行混同動作的選擇上，會挑選較適合的構成部件，或許只有一個或兩個。當這個構成部件長期混用表示某字形或某意義功能時，會形成表示某字形或某意義功能的固定使用部件。又構成部件在混用的同時，也會因爲

長期使用，逐漸有部件化或符號化的**趨勢**。構成部件的符號化或部件化，將使文字系統視這些部件字形爲基礎構成字形。另一方面，也會排斥一些比較不適用，或較複雜，或失去字形特性的構成部件。

是此，在混同的過程中，運用淘汰機制，去除不適合的構成部件，留下少數適合的構成部件，致使其有符號化或部件化的**趨勢**，進一步則可讓文字系統在運用構形上，朝整合、簡約、趨同性的方向發展。

3. 縮減構成部件量，進而增加使用效率

構成部件混同的時候，不僅僅是單純地使構成部件的使用趨於一致性，尚會連帶篩除一些不適用的構成部件。

構成部件混同時，會選擇適用的構成部件作爲組字的構成部件。選擇的對象是原本就存留於文字系統中的形體，故沒有增加構成部件量。又在選擇的過程中，就會有留下與淘汰的機制。那些構成部件的字形太過繁雜難寫，或其字形已失去特性，或不合時宜者，將是淘汰的對象。這樣的淘汰制度就造成構成部件量的縮減。

雖然構成部件量縮減，卻也能因爲這樣，在挑選可以進行混同構成部件的對象時，其選擇性減少；相對的，致使其他適合進行混同動作的構成部件的機率提高，同時也增加這些可資混用的構成部件的使用效率。

三、部件演化的發展與制衡

文字的演化是有規律可循的。在文字演變中，依循這條規律可得到文字演變的路徑。然爲了維繫文字系統的平衡與穩定，這些規律並非無止境的發展，而會受到其他規律的制衡，以尋求文字系統穩定成長的平衡點。

這樣的現象不僅僅是發生在部件分化與混同的相互發展與制衡上。漢字各個形體的演變中，繁化與簡化就是文字系統中發展與制衡的表現。

繁化主要是因爲原本字形有不足的部分，故增加部件或筆劃，使其要表現的義涵能夠突顯出來；簡化則主要是因爲字形有多餘的成分，這個成分對於文字構形表現上，成爲可有可無的成分，在書寫爲使文字精簡，刪去多餘的成分。二者相對而言，繁化是爲強調字形或字音或字義，簡化則是弱化字形或字音或字義。當繁化無止盡的發展時，將會造成字形過於繁複，或者能表達的範圍過於狹隘，不僅對於學習者，對於使用者，都會覺得字形使用上的困難。文字的

最佳效益是爲了使用者好用，倘若無法令使用者靈活的運用，則將無法成爲一個良好的文字系統，一但如此，此文字系統終將爲使用者所棄。故爲使文字具有經濟效益，或不造成書寫困難，簡化就會出面制衡。透過簡化，使原本文字過多或多餘的繁化成分，可抑制文字無止盡的繁化，使文字恢復精簡。相對的，當文字過度的簡化，將會使文字無法辨識，若文字無法辨識，也將爲失去與其他文字間的區別，則會造成文字系統的混亂，而無法支撐起完整的文字系統，也無法清楚地表達語言。此時，繁化將會出面阻止文字過度簡化，並透過增加文字部件或筆劃去突顯文字字形的特性，重新找回與其他字形應有的區別性，提高區別度，以維持文字系統的秩序性。

王鳳陽也表示：

> 漢字的繁化主要是區別律在起作用，漢字的歸並同樣是簡易律的要
> 求。趨繁時要能繁的簡易；歸並時要能保持區別，這又是兩個規律
> 聯合發揮作用的體現。〔註1〕

這就是文字系統中的相互發展與制衡，這樣的現象不僅僅發生於某種形體的漢字，每個階段的字形發展皆有。

西周金文的文字系統，除了上述的繁化與簡化具有相互發展與制衡的功能外，西周金文部件分化與混同也同樣具有相互發展與制衡的功能。

西周金文部件分化乃是爲了強化或區隔字義，而從一個字形中增衍出另一個字形。西周金文部件混同則是爲了取得字形表達字義的共通性，弱化其他不同的義項。若分化無止境的分化，則會使每個字形都具有特定的意義，雖能精確表達語言，但卻使文字系統持有過多的文字。這對學習者或使用者而言，學習這麼多文字，是個沉重的負擔，而每個字形又必須有特定的用法，則又加深文字使用的困難度，影響文字系統的適用性。如此，混同便會針對這些過多的字形進行淘汰機制，或提取共通性，減緩字形過多的增長，建立文字系統中字與字之間的關聯性。相對的，部件混同雖能取得字形字義的共通性，但若過度發展，則會使所有的字形都呈現一致性，失去了字形間應有的區別性，致使文字系統紊亂，無法明確表達語言。爲了維持文字系統的有序性，分化則會出來緩和這樣的現象。分化透過字詞專用字形的角度，添增文字來建立文字間的區

〔註1〕王鳳陽：《漢字學》，長春：吉林文史哲，1989年，頁870。

別性。如此，便能減緩因為部件混同影響字量增長，而無法精確的配合語言發展的缺失，也使部件因混同而令文字間區別性降低的現象有一股制衡的力量。

分化乃是求異的演化，混同則是求同的演化。二者演變都是受相關字形影響而產生的構形演變現象，雖然演變的趨向是呈現相反的方向，但二者在文字系統中，卻是相互發展，相互制衡的機制，這也是文字演變的二重性。此二重性即是文字演變過程中，既能使文字系統朝趨同性發展，又不致影響到文字的區別性，使文字系統取得發展平衡點的特性。

四、西周金文部件分化與混同的價值

部件分化與混同是文字演變過程中一直存在的演變方式，各體皆有。在西周金文中，雖承接著商代文字，但也同樣存在著部件分化與混同，並繼續影響東周文字的演變。

（一）在文字史上的地位

西周金文部件分化與混同的現象，每個例子的發展情形不盡相同。以下分述之。

1. 部件分化部分

在部件分化上，「月」和「夕」、「女」和「母」、「幺」和「糸」、「又」和「寸」是西周金文部件分化較突出的例子。

☆「月」、「夕」

「月」、「夕」在商代同形，或者曾分化過一次，但未能分化成功。而進入西周早期時，「月」、「夕」作整字部件已又進入分化階段，並在西周晚期時分化完成。而「月」、「夕」作構成部件時，雖已經進入分化階段，但是到西周時期結束，仍尚未分化完成，延續到東周繼續進行分化工作。

☆「女」、「母」

「女」、「母」在商代的字形尚未有分化情況，到了西周金文早期到中晚期，作整字部件時，不僅在字形上逐漸有嚴格區分，在文字的使用功能上的亦明顯不同，可視「女」「母」在西周早期金文已處於分化中的階段，接續到西周中期、晚期時則已分化完全的階段。

而作構成部件時，「女」較「母」早分化完全。即「女」作為構成部件，在西周早期已有明顯的分化完全的現象，但是「母」作為構成部件則要到西周晚

期才有明顯的分化現象，但一直到西周晚期結束，仍未有分化完全的現象，留
待東周尚再繼續分化。

　　☆「幺」、「糸」

　　從西周金文看，「糸」與「幺」作整字部件和構成部件時，在西周金文中已
有分化的現象，且是處於分化完成的階段。又文字的演變是漸變，當「糸」與
「幺」進入西周金文的時候已經是部件分化的末端了，則當「糸」與「幺」開
始的分化時，必早於西周金文時期，應在殷商時期就已有分化的現象。而這樣
字形的分化，東周也持續區分使用。

　　☆「又」、「寸」

　　「又」與「寸」的分化現象歷時很長。在西周金文中，「又」與「寸」作整
字部件時，可以見到「又」與「寸」分化現象的發端；而「又」與「寸」作構
成部件時，在西周中期以後則有進入分化階段的現象。

　　其他尚如「令」和「命」、「史」和「事」、「畐」和「西」、「吉」和「南」、
「示」和「主」，也同樣在西周金文有分化的現象。這些字例分化的時間點或許
不同，但是皆是在西周時期進入分化階段，甚至分化完成。有些字例初始接續
著殷商文字不分的情況，但陸續在西周金文中，有得到一個較明確的劃分。此
劃分也在東周文字承接下去，即對這些字形有清楚的辨識與區分，而在西周尚
未分化完全的構成部件，也在東周，或之後的小篆漸有明朗的趨勢。

2. 部件混同部分

　　在西周金文部件混同上，多發生於作構成部件的情況，下述是西周金文部
件混同影響較突出的例子。

　　☆「人」、「卩」、「尸」

　　在「人」、「卩」、「尸」混同的現象上，「卩」則是最容易產生混淆的部件，
且最容易與「尸」發生混同現象。「人」是較不容易產生混淆的部件，若有混同
現象，則較容易與「尸」發生混淆，且混同的現象常在西周中期後就消失了。

　　☆「止」、「彳」、「走」、「辵」

　　「辵」最容易發生混同的現象，並最容易與「彳」產生混淆，「止」則次之。
此可能因為「辵」乃由「彳」、「止」所構成，又「彳」、「止」皆能承擔「辵」
的意義功能，故易混。

☆「又」、「手」、「爪」、「廾」、「丑」、「大」

「又」、「手」、「爪」、「廾」、「丑」、「大」等部件，在作整字部件時，多半不與其他部件相混，唯「丑」多與「又」或「大」相混用。而在作構成部件混用的過程中，「又」則較常與「手」、「丑」、「廾」相混用。

☆「广」、「厂」、「宀」

由於「广」、「厂」、「宀」當構成部件都可以表示居所，故在西周金文中，時有混用的現象。其混同現象則多發生於西周中期與西周晚期，西周早期則少見有混同現象。

其他尚如「口」、「言」的混同；「川」、「水」的混同；「干」、「戈」、「冊」的混同；「止」、「爪」的混同；「又」、「収」的混同等，一些零星的例子。這些都將是提供異體字來源的線索之一。

（二）未來研究上的展望

文字演變乃隨時不斷進行。西周金文雖然已是個成熟的文字系統，但在文字史上，文字構形中，構成部件的或左或右，或上或下，仍沒有嚴格的規定；有時對於構形中的使用，也沒有明確的規範。對於構形的穩定性而言，產生許多異體字，使文字系統處於一個不是很穩定的狀態下。這樣的西周金文文字並非沒有規律可言。本文透過西周金文部件分化與混同，則找出一些脈絡可依循。

本文已透過西周金文部件分化與混同現象的探究，釐析出一些演變脈絡，但所收羅的字形恐怕未能算是西周文字的全貌。目前尚有陸陸續續出土的西周金文資料。甚至有更多記錄著西周文字的資料尚未出土。如簡帛文字應是探討西周文字最直接也最好的對象，然目前仍未出土，尚屬惋惜。若日後能再補足更多西周相關出土文字資料，則可以使西周文字構形系統有一更完整的呈現。

又文字在秦始皇統一文字後才有比較完整的規範，在此之前，文字尚處於不穩定的狀態，尤其東周時局混亂，造成文字有嚴重的分歧現象，透過部件分化與混同則可對文字有一定的掌握。而東周文字的變化多端，倘以西周金文為基礎發展而成，是故對西周金文部分已有初步的了解後，尚可以此為基礎，下探東周。針對東周文字作一部件分化與混同的探究，亦可增進對東周文字的掌握。

　　本文僅是個開始，未來除了朝以上目標繼續努力，尚可貫串啓先秦文字構形系統，將殷商、西周、東周到小篆的文字構形一同聯貫，以便使古文字構形演變作一更完整的探討，或使古文字構形系統有更清晰的展現成爲可能。

參考書目

一、專書

1. 上海博物館商周青銅器銘文選：《商周青銅器明文選》，北京：文物出版社，1987年。

2. 于省吾：《甲骨文字詁林》，北京：中華書局，1996年。

3. 于省吾：《甲骨文字釋林》，北京：中華書局，1988年。

4. 于省吾：《商周金文錄遺》，台北：藝文印書館，1968年。

5. 中國社會科學院考古研究院所編：《殷周金文集成釋文》，香港：香港中文大學中國文化研究所，2001年。

6. 孔仲溫、竺家寧、林慶勳：《文字學》，高雄：空中大學，1995年。

7. 水野清一：《殷周青銅器與玉》，東京：京都大學人文科學研究所，1959年。

8. 王筠：《說文釋例》，台北縣：文海出版社。

9. 王世民、陳公柔、張長壽：《西周青銅器分期斷代研究》，北京：文物出版社，1999年。

10. 王貴元：《馬王堆帛書漢字構形系統研究》，廣西：廣西教育出版社，1999年。

11. 王鳳陽：《漢字學》，長春：吉林文史哲，1989年。

12. 王蘊智：《殷周古文周源分化現象探索》，吉林：吉林出版社。

13. 白川靜著，溫天河、蔡哲茂譯：《金文的世界》，台北：聯經，1989年。

14. 朱歧祥：《周原甲骨研究》，台北：台灣學生書局，1997年。

15. 朱鳳瀚：《古代中國青銅器》，天津：南開大學，1995年。

16. 何琳儀：《戰國古文字典》，北京：中華書局，1989年。

17. 李圃：《古文字詁林》，上海：上海教育出版社，1999 年。

18. 李孝定：《甲骨文集釋》，台北：中研院史語所，1965 年。

19. 李孝定：《漢字史話》，台北：聯經，1977 年。

20. 李學勤：《新出青銅器研究》，北京：文物出版社，1990 年。

21. 杜迺松：《中國青銅器發展史》，北京：紫禁城出版社，1995 年。

22. 周何等著：《中文字根孳乳表稿》，台北：國字整理小組，出版年不詳。

23. 周法高：《金文詁林》，東京市，中文出版社。

24. 林澐：《林澐學術文集》，北京：中國大百科出版社，1998 年。

25. 林義光：《文源》，林氏寫印本，1920 年。

26. 唐蘭：《中國文字學》，上海：上海古籍，2001 年。

27. 唐蘭：《古文字學導論》，濟南：齊魯書社，1981 年。

28. 唐蘭：《西周青銅器銘文分代史徵》，北京：中華書局，1986 年。

29. 孫海波：《甲骨文錄》，台北：藝文印書館，1958 年。

30. 孫詒讓：《名原》，濟南：齊魯書社，1986 年。

31. 孫詒讓：《契文舉例》（上），台北：大通書局，1986 年。

32. 容庚：《金文編》，京都：中文出版社，1986 年。

33. 容庚：《商周彝器通考》，台北：文史哲，1985 年。

34. 容庚、張維持：《殷周青銅器通論》，台北：康橋出版事業有限公司，1986 年。

35. 徐中舒：《漢語古文字字形表》，台北：文史哲，1988 年。

36. 馬承源：《中國文物精華大全》，台北：台灣商務，1995 年。

37. 馬承源：《中國青銅器》，上海：上海古籍，1988 年。

38. 高明：《中國古文字學通論》，台北：五南，1993 年。

39. 高明：《古文字類編》，台北：大通書局，1986 年。

40. 高鴻縉：《中國字例》，台北：三民書局，1990 年。

41. 國立故宮博物院編輯委員會編輯：《千古金言話西周》，台北：國立故宮博物院，2001 年。

42. 康殷：《古文字學新論》，台北：華諾文化有限公司，1986 年。

43. 曹瑋：《周原遺址與西周銅器研究》，北京：科學出版社，2004 年。

44. 梁東漢：《漢字的結構及其流變》，香港：國風文化服務社，1958 年。

45. 郭沫若：《兩周金文辭大系圖錄考釋》，台灣版改成《周代金文圖錄及釋文》，台北，大通書局，1957 年。

46. 郭寶鈞：《中國青銅器時代》，板橋：駱駝，1987 年。

47. 陳佩芬：《夏商周青銅器研究》，上海：上海古籍出版社，2004 年。

48. 陳愛文、陳朱鶴：《漢字編碼的理論與實踐》，上海：學林出版社，1986 年。

49. 陳夢家：《西周銅器斷代》（上）（下），北京：中華書局，2004 年。

50. 湯餘惠：《戰國文字編》，福建：福建人民出版社，2001 年。

51. 華東師範大學中國文字研究與應用中心編：《金文引得》，南京：廣西教育出版社，2001 年。

52. 楊樹達：《積微居小學述林》，北京：中華書局，1983 年。

53. 葉玉森：《殷虛書契前編集釋》，台北：藝文印書館，1966 年。

54. 董作賓：《殷曆譜》，台北：中央研究院歷史語言研究所，1997 年。

55. 裘錫圭著，許錟輝校訂：《文字學概要》，台北：萬卷樓圖書公司，1994 年。

56. 蔣善國：《漢字形體學》，北京：文字改革出版社，1959 年。

57. 龍宇純：《中國文字學》（定本），台北：五四書局，1996 年。

58. 韓耀隆：《中國文字義符通用釋例》，台北：文史哲，1987 年。

59. 羅振玉：《三代吉金文存》，北京：中華書局，1983 年。

60. 羅振玉：《增訂殷虛書契考釋》，台北：藝文印書館，1975 年。

61. 蘇培成：《現代漢字學綱要》，北京：北京大學出版社，2001 年。

二、單篇論文

1. 孔祥群：〈關於漢字部件的數量及字形〉，《語文建設》1992 年第 4 期，頁 30。

2. 王述峰：〈試談漢字部件的命名〉，《語文建設》1996 年第 7 期，頁 11～13。

3. 王夢華：〈漢字字形混誤與訛變〉，《東北師大學報（哲社版）》1992 年第 5 期，頁 78～83。

4. 王寧：〈漢字與文化關係述要〉，《漢字與文化國際學術研討會論文集》，1998 年，頁 23～30。

5. 王獻堂：〈釋每美〉，《中國文字》九卷。

6. 江學旺：〈從西周金文看漢字構形方式的演化〉，《古籍整理研究學刊》第 2 期，2003 年 3 月，頁 30～33。

7. 姚孝遂：〈再論古漢字的性質〉，《古文字研究》第十七輯，北京：中華書局，1989 年，頁 309～323。

8. 姚孝遂：〈說一〉，《第二屆國際中國古文字學研討會論文集》，香港：香港中文大學中國語言集文學系，1993 年，頁 43～62。

9. 唐蘭：〈論周昭王時代的青銅銘刻〉，《古文字研究》第 2 輯，北京：中華書局，1981 年，頁 12～162。

10. 唐蘭：〈西周銅器斷代中的「康宮」問題〉，《考古學報》1962 年第 1 期。

11. 張再興：〈西周金文構字元素的形體變化及其影響〉，《瓊州大學學報》第 9 卷第 1 期，頁 44～46。

12. 張希峰：〈分化字的類型研究〉，《語言教學與研究》1995 年第 1 期，頁 96～107。

13. 張希峰：〈論古文字的形體分化與基本字符的精簡〉，《漢字與文化國際學術研討會論文集》，頁 196～204。

14. 張識家、盛紅岩：〈整體與部分的關係對漢字的知覺分離影響的研究〉，《心理學報》31 卷 4 期，1999 年 10 月，頁 369～376。

15. 曹瑋：〈周原西周銅器的分期〉，《考古學研究》（二），北京：北京大學考古系。

16. 許家璐：〈漢字形符的類化與識字教學〉，《漢字文化》1992 年第 1 期。

17. 陳偉琳、仇玉燭：〈漢字部件的界定、類別及其他──通用漢字結構辟異〉，《信陽師範學院學報》（哲學社會科學版）第 16 卷第 1 期，1996 年 1 月，頁 92～96。

18. 陳煒湛：〈甲骨文異字同形例〉，《古文字研究》第六輯，頁 227～250。

19. 陳鎮卿：〈古文字構形析論──從《說文解字》古籀文到甲骨文〉，《許談輝教授七秩祝壽論文集》，台北：萬卷樓，2004 年，頁 153～178。

20. 傅永和：〈漢字的部件〉，《語文建設》1991 年第 12 期，頁 3～6。

21. 傅永和：〈漢字部件出現的結構部位〉，《語言文字應用》1992 年第 2 期，頁 7～12。

22. 彭聃齡、王春茂：〈漢字加工的基本單元：來自筆劃數效應和部件數效應的證據〉，《心理學報》29 卷 1 期，1997 年，頁 8～16。

23. 程克雅：〈字根與語根──以《周禮》「六析」為中心的祭禮語彙釋例〉《第十三屆中國文字學全國學術研討會論文集》，頁 343～359。

24. 費錦昌：〈現代漢字部件探究〉，《語言文字應用》1996 年第 2 期（總第 18 期），頁 20～26。

25. 黃沛榮：〈漢字部件研究〉，《第七屆中國文字學全國學術研討會論文集》，台北：東吳大學，1996 年，頁 343～359。

26. 黃德寬：〈同聲通假：漢字構形與運用的矛盾統一〉，《中國語言學報》第九輯。

27. 黃德寬：〈漢字構形方式：一個歷時態演進的系統〉，《安徽大學學報》（哲學社會科學版）第 3 期，頁 63～71+108。

28. 楊同用：〈淺談漢字構形的系統性〉，《漢字文化》1998 年第 2 期頁 46～48。

29. 趙誠：〈西周共王時期銅器的初步清理〉，收錄於《古代文字音韻論文集》，台北：中華書局，1991 年，頁 27～38。

30. 劉啓益：〈西周共王時期銅器的初步清理〉，《古文字研究》第二十輯，北京：中華書局，1994 年，頁 55～84。

31. 劉啓益：〈西周夷王時期銅器的初步清理〉，《古文字研究》第七輯，北京：中華書局，1982 年，頁 139～164。

32. 劉啓益：〈西周孝王時期銅器的初步清理〉，《出土文獻研究》第三輯，北京：中華書局，1998 年。

33. 劉啓益：〈西周武成時期銅器的初步清理〉，《古文字研究》第十二輯，北京：中華書局，1983 年，頁 207～256。

34. 劉啓益：〈西周金文中的月相與共和幽宣紀年銅器〉，《古文字研究》第九輯，北京：中華書局，1984 年，頁 207～250。

35. 劉啓益：〈西周昭王時期銅器的初步清理〉，《出土文獻研究續集》，北京：文物出版社，1989 年。

36. 劉啓益：〈西周紀年銅器與武王至屬王的在位年數〉，《文史》第十三輯，1986 年。

37. 劉啓益：〈西周康王時期銅器的初步清理〉，《出土文獻研究》，北京：文物出版社，1985 年。

38. 劉啓益：〈西周屬王時期銅器與「十月之交」的時代〉，《考古與研究》1980 年創刊號。

39. 劉啓益：〈西周穆王時期銅器的初步清理〉，《古文字研究》第十八輯，北京：中華書局，1992 年，頁 326～389。

40. 劉啓益：〈西周懿王時期銅器的初步清理〉，《文史》第三十六輯，1992 年。

41. 劉啓益：〈伯寬父盨銘與屬王在位年數〉，《文物》1979 年 11 期。

42. 曉東：〈現代漢字部件分析的規範化〉，《語言文字應用》1995 年第 3 期（總第 15 期），頁 56～59。

43. 龍宇純：〈甲骨金文字□及其相關問題〉《中央研究院歷史語言研究集刊》第 34 本（下），頁 21～37。

44. 龍宇純：〈廣同形異字〉，《台大文史哲學報》第 36 期，1988 年，頁 1～22。

45. 戴君仁：〈同形異字〉，《台大文史哲學報》第 12 期，1963 年。

46. 蘇培成：〈現代漢字的部件切分〉，《語言文字應用》第 3 期（總第 15 期），1995 年，頁 52～55。

47. 樋口隆康：〈西周銅器之研究〉，《京都大學文學部紀要》七，1963 年，中譯本見蔡鳳書譯：《日本考古學研究者中國考古學研究論文集》，香港：東方書店，1990 年。

三、學位論文

1. 王蘊智：《殷周古文同源分化現象探索》，長春：吉林大學博士論文，1996 年。

2. 江學旺：《西周金文研究》，上海：南京大學博士論文，1998 年。

3. 何麗香：《戰國璽印字根研究》，台北：國立臺灣師範大學國文系在職進修碩士論文，2003 年。

4. 李佳信：《《說文》小篆字根研究》，台北：國立臺灣師範大學國文研究所碩士論文，1999 年。

5. 沙宗元：《古漢字字形訛變現象初探》，安徽，安徽大學碩士論文，2001 年。

6. 季旭昇：《甲骨文字根研究》，台北：國立台灣師範大學國文研究所博士論文，1980 年。

7. 林清源：《楚國文字構形演變研究》，台中：東海大學博士論文，1997 年。

8. 郝士宏：《古漢字同源分化研究》，安徽：安徽大學博士學位論文，2002 年。

9. 張再興：《西周金文字素功能研究》，北京：華東師範大學博士論文，2000 年。

10. 張希峰：《古文字形體分化研究》，長春：吉林大學博士論文，1993 年。

11. 曹永花：《西周金文構形系統研究》，北京：北京師範大學博士論文，1998 年。

12. 陳嘉凌：《楚系簡帛字根研究》，台北：國立臺灣師範大學國文研究所碩士論文，2001 年。

13. 董妍希：《金文字根研究》，台北：國立台灣師範大學國文研究碩士論文，2000 年。

14. 劉釗：《古文字構形研究》，吉林：吉林大學博士論文，1991 年。

15. 羅衛東：《春秋金文構形系統研究》，北京：北京師範大學博士論文，1997 年。